JN222597

［ヴィジュアル版］

PROPAGANDA HITLER

DU "SAUVEUR" AU MONSTRE, LES 1000 VISAGES DU FÜHRER

ヒトラーとプロパガンダ

ナチスと連合国のイメージ戦争

EMMANUEL THIÉBOT
エマニュエル・ティエボ［著］
MAKIKO KAWAMURA
河村真紀子［訳］

原書房

［ヴィジュアル版］

PROPAGANDA HITLER

DU "SAUVEUR" AU MONSTRE, LES 1000 VISAGES DU FÜHRER

ヒトラーとプロパガンダ

ナチスと連合国のイメージ戦争

[目 次]

第4部 ヒトラーの時代のヨーロッパ

第5部 風刺画になるとき

序文

1952年、アメリカの大統領選挙でアイゼンハワーに敗れた民主党候補者が、今や大統領が歯磨き粉のように売られていると嘆いた。共和党は民主党候補者よりもテレビや、のちに派生商品と呼ばれるようになるもの、「I like Ike（ライバルのニックネーム）」のように効果的な、まったく馬鹿げているとは言わないまでも、簡単で簡略化されたスローガンをうまく利用していた。1952年に落選した候補者アドレー・スティーブンソンは世襲貴族として、有害だと判断した展開に反応していた。というのも、じつに残念な大衆の時代のために、東海岸の名高い家系（ケネディ家とブッシュ家の間に他にもあったが）の権威が失われるように思われたからだ。しかし、マーケティングコンサルタント、広告主、スピン・ドクターたちがアメリカ政権のロビーに姿を現すようになってから長い時間が経っていた。ルーズベルトのような民主党議員は、1932年の時点で、有権者を潜在的な消費者とみなし、必要としないもの（あるいはこの場合には誰か）を売りつける必要があると考える人々のサービスを利用することに、ためらいはなかった。

ポリティカル・マーケティングと呼ぶべきものの母体あるいは実験室となったのはアメリカだけではなかった。そのことは、エマニュエル・ティエボの本の挿絵を見れば、確信できる。グラフィックコードの共通性、平坦な色合いの親しみやすい字体、そして、1960年代の冷蔵庫や休暇の宣伝のように、ヒトラーを売り込み、鉤十字を多用した広告の、ある意味で逆転した、先取りされた既視感に衝撃を受ける。

19世紀末以降のドイツ社会の性格を、バランスシートとダイナミクスの両面から考えると、これはそれほど驚くべきことだろうか。ドイツの大都市をよく知る者にとっては、地形的に見て、ドイツは明らかにヨーロッパ大陸のアメリカである。工業化の勢い、人口の増大、地理的流動性、製品の生産と消費の水準……比較すべき点は数多く、際立ったものがあり、どれも誤りではない。1919年以降のアメリカのドイツへの投資水準、ヴェルサイユ条約で定められた「賠償金」の額を減らしたいというワシントンの度重なる意思表明、ヨーロッパ映画のメッカであるバーベルスベルクとハリウッドとの文化交流と移転などを考えれば、十分納得できる。

それに加えて、国民議会の試みが失敗に終わった70年後の1919年に、ドイツはついに民主主義国家となり、選挙の論理に従うすべての政党が、当時は宣伝術と呼ばれていた、より明確に言えばプロパガンダに、多かれ少なかれ関心を持たざるを得なくなった。

これはもちろん、1923年の選挙至上主義的、法律尊重主義的転向以来の、すなわち1923年11月9日のミュンヘン一揆失敗後のナチ党(NSDAP)にも当てはまり、物理的な面も含めて非常に恐れていたヒトラーは、組織に投資し内側から破壊する方が合理的だと考えた。そのため、よく知られている話だが、直観力があり、自分の身辺に必要な人物をよく心得ていたヒトラーは、彼の支持者でないどころか、むしろ敵だったヨーゼフ・ゲッベルスを味方につけた。ゲッベルスは文学博士で、第一サークルのメンバーのなかで唯一しっかりした知的教養を持ち、直観的で頭の回転が速く、勤勉で聡明、野心的で遠慮がなく、権力を手に入れ、それを維持するためには、どんな手段を使ってもよいと考えていた。今やほとんど愛情ともいえる忠誠心を誓った人物についてもだ。そして、ユダヤ人でジークムント・フロイトの甥であるエドワード・バーネイズの著作を読むほどに、好奇心が旺盛で知性もあった。そのバーネイズは、両親とともにアメリカに移住し、戦争、タバコ、そしてもちろん歯磨き粉など、アメリカ資本主義の万能セールスマンとなったが、この大衆操作によるマーケティングの天才は、『プロパガンダ』というタイトルの著書を出版し、非常に高い評価を得た。この本は、基本的に、民間企業や、

NSDAP（国民社会主義ドイツ労働者党）を含むマーケティングリサーチ近代化の最先端にいた政治運動がすでに行っていたことを理論化したものだった。

1920年代半ば以降、ナチスはドイツ社会を様々なターゲットに細分化し、差別化された、それぞれに適応したメッセージを発信するようになった。あらゆる嗜好や年齢層、あらゆる支部や地域の社会組織が存在していて、その数だけ消費者パネルや、ナチスのメッセージを拡散させる場所があり、それは同時に、テストグループ、インキュベーター、共鳴箱でもあった。ヒトラーユーゲント協会、若いドイツ人女性の団体、ナチス弁護士会、中学校の国家社会主義者の生物教師の会……、よく探せば、鉤十字のカブトムシ収集家やフェルキッシュの切手収集家も見つかるだろう。

レオン・ポリャコフがのちに憎悪の福音と呼んだ甘言を弄する必要があった。社会ダーウィニズムや人種差別、暴力の推進が充満していたヨーロッパと西側諸国の状況において、ナチスの思想があまりにもありふれたものであったことを考えれば、それはさほど困難なことではなかった。

それより複雑だったのは、ヒトラーの登用だった。というのも、利用できる切り札をほとんど持たない人物を、魅力的で好ましい説得力のある人物に仕立て上げなければならなかったからだ。ヒトラーは、職業経験がなく（塹壕での注目すべき経験は別として）、専門知識もまったくなく（政治学者を非常に高く評価する国において）、魅力があるとは言えず（イメージによって政治的カリスマへと仕立て上げられた）、アポロン的とは言い難い体格（しかし、修正と石膏質の白い胸像によって、彼が愛した古代の遺産に匹敵するほどになった）の人物だったのだ。

ひと言でいえば、嘘にまみれさせ、ヒトラーを昇華させる必要があった。労働者のヒトラー、工員のヒトラー、思慮深いヒトラー、夢想家のヒトラー、戦争指導者のヒトラー……これらはすべて、ヒトラーの偉大なインスピレーションの源でもあったムッソリーニの事務所で夜中に燃え続ける灯火と同じように幻想である。

この昇華は神業だった。ゲッベルスの聡明さと無関係ではなかったが、その洞察力と手法も、技術的なインフラ（ドイツにおける光学と写真の進歩）、伝播網（新聞と映画館の長年にわたる存在と力）、そして明らかに共産主義者よりもナチスを、民主主義者よりも独裁者を好み、1933年以降、その投資に対してまさしくとてつもない見返りを享受していた経済的、金融的利害関係者からの潤沢な資金提供がなければ、何の役にも立たなかっただろう。

というのも、エリートたちが1918年から1919年にかけての革命の痛ましい記憶を引きずっているこの国では、1933年以降も権力を追い求め、維持し続ける必要があったからだ。この数十年のあいだに、いわゆる全体主義体制の研究は、非常に複雑で含みのあるものとなり、画像、メディア、儀式（今日で言うところのイベント）の歴史家たちは、豊富な資料を前に、明確な事実に屈しなければならなくなった。つまり、これほど多くの画像やメッセージが生み出されたのは、それが必要だったからだ——暴力と魅力[★01]を結び付けること、そして人を惹きつけることのできる美しい外見[★02]を創り出すことが必要だった。言い換えれば、熱狂的にさせるとまではいかなくても、少なくとも合意を生み出すか、あるいは支持を得なければならなかった。

こうして構築された世界は一方的なものであり、文字どおり、一義的である。なぜなら、発せられる声がひとつしかないからだ。不協和音は縁辺のもの、政治未満のものであり、ビストロで交わされるつぶやきや機知に富んだ言葉は、市場を循環し、歴史家たちがナチス親衛隊情報局（SD）の環境レポート（Stimmungsberichte）、つまりナチスのRGノートに相当するものに目を通すときに、彼らの楽しみとなる。言説は痛烈な皮肉を浴び、画像は風刺画、さらには因習打破の的になった。エマニュエル・ティエボがここに集めたコレクションがその証しである。これらは彼の研究と著書の重要な部分である。というのもここで、おそらく、まさにここで、ナチズムの究極的な敗北が仕組まれ、決定されるからだ。この現象の主役たちは、はるか先を見据えていた。千年にわたる治世と、神聖な恐怖と熱烈な敬意[★03]をすばやく吹き込む、格式張った高貴な遺跡にうずもれた、さらに長く続く後世を見ていたのだ。この本に収められている画像や、『独裁者（The Great Dictator）』（1940年）に始まり、再び1990年代以降、ナチズムを揶揄する映画[★04]の数々を見れば、1945年の試練を越えても、同じ1889年に生まれ、ほぼ双子のような存在だったチャップリンの方が勝(まさ)っていたと考えていいだろう。二人が生まれたのは、リュミエール兄弟がまだ世に知れず幻灯機(マジツクランタン)の製作に取り組んでいた時代のことだった。

ヨハン・シャプト

★01———Ogan, Bernd (dir.), Faszination und Gewalt : Nürnberg und der Nationalsozialismus. Eine Ausstellung, Nürnberg, Pädagogisches Institut der Stadt Nürnberg, 1990, 99p., Thamer, Hans-Ulrich, Verführung und Gewalt. Deutschland, 1933-1945, Berlin, Severin und Siedler, 1986, 837 p.

★02———Reichel, Peter, Der schöne Schein des Dritten Reiches, München, Hanser, 1991,452p.

★03———Chapoutot, Johann, Le Nazisme et l'Antiquité, Paris, PUF, 2008, rééd. PUF, Quadrige,2012, 645 p.

★04———ティムール・ヴェルメシュの真面目でありながら滑稽な小説(2012年)を原作とする『帰ってきたヒトラー(Er ist wieder da)』(2015年)、名優ウルリッヒ・ミューエが出演した『わが教え子、ヒトラー(Mein Führer)』(2007年)などがある。さらに遡ると、チャールズ・チャップリンに加えて、エルンスト・ルビッチ(『生きるべきか死ぬべきか(To Be or Not to Be)』1942年)、メル・ブルックス(『プロデューサーズ(The Producers)』1968年)がその先駆けであったが、アメリカにおいてのみである。

はじめに

第二次世界大戦が終わって以来、ヒトラーという人物について研究した本は数多くある。20世紀の歴史に痛ましい足跡を残し、21世紀に入ってもなお語り継がれているこの人物について、新たに本を書くことに何の意味があるのかと疑問に思われるかもしれない。利点は何だろうかと考える。伝記物や、彼を知る人々の証言、『わが闘争』の分析と歴史、その他の小説など、その選択肢は幅広い。

今日でもなお、現在の出来事とヒトラーを比較することが頻繁に行われている。実際、この考え方は「ゴドウィンの法則」によって概念化されているほどだ。この経験的な法則は、アメリカの弁護士マイク・ゴドウィンが提唱したもので、インターネット上では「オンラインでの議論が長引けば長引くほど、ナチスやヒトラーが引き合いに出される確率が1に近づく」とされている。その後、フランス語圏では、「ゴドウィン点」という表現が生まれ、議論の中でナチスとの比較に達する時点を指すようになった。

ヒトラーは人々の心にいつまでも付きまとっている。2021年3月、アマゾンはモバイルアプリケーションのロゴの変更を余儀なくされたが、その理由について、インターネットユーザーは、そのロゴが微笑むヒトラーをミニマルにしたものに似ていたからだと推測している。イギリスのグラフィックデザイナー、パトリック・マルダーは、まったくの無名だが、2022年2月28日付の『タイム』誌の偽の第一面をモンタージュし、ヒトラーの口髭を生やしたウラジミール・プーチンの姿を「歴史の再来

――プーチンはいかにヨーロッパの夢を打ち砕いたか」という見出しとともにツイッター(現X)の自身のアカウントで公開し、話題を呼んだ。2021年5月、このアメリカの雑誌はすでに、ヒトラーとドナルド・トランプを並べて描いた風刺画で偽の第一面を掲載し、成功を収めていた。これは2012年に出版されベストセラーとなった、ドイツ人作家ティムール・ヴェルメシュの『帰ってきたヒトラー』から着想を得たものだった。

北米では、サダム・フセインからオサマ・ビンラディン、そして武装組織「イスラム国」、さらには金正恩に至るまで、暴君やテロリストが、実際、定期的にヒトラーやナチスと比較されている。ケベック州では、馬鹿げたことから逃げることなく、2022年、反ワクチンのデモ隊がジャスティン・トルドー首相をヒトラーになぞらえた看板を掲げた。これらの行為はすべて、「ゴドウィンの法則」に信憑性を与えるものであり、インターネット領域だけでなく、公共の場においても適用された。

そのうえ、ウクライナ戦争では、マドンナからチャールズ皇太子に至るまで、公の場での発言において、プーチンとヒトラーを比較する場面が多く見られた。ヨーロッパやアメリカでは、多くの人がウラジミール・プーチンとアドルフ・ヒトラーの行動の類似性を指摘している。フランスの『ル・ポワン』誌は、「プーチン、ヒトラー、同じ戦いか?」と疑問を投げかけている。『ワシントン・ポスト』紙は「プーチンによるウクライナ攻撃は、ヒトラーのチェコスロバキアへの攻撃を彷彿とさせる」と見出しをつけ、BBCのアナリストは「彼は私にヒトラーを思い出させる」と語気を強めた。「ウラジミール・プーチンはウクライナを解放すると主張している。それはまさに、ヒトラーがチェコスロバキアを占領する前に言ったことだ」とイギリスの日刊紙『インデペンデント』は分析している。ウクライナ支援のデモでは、パリからバルセロナ、ロンドン、ニューヨークに至る多くの国で、参加者がヒトラーを模したプーチンの写真を貼ったプラカードを掲げている。

ロシアの侵攻が始まるとすぐに、ウクライナ政府はツイッターのアカウントに、ヒトラーに頬を撫でられる幼い少年プーチンを描いた印象的な風刺画を投稿した。2014年のクリミア併合以来、ウクライナのソーシャルネットワークはプーチンとヒトラーの顔を合成したモンタージュで溢れている。この戦略は、大統領に「プトラー」あるいは「アドルフ・プーチン」とあだ名をつけたロシアの野党から着想を得たものである。ロシア人自ら、自分たちの大統領を嘲笑するために、ヒトラーが登場するジョークをよく口にする。たとえば、ある晩、アドルフ・ヒトラーとヨシフ・スターリンがウラジミール・プーチンの寝室に現れるという話がある。ロシアの大統領は少し恥ずかしがるが、とにかく彼らにアドバイスを求めることにする。すると、

「ウクライナを破壊し、モスクワの街全体を紫色に塗るのだ」とヒトラーは答える。

「なぜ紫色に？」とプーチンが尋ねる。

ヒトラーは微笑み、スターリンの方を向いた。

「聞いたか？　最初の点については問題ないだろうと言ったとおりだろう」

このように、1945年以降、ヒトラーは我々にとって絶対悪の象徴となったが、当時ヒトラーがあらゆる中心人物たちに対してどのように表現されていたかは、これまでほとんど明らかにされていない。本書はヒトラーについての何番目かの伝記や分析ではなく、1933年から1945年のあいだに一般の人が所有することのできた多くの資料を読者に紹介するものである。それがナチスの公式プロパガンダであれ、反対派のプロパガンダであれだ。本書の構想は、新聞、書籍、パンフレット、ポスター、ポストカードから抜粋した、できるだけ多くの記録資料を前面に押し出すことである。本書のページを眺めれば、読者は好奇心旺盛な当時の人々と同等の情報を得ることができるだろう。

1933年にヒトラーが政権を握ったとき、あなたがもしドイツあるいはフランスに住んでいたら、彼の何を知っていただろう？　ヒトラーは人種差別的言説のなかで、どのように自分のイメージを構築したのか？

称賛と危険のあいだで、1939年以前のフランス人はヒトラーをどう捉えていたのだろうか？　「生存圏」の形成を目指したヒトラーの領土拡大に直面して、新聞はどう反応したのか？　占領下のヴィシー派や対独協力派のプロパガンダでは、なぜヒトラーの存在が目立たなかったのか？　連合国軍(アメリカ、イギリス、ソ連)のプロパガンダでは、ヒトラー

はどのように描かれていたのか？　ヒトラーを揶揄するために最もよく使われた動物は何か？　本書は、数多くある疑問のなかで、こういったことについて、挿絵の様々な選択を通して答えようとするものである。しかし、このテーマはあまりにも無尽蔵であるため、取捨選択をしなければならなかった。実際、それぞれのテーマに、ときには他にも何十もの資料を選ぶこともできたが、取り上げられなかったものがある。こういった選別は行ったが、本書はこれらすべての表現形式について可能な限り網羅することを目指している。とくにナチス公式のプロパガンダに関しては、当時意図された意味を理解するために、資料を整理した。

したがって、読者はこのイメージ戦争のあいだにヒトラーが描かれたあらゆる側面を発見することになるだろう。ときに面白おかしく描かれたこれらの資料が、ヒトラーの暗黒面を覆い隠してしまうことがあってはならない。ヒトラーは殺人と同じくらい恐ろしい世界大戦を引き起こし、ヨーロッパのジプシーやユダヤ人を大量虐殺した張本人なのだ。

第1部

ナチスのプロパガンダ

第1章

ヒトラーのイメージの構築

『わが闘争(マインカンプ)』を書くことによって、ヒトラーは過去と同様に運命も創作した。そして1933年に権力を握ると、この物語はプロパガンダによってあらゆる世代に広く流布されることになる。

写真集『ドイツの目覚め(Deutschland Erwacht)』は、その意味で非常に興味を掻き立てる。10ページ目には、オーストリアのヒトラーによる最初のドイツ愛国デモの有名な写真がある。この写真を撮影したのは、ハインリヒ・ホフマンだ。ホフマンは、1922年にヒトラーと出会い、のちにヒトラーの公式カメラマンとなり、1945年までその地位にあった。ヒトラーは、1914年8月2日にミュンヘンのオデオン広場で開かれた大集会に参加し、『ラインの護り(Die Wacht am Rhein)』を歌ったとホフマンに語った。ホフマンはカメラマンとしてその場にいたが、彼の写真をよく見ると、若きヒトラーは最前列にいて、ドイツがフランスとの戦争に参戦することに熱狂しているように見える。強烈な象徴。民衆のひとりであるヒトラーが民衆のなかにいて、すでに最前列で民衆を導こうとしている。現在では多くの人が写真のトリックによる改ざんの可能性を認めている。

001 同ページに、1914年前線に立つヒトラーの写真がある。ここでも神話が構築され、祖国を守るために闘う兵士の苦しみを分かち合うために、オーストリア人でありながらドイツ軍に志願したヒトラーの勇気が表されている。ただし、『わが闘争』のなかで自身の軍事体験について書いていることとは逆に、戦闘中、ヒトラーが前線の兵士たちと日常生活をともにすることはなかった。そして、1914年末に軍の伝令係に任命されると、最前線の後方にいることが多くなる。彼の物語をより信憑性のあるものにするため、ヒトラーは自分自身を英雄ではなく、恐怖に直面し、戦争の残虐行為を乗り越えなければならない一介の兵士として見せている。そうすることで、ヒトラーは退役軍人に訴えか

Der 2. August 1914 auf dem Odeonsplatz in München (oben mitten in der begeisterten Menge Adolf Hitler)

Er lernt den Marxismus an der Wurzel kennen. Lernt und sieht, wie dieses Gift die Seele des Arbeiters zerfrißt. Sieht aber auch, wie diese Lehre aus jüdischem Munde kommt. Und in diesen Elendsjahren begreift Hitler, daß nur eines ein Volk retten kann: ein wahrhaftiger Sozialismus, der den Klassenkampfgedanken des jüdischen Marxismus überwindet, und nicht nur den Arbeiter, sondern alle Stände umfaßt. Wurde Hitler auf der Schule zu Linz Nationalist, so wurde er hier in Wien, Sozialist. Als er 1912 nach München übersiedelt, da ist in seinem rastlos tätigen, lernenden, beobachtenden Geist die Idee des Nationalsozialismus geboren.

Hitler tritt nach Reichsdeutschland über. Hitler läßt sich in München, der volksstarken, kunsterfüllten Hauptstadt des deutschen Südens nieder. Zwei glückliche Jahre verlebt er in München. Da fährt wie ein Blitzschlag der Ausbruch des Weltkriegs dazwischen.

Adolf Hitler ist vom österreichischen Heeresdienst nach zweimaliger Musterung befreit worden. Aber jetzt gibt es für ihn kein Schwanken. Ein Immediatgesuch an den König von Bayern erwirkt ihm das Recht, beim Listregiment seinem großen Vaterlande Deutschland freiwillig dienen zu dürfen.

In diesem, aus jungen, begeisterten Freiwilligen zusammengesetzten Bayrischen Reserve-Infanterie-Regiment Nr. 16 „List“ tut Adolf Hitler unverdrossen, von heiliger Begeisterung durchglüht, 4 Jahre lang härtesten Frontdienst. Unzählige Male durchquert er als Melde-

Hitler im Felde

10

001

けたのであり、彼らの反英雄的な戦争描写は一般的な言説と一致している。強力な退役軍人会「国旗団」のメンバーを自らの大義に再集結させる巧妙な方法。そのスローガンは「二度と戦争はしない」だ！

002 当初は写真に撮られたり、自分の顔が広く知られるようになることに気が進まないようだったが、ヒトラーはコミュニケーションにおけるイメージの重要性を理解していた。だから、1924年ランツベルクに収監されていたときも、ホフマンのカメラの前でためらわずにポーズをとった。そして確信したように、独房のなかで威厳のある

statt. Seine Verhandlungen mit den Franzosen in Wiesbaden werden enthüllt. Sogar der Name jenes Sixtus von Parma-Bourbon geistert im Reigen der Donauföderalisten.

Schuld häuft sich auf Schuld. — — aber nicht auf die Schultern der Angeklagten.

Am 3. März stellt der Verteidiger seinen berühmten Antrag auf sofortige Verhaftung Kahrs, Lossows und Seißers wegen Mordes und Hochverrats.

Es kommt zu wilden Redeschlachten.

Das Wort „Novemberverbrecher" fällt.

Da springt Hitler auf: „Die Leitung der politischen Aktion gegen die Novemberverbrecher habe ich, das war mein Referat und wird mein Referat sein, wenn nicht heute, so in Zukunft."

Gelächter wetterleuchtet in den Gerichtssaal.

Und dann muß Kahr aussagen.

Die Verteidiger schmettern los:

„Warum haben Sie in Bayern die Reichsgesetze nicht ausgeführt?

Warum haben Sie die bayerischen Truppen nicht auf das Reich verpflichtet?

Warum ließen Sie das Geld der Reichsbank in Nürnberg beschlagnahmen?

Warum wollten Sie in Thüringen [illegible]? Thüringen war doch am 6. November bereits vollkommen ruhig. Gegen wen wollten Sie losschlagen?

Warum haben Sie einem Stuttgarter Verleger gesagt: Sie könnten nun nicht länger warten?

Warum? . . .

Warum? . . .

Warum? . . ."

Kahr antwortet nicht. Er kann sich nicht erinnern!

Kahr wagt es nicht, auch nur sich zu verteidigen.

Nur bei einer Nebenfrage antwortet er, — und seine Antwort wird sogleich als Lüge entlarvt.

Als er den Gerichtssaal verläßt, bildet sich eine breite Gasse vor ihm. Wie einen Pestkranken meidet ihn das Volk. Viele wenden sich um, als Kahr an ihnen vorübergeht. Nicht einmal ein Blick soll diesen Mann streifen.

Nicht einmal ansehen wollen sie diesen Menschen.

Von Tag zu Tag wird Hitler mehr vom Angeklagten zum Ankläger.

Daß Kahr einen Putsch machen wollte, aber nicht den Hitlerputsch, sondern einen wirklich hochverräterischen Putsch, um Bayern von Deutschland abzutrennen, — das war nicht nur dem Gerichte klar. Und warum Hitler dazwischengefahren war, die Partei aufs Spiel gesetzt hatte, auch.

Am 31. März, als das Urteil verkündet werden soll, gleicht München einem Heerlager.

Die Polizei traut der Bevölkerung nicht. Die Verteidiger der Angeklagten werden, wie sie erscheinen, mit [illegible] überschüttet. Kaum, daß sie sich den Weg durch die Menge bahnen können.

Die Menge feiert sie, und meint jene Männer dort drinnen in den Zellen des Volksgerichts.

Und die Polizei des Herrn v. Kahr weiß das sehr genau.

Die Verteidiger, niemand kann sagen, wer die Nachricht brachte, fahren im offenen Wagen, wenn Hitler freikommt, oder nur Festung erhält. Im geschlossenen, wenn — nun wenn . . .

München ballt die Faust in der Tasche.

Und wartet auf die Wagen.

Und dann kommt das Urteil:

Hitler, Weber, Pöhner, Kriebel — fünf Jahre Festungshaft, mit Bewährungsfrist nach sechs Monaten.

Röhm, Wagner, Frick, Brückner ein Jahr sechs Monate.

Ludendorff freigesprochen.

Der Saal birst von ungeheurem Jubel. Die Heilrufe fegen nur so über das Gericht hin.

Und dann kommt die Urteilsbegründung.

Sie rechtfertigt Hitler vollkommen. „Für einen Mann, der deutsch denkt und fühlt, wie Hitler . . ., der viereinhalb Jahre an der Front freiwillig stand . . ., kann die Vorschrift des Republikschutzgesetzes, das die Ausweisung . . . ."

Der Saal quittiert jeden Satz mit ungeheurem Beifall.

München feiert Hitler.

Mißmutig steht die Kahrpolizei neben dem glühenden Bekenntnis eines Volkes.

Hitler in der Festungszelle in Landsberg, 1924

30

Volksgericht München I

Aufnahmebefehl.

Adolf Hitler, geb. 20. April 1889, ist behufs Vollzug seiner Festungshaftstrafe von 5 Jahren wegen Verbrechens des Hochverrats im Anschluß an die derzeitige Haft in Haft zu behalten. Vier Monate zwei Wochen Untersuchungshaft werden angerechnet.

München, 1. April 1924 vorm. 10 Uhr. Der Vorsitzende: gez. Unterschrift.

So kurz und bündig dieser Aufnahmebefehl auch klingen mag, so eine unsagbar lange Zeit liegt in den Worten „5 Jahre Festung", noch dazu für einen Mann, der nur sein Bestes, die Freiheit seines Volkes, wollte.

Es war am 1. April 1924; zum zweiten Male durchschritt Adolf Hitler das Tor der Gefängnismauern von Landsberg, dieses Mal nicht als Schutzhäftling, nicht als Untersuchungsgefangener, sondern als von einem Volksgericht Verurteilter. Die vergitterte Festungsstube, die ihn aufnimmt, ist nur notdürftig ausgestattet mit einer eisernen Bettstelle mit Matratze, einer wollenen Decke, einem kleinen Tisch, einem Nachtschränkchen und zwei Stühlen. Wenn man seinen Blick durch die vergitterten Fenster schweifen ließ, so sah man über eine 5 Meter hohe Festungsmauer die herrlichen Wiesen und Felder von Landsberg vor sich liegen. Von Zeit zu Zeit wurde die Eintönigkeit unterbrochen durch das Laden der Gewehre beim Ablösen der Wache oder durch das Klappern der Schlüssel, wenn der Aufseher seine Runde machte. Und in dieser Welteinsamkeit, abgeschlossen von der übrigen Menschheit, nur umgeben von seinen getreuen Mitkämpfern und Mitgefangenen, schuf der Führer sein großes Werk „Mein Kampf". So kam der 20. April, an dem Adolf Hitler seinen 35. Geburtstag feiern konnte. Wenn die damaligen Machthaber glaubten, daß durch die Einkerkerung Adolf Hitlers die Bewegung erledigt sei und seine Anhänger ihn verlassen würden, so wurden sie gerade an diesem Tage eines Besseren belehrt. Sicherlich hatte die Landsberger Post einem Bewohner des schönen Lechstädtchens noch nie so viele Briefe, Telegramme und Liebespakete gebracht wie an jenem Tage dem Festungsgefangenen Adolf Hitler. Die schönsten Blumen schmückten den Geburtstagsraum, Geschenke von Freunden und treuen Anhängern. Wochen und Wochen gingen dahin, der Sommer ging schon zu Ende, die Zahl der Festungsgefangenen war auf 32 Mann gestiegen. Für jeden einzelnen kamen Tage frohen Mutes und auch Tage der Trostlosigkeit, je nachdem der Himmel sein Gesicht zeigte. Hatte doch ein jeder draußen seine Familie, sein Geschäft, Freunde und vieles mehr. So manchem kam, wenn er seinen Blick durch die Gitter auf die reifen Getreidefelder und die grünen, blumengezierten Wiesen schweifen ließ, der Gedanke an seine Lieben. Doch wenn abends dann der Führer seine Leute um sich versammelte, um ihnen aus seinem im Entstehen begriffenen Buche vorzulesen, strömten Glaube, Zuversicht und Trost in die Herzen.

Der Führer arbeitete und schrieb Tag für Tag in seiner Zelle. Die anderen Mitkämpfer [illegible] sich in verschiedenen Kommandos, die einen wurden Erdarbeiter unter der bewährten Hand des so früh dahingeschiedenen Kameraden Hamm, Wege wurden angelegt, andere wieder gaben sich dem Gartenbau hin, wieder andere machten Brennholz, und so sah ein jeder zu, wie er seine Zeit mit Arbeiten totschlagen konnte. Am Abend versammelte sich alles auf dem Spielhof, um vor dem Schlafengehen nochmals seine Glieder tüchtig in Bewegung zu bringen. Monate vergingen, das Weihnachtsfest stand vor der Tür. Zum ersten Male Weihnachten hinter eisernen Gardinen. Die „Feldherren" hatten bereits sich den Kopf zerbrochen, wie das Weihnachtsfest verlaufen sollte. Am 19. Dezember abends 10 Uhr, die Festungsinsassen hatten sich bereits schlafen gelegt, erschien der Direktor der Strafanstalt höchst persönlich vor Adolf Hitler und brachte die frohe Botschaft, daß er frei sei. Am Morgen des 20. Dezember versammelte der Führer noch einmal seine Getreuen um sich, übergab das Kommando seinem heutigen Stellvertreter Rudolf Heß und verabschiedete sich von jedem einzelnen persönlich mit dem Versprechen, alles zu tun, auf daß auch sie recht bald wieder die langersehnte Freiheit erhalten werden. Er aber ging wieder in das Volk, der Kampf begann aufs Neue.

Der Führer verläßt die Festung Landsberg, 1924

31

002

ポーズをとり、予言者のように遠くを見つめた。ポストカードとして複製されたその写真は何百万枚と売れ、象徴的なものとなった。ヒトラーは10年後、同じ場所で再びポーズをとり、その写真はボヘミア・モラヴィア保護領の記念切手の発行に使用された。写真集『ドイツの目覚め(Deutschland Erwacht)』右ページの、ヒトラーが刑務所から出るところを撮った写真に、二人は躊躇なく不正をした。実際は、看守らにカメラを没収すると脅され、ヒトラーが刑務所の門の前でポーズをとることを拒否されたのだ。そこでホフマンは少し離れたところにある中世の城門バイエルトールの前で写真を撮ることを提案した。というのも、バイエルトールの壁が刑務所の城塞のように思わせるからだ。その後、ホフマンはその写真を外国の報道機関に流し、外国の報道機関は出典を確認することなく、撮影者の提供した「ランツベルク刑務所を出るヒトラー」というキャプションを添えてその写真を転載した。

003 画家くずれ?

ヒトラーは挫折した芸術家だったのか? 『わが闘争(マインカンプ)』ではそうではなかった。1907年、ウィーン美術アカデミーの入学試験で不合格だった

003

ことは、彼の将来の軌道すべてにつながる運命のサインとして提示されているかのようだった。しかしながら、彼が書いているように、実科学校以来、自分は「様々なクラスのなかで誰よりもはるかに優秀なデッサン家」であると確信していた。このことはフリーハンドのデッサンに対する成績と「良」という評価によって裏付けられている。しかし、113人の受験者がいた入学試験当日、彼の成績は審査員によって「不十分」と判断され、28人の合格者のなかには残らなかった。「私は自分の合格をまったくもって確信していたので、不合格の通知は、平穏な空に残酷な一撃を食らわせたように、私を打ちのめした」、と彼は書いている。自信に満ち溢れた彼は、翌年再度受験するが、やはり不合格だった。彼がもうひとつ情熱を持っていたのは、新古典主義建築だ。「数日のあいだに、私は建築家になるのだと確信した」と『わが闘争』のなかの、ランツベルク刑務所で描かれた2つのスケッチのあいだに書いている。戦争中に彼が情熱を持ち続けていたものは、ゲルマニアの模型の前でアルベルト・シュペーアと一緒に写っている数枚の写真からもわかるように、第三帝国の記念碑的な首都の建築プロジェクトだった。1941年10月、彼はヒムラーにこう打ち明けている。「私は建設者でいたい。我が意に反して戦争指導者なのだ」。収入のなかったヒトラーは、無料で入居していたホームレスの保護施設で絵の才能を活かしてポストカードを描き、ウィーンの居酒屋や小さな商店で売った。それによって、3カ月後の1910年2月、清潔で、安い食事の食べられる近代的な宿泊施設に移ることができた。彼の運命を見れば、1914年12月に描かれたこのメッシーナの回廊跡の作品のように、彼の水彩画が公式出版物、とくに第一次世界大戦初期に制作されたものに収録された理由がよりよく理解できる。

004 **005** どのような独裁政権においても、主なターゲットは未来を代表し、新体制を永続させていくべき若者たちだ。ナチスも例外ではなく、サッカーチームの写真集のように、貼り付けられる写真が入った写真集が多数販売された。しかし今回は、購入する子供たちはヒトラーの生涯や第三帝国の偉人、あるいはドイツ軍の歴史に関するヴィネット(vignette)を収集した。これらの写真にはいくつかの形式がある。新帝国(Das Neue Reich)シリーズは小さいサイズで、クラブやリーガといったタバコの箱に挿入された。したがって、プロパガンダは二重のインパクトを与えた。というのも、大人がタバコを買い、写真を見て、それを子供に与えるからだ。最も逆説的なのは、ナチス政権

004

005

はそれと並行して、大々的な禁煙キャンペーンを展開し、広告規制や多くの公共の場での喫煙禁止を実施していたことだ。優生学によるものとしていたが、それと同時に、ヒトラーは若い頃はヘビースモーカーであったにもかかわらず、タバコを嫌っていたからだった。

006 007 ナチスのシンボル

写真集『第三帝国の男たち(Männer im Dritten Reich)』は総統の肖像を描いている。

「指導者」、「指揮者」あるいは「リーダー」と訳されるこの言葉は、19世紀末に多くの右翼界で使われるようになり、国家を円滑に機能させるために不可欠なカリスマ的実力者を指すようになった。この名称は1921年12月、ナチ党の機関紙『フェルキッシャー・ベオバハター』によって、初めてヒトラーに与えられた。新聞は1923年4月20日のヒトラーの誕生日に「ドイツの総統」という見出しでこの称号を立証した。

写真集『ドイツの目覚め(Deutschland Erwacht)』左ページの写真の下には、「ハイル・ヒトラー」という掛け声が書かれている。ナチスは、ハプスブルグ帝国のドイツ領をドイツ帝国に併合するよう運動した19世紀末オー

DER Führer

„Daß Adolf Hitler ein Mann ganz großen Formats ist, daß er als einziger die deutsche Lage nach dem Kriege mit niemals trügender Sicherheit erkannt und vorausgesehen hat, daß er allein den Mut fand, daraus auch die harten, unerbittlichen Folgerungen für die reale Tagespolitik zu ziehen, das ist für uns, die wir Tag für Tag um ihn sind, von ihm Rat, Hilfe, Ansporn und niemals versagenden Glauben empfangen, so selbstverständlich geworden, daß wir es kaum noch zu betonen brauchen.

Das allein aber ist noch nicht erschöpfend und ausreichend, um den geheimnisvollen Zauber zu erklären, den dieser Mann auf alle, die nur irgendwie mit ihm in Berührung kommen, ausübt. Was ihn uns lieb und wert macht, das ist mehr: daß Adolf Hitler in allen Tiefen und Höhen seiner Laufbahn vom Beginn seiner politischen Tätigkeit an bis zu ihrer gewaltigen Krönung durch die Übernahme der Macht immer derselbe geblieben ist, ein Mensch unter Menschen, ein Freund seiner Kameraden, ein hilfsbereiter Förderer jeder Fähigkeit und aller Talente, ein Wegbereiter für die, die sich ihm und seiner Idee hingaben, ein Mann, der die Herzen seiner Mitkämpfer im Sturm eroberte und sie nie mehr aus seinen Händen ließ. Je länger man ihn kennt, desto mehr lernt man ihn schätzen und lieben, und desto vorbehaltloser ist man bereit, in seiner großen Sache aufzugehen.“

Mit diesen Worten würdigte Dr. Joseph Goebbels, der langjährige Gauleiter Berlins, Reichsminister für Volksaufklärung und Propaganda, am 44. Geburtstage des Führers seine Persönlichkeit und sein Wirken.

Bild Nr. 2

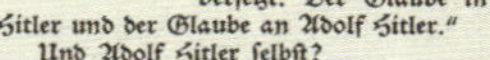

„Das Letzte an der Persönlichkeit Adolf Hitlers“ — so sagt Dr. Otto Dietrich, einer der engsten Vertrauten des Führers, in seinem Buch „Mit Hitler in die Macht“ — „wird auch uns, die wir sein wahrhaft geniales Wesen tagtäglich aufs neue bewundern, wohl immer ein Mysterium bleiben. Wer an ein Wunder glauben möchte, an eine höhere Fügung, die diese Wege des deutschen Volkes lenkt und leitet, der mag übernatürliche Kräfte, wenn irgendwo, dann hier in Adolf Hitlers Persönlichkeit am Werke sehen. Der gottbegnadete Mensch geht seinen Weg, weil er ihn gehen muß. Hier gilt das Wort, daß der Glaube Berge versetzt. Der Glaube in Adolf Hitler und der Glaube an Adolf Hitler.“

Und Adolf Hitler selbst?

Er ist nach Möglichkeit allen Ehrungen aus dem Wege gegangen. Denn der beste Dank für alles das, was er für Deutschland tat, der beste Beweis für Treue und Liebe war ihm immer unbedingte Pflichterfüllung und restloser Einsatz für die von ihm für richtig erkannten Ziele. Er wollte nicht gefeiert werden, sondern er wollte Arbeit.

So verbat er sich an seinem 45. Geburtstage, der ein Fest des Dankes für das ganze deutsche Volk war, ein Fest des Dankes dafür, daß Gott

7

006

ストリアの汎ゲルマン主義者のスローガンを流用した。「ハイル・ヒトラー」は「ヒトラーに敬礼」、「ヒトラーへの敬意」、もしくは歪曲して「ヒトラー万歳」と訳される。この後者の意味は、「ジークハイル」つまり「勝利万歳」である。

1920年に作られた鉤十字の旗に関しては、ヒトラーは『わが闘争（マインカンプ）』のなかでその意味を次のように述べている。「国家社会主義者として、我々は旗のなかに綱領を示している。赤には運動の社会的理念、白には国家

007

主義的理念、鉤十字にはアーリア人種の勝利のために戦う使命が、そしてそれとともに、創造的な労働という理念の勝利が表されており、これまでもこれからもずっと反ユダヤ的であり続けるだろう」。実際、鉤十字は様々な文化において幸運のシンボルであるが、民族主義的な汎ゲルマン主義運動を認識するしるしとなった。鉤十字は、右回りや左回り、丸みを帯びていたり角張っていたりする形で、パンフレットや新聞に掲載された。また、トゥーレ協会のようなオカルト運動でも用いられた。鉤十字を選択することで、ヒトラーは何の革新も行わなかったが、彼のイデオロギーに完全に対応する統一シンボルを取り戻したのである。実際、卍(スヴアスティカ)は今世紀に入ってから、ドイツの反ユダヤ主義界で使用されてきた。しかし、ヒトラーは自分がナチスの旗の作者であると主張し、集団的思想を否定している。「私自身としては、何度も試行錯誤を繰り返した後に、赤い布の旗に白い円、その中央に黒い鉤十字という最終的な形を紙に書き留めたのだ。そしてさらに何度も試行錯誤した結果、旗の大きさと白い円の大きさ、鉤十字の形と太さの決定的な比率を見つけた。そうして完成したのだ」と『わが闘争』に書いている。

008 009 ヒトラーが権力を握る以前から、玩具メーカーは鉤十字の旗を持った突撃部(SA)メンバーを模した鉛の兵隊を販売していた。これについては、1930年12月27日、共産主義者アンリ・バルビュスが発行していた平和主義の週刊誌『モンド』に記事が掲載されている。また、1937年1月23日付の『イリュストラシオン』紙には、ヒトラーやゲーリングなどの鉛の兵隊の玩具が紹介されている。

Ce que le commerce « hitlérien » offre aux enfants allemands : des racistes à la croix gammée, sinistres soldats de plomb et des cigarettes « racistes » appelées « Assaut ! ». Joyeux cadeaux...

008

L'ILLUSTRATION N° 4899 — 87

Les maîtres du IIIe Reich glorifiés en statuettes de plomb.
On reconnaît, de gauche à droite, le maréchal Mackensen, le Führer-chancelier et, un peu plus à droite, le général Goering.

009

010 **011** ヒトラーに関連する玩具のひとつに、1930年から1943年にかけて製造された『グロッサー・メルセデス（巨大なメルセデス）』の愛称で知られる彼のメルセデス・ベンツ770がある。

010

ナチスの高官たちも何人かが所有していた。公式パレードで総統が使用したこの装甲車は、ヒトラーが立ち上がって群衆に手を振ることができるように、折りたたみ式の座席になっている。車体の重量は4780キログラム、最高速度は時速200キロメートルであった。この車はあまりに象徴的であったため、子供向けのレプリカが製造された。

011

012 ベルクホーフ

ヒトラーゆかりの地といえば、バイエルンアルプスのベルヒテスガーデンにある彼の「鷹の巣」、ベルクホーフである。1933年、ヒトラーは1927年から借りていたこの山荘を『わが闘争』の印税で購入した。首相

012

として、大規模な工事を実施し、安全で静かな場所にするために建物を隔離させた後、この山荘を戦前の外交の中心地とし、外国の国家元首や政府首脳を何人も迎え入れた。ベルクホーフは、プロパガンダによって仕組まれた数々の公式会議によって、子供向けに製造されたレプリカと同様に、人々に広く知られる邸宅となった。

013 014 015 1945年5月4日、親衛隊(SS)が施設をダイナマイトで爆破し、その数時間後にアメリカ軍の手に落ちた。皮肉なことに、アメリカの第3歩兵師団の中には、

013

014

015

ルクレール将軍の第２機甲師団に所属するフランス人部隊がいた。彼らはナチス政権の極めて象徴的なこの場所へ最初に立ち入ることを許された。そして煙の立つ廃墟のなかで、数キロメートルにおよぶ地下壕を発見した。そこには略奪された芸術作品、数千本の高級ワイン、大量の食糧が収められていた。これを記念して1945年に冊子が発行された。

第2章
党首から国家元首へ

016 1919年、ヒトラーはドイツ労働者党の創設者アントン・ドレクスラーに出会い、ドイツ労働者党に入党する。彼の演説家としての資質はすぐに注目されるようになる。こうして、1920年1月24日、ヒトラーは党の25カ条綱領を公に発表するという任務を与えられた。これにより、ドイツ労働者党は国家社会主義ドイツ労働者党(NSDAP＝Nationalsozialistische Deutsche Arbeiterpartei)となる。主要なテーマはポピュリスト的なものだった。ヴェルサイユ条約の拒否、反ユダヤ主義、反マルクス主義、反議会主義、反資本主義、反教皇主義などである。1925年に発行されたこの冊子『ドイツは西洋文化のために闘う』にまとめられている。

016

017 1920年代、NSDAP(国家社会主義ドイツ労働者党)は組織化されていく。党は警備係である整理隊(Ordnertruppen)を保有していたが、1921年8月、「自由な国民の軍事的理想を維持する」という、かろうじてごまかした政治目的のもとに体育およびスポーツ部を設立した。この団体はすぐに真の姿が明るみになり、SA(突撃隊＝Sturmabteilungen)と呼ばれるようになる。この数年間に、将来の党幹部たちが入党する。ヘルマン・ゲーリング、ハインリヒ・ヒムラー、ルドルフ・ヘス、アルフレー

Kundgebung in Dortmund, 1933. Josef Wagner, Adolf Hitler, Wilhelm Schepmann und Victor Lutze

Der Führer spricht zur SA, Dortmund 1933

ト・ローゼンベルクらである。SAというこの残忍な自警団は、ここに見られるように、1933年3月ドルトムントで、大規模で印象的な軍隊式の集会を行った。これらのカラー写真は非常に有名になり、ヒトラーやナチズムに関するほぼすべての書物で使用されている。1933年の子供向けの写真集『ドイツの目覚め』にも掲載されている。

018

018 1923年11月8日のクーデター未遂事件の後、1925年2月までNSDAPは年の枠組みは禁止された。ヨーゼフ・ゲッベルスもNSDAPに入党する。1926年5月、党内の「左派」からの高まる批判を黙らせるために、ヒトラーは自らの綱領の「不変の」原則を宣言し、「指導者原理」(Führerprinzip)を党内すべての階層に一般化した。1933年1月以降の第三帝国のスローガンは、この指導者崇拝を端的に示している。第二帝国のスローガン「一つの民族、一つの帝国、一つの神」から着想を得て、自らを神に置き換えたのだ。そしてスローガンは、「一つの国家、一つの民族、一人の総統(Ein Reich, Ein Volk, Ein Führer)」となった。

019 ヒトラーはNSDAPの組織を再編成する。大管区指導者(Gauleiters)は選挙で選ばれるのではなくヒトラーによって任命されることになり、SA(突撃隊)に加えて、ヒムラーの命令で親衛隊(SS = Schutzstaffel)が創設され、専門同盟(弁護士、教師、学生)が作られ、青少年の幹部はヒトラー青年団/ヒトラーユーゲント(Hitlerjugend)で構成された。しかし、党は政治的には弱いままだった。1928年の選挙で2.6%の票しか獲得できなかったからだ。NSDAPの歴史は、創設からヒトラーが権力の座に就くまで、1934年に出版された『NSDAPの本が闘いと目標になる』など、数多くの書物の題材となっている。

020 国家の偉大さとその集団的美徳を讃えることで、ヒトラーは国民の大部分、すなわち若者、中産階級の人々、1929年の経済危機以降増加傾向にあり、SAにも多数いる失業者たちに感銘を与えた。こうして、1930年9月14日、NSDAPは得票率18%を得て、それまでの

Reichskanzler Adolf Hitler

Nach einer Zeichnung von Eugen Dange, im Verlage von Ludwig Möller, Lübeck

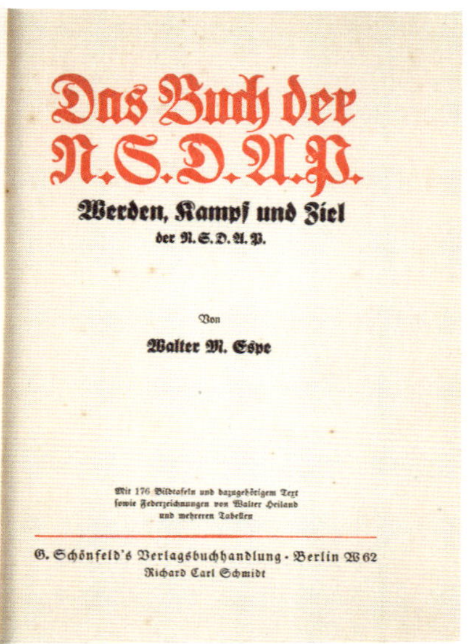

Das Buch der N.S.D.A.P.

Werden, Kampf und Ziel der N.S.D.A.P.

Von

Walter M. Espe

Mit 176 Bildtafeln und dazugehörigem Text sowie Federzeichnungen von Walter Heiland und mehreren Tabellen

G. Schönfeld's Verlagsbuchhandlung · Berlin W 62
Richard Carl Schmidt

019

366

LA RÉOUVERTURE DU REICHSTAG

Dans une réunion particulière, Hitler prononce le serment, entouré de Goering, Frick, Strasser, Stoehr et Goebbels (Photo Wide World)

La communiste Clara Zetkin préside la séance inaugurale du Reichstag (Photo Rap)

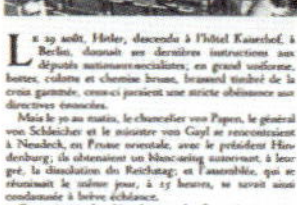

Le 29 août, Hitler, descendu à l'hôtel Kaiserhof, à Berlin, donnait ses dernières instructions aux députés nationaux-socialistes; en grand uniforme, bottes, culotte et chemise brune, brassard timbré de la croix gammée, ceux-ci juraient une stricte obéissance aux directives énoncées.

Mais le 30 au matin, le chancelier von Papen, le général von Schleicher et le ministre von Gayl se rencontraient à Neudeck, en Prusse orientale, avec le président Hindenburg; ils obtenaient un blanc-seing autorisant, à leur gré, la dissolution du Reichstag; et l'assemblée, qui se réunissait le même jour, à 15 heures, se savait ainsi condamnée à brève échéance.

On craignait des désordres, et des forces importantes furent massées aux alentours du palais pour contenir une foule considérable. Après avoir attendu patiemment durant des heures, celle-ci se laissa gagner par l'énervement; des rixes et des bagarres éclatèrent, la police montée y mit fin en refoulant les manifestants; elle procéda à quelques arrestations.

À l'intérieur, par contre, la cérémonie se déroula dans un calme parfait; pourtant, une ironie du sort conférait la présidence d'âge à la communiste Clara Zetkin. Malade, soutenue par deux femmes, appuyée sur sa canne, la militante rouge gravit la tribune. Acclamée par son parti, conseillée par le chef communiste Torgler, elle prononça les formules rituelles et appela quatre assesseurs.

Puis elle commença son discours : l'énergie des termes et des attaques classiques contre les libéraux, les capitalistes, les gros propriétaires terriens, le gouvernement réactionnaire, compensaient la faiblesse de la voix. Ironiques, ses adversaires se dédiaient à de futiles occupations et ne réagirent même pas à l'annonce d'une prochaine république allemande soviétique.

Après une suspension de séance, on procéda, vers 16 h. 30, à l'élection du président définitif. Au scrutin nominal, le capitaine national-socialiste Goering recueillit les 367 voix des nazis, des nationaux, du centre catholique et des populistes bavarois, alors que 135 voix allaient à M. Loebe et 80 à Torgler. Les vice-présidences revinrent, dans l'ordre, au centriste Esser, avec 364 voix, au national-allemand Graef, avec 315, et au populiste bavarois Rauch, avec 350.

Le président Goering affirma alors sa foi dans le maréchal Hindenburg et en un parlement national désireux de sauver l'Allemagne du désespoir; il rendit hommage aux victimes du *Niobé*, sombré dans la Baltique. À 20 h. 30, le Reichstag lui donnait mandat de le convoquer en cas de nécessité et s'ajournait.

Certains députés ont assisté à un service religieux à l'église Sainte-Hedwige (Photo Keystone)

020

12人に対し、107人の議員を国会(ライヒスターク)に送り込んだ。ヒトラーはそれ以降、政界に姿を現すようになり、うまく対処しなければならなくなる。1931年10月、ヒトラーはドイツ国籍をようやく取得したところで、1932年の大統領選挙に集中するため、政府への参加を拒否した。ところがこれが不幸な戦略となり、帝国大統領ヒンデンブルグ元帥が再選された。だがそれも関係ない。予定より早く行われた1932年8月の議会選挙で、NSDAPは230議席を獲得した。1932年9月10日付のフランスの週刊誌『ル・ミロワール・デュ・モンド』はこの選挙後の国会の開会を報じている。

021 ヒトラーは首相の地位を要求したが、拒否された。その後、国会は解散となり、11月6日に新たな選挙が行われたが、ヒトラーにとっては不利な結果となり、34議席を失った。党内の危機にもかか

149

UN COUP DE THÉATRE A BERLIN

ADOLF HITLER, CHANCELIER DU REICH

De g. à dr., assis : Goering, Hitler, von Papen ; au 2e rang : Seldte, Gereke, von Schwerin-Krosigk, Frick, général von Blomberg, Dr Hugenberg

Goebbels est acclamé lors de son arrivée à l'hôtel Kaiserhof

021

わらず、ヒトラーはヒンデンブルグと秘密会談を行い、妥協案に同意させた。1933年1月30日、ヒトラーは首相に任命され、フランツ・フォン・パーペンが副首相となった。権力の座に就くまでの長い年月の物語が、ポーランド出身のジャーナリスト、アントニーナ・ヴァレンティン・ルチャイア(のちの協力者ジャン・ルチャイアの義理の娘)によって、1933年2月4日付の『ル・ミロワール・デュ・モンド』紙で語られている。ヴァイマル共和政期にグスタフ・シュトレーゼマン首相の下で働いたアントニーナは、驚くほど素朴な結論を導き出している。「この暴力的な男、自らが権力の座に就く日には人々の首が転がるだろうと予言したこの男は、実際はまったく残忍非道な男などではなく、おそらくその言葉の完全な意味での独裁者ですらない」

022 023 「本当のヒトラー」

フランスのマスコミはドイツの新首相に関心を寄せていた。ジャーナリストで、『仮面を外したヒトラー』(タランディエ社、1933年)の著者であるミシェル・ゴレルは、1934年11月3日付の『ル・ミロワール・デュ・モンド』誌で、「本当のヒトラー」の姿を辛辣に描いている。その記事の中に、1901年にリンツで生まれ、マルセイユに亡命したヒトラーの元同級生の証言がある。その証言によれば、ドイツの指導者は「一風変わった、閉鎖的で、無口な少年」で、「野生児」というあだ名がついていて、女性にはまったく興味がない感じだった」という。これについては、記事のなかで、マグヌス・ヒルシュフェルト医師によっても確証されている。マグヌス・ヒルシュフェルトは、有名な性科学者であったが、ナチスの絶好の標的となり、研究所を閉鎖させられ、1934年にニースへの亡命を余儀なくされた。そしてそこでミシェル・ゴレルに出会ったのだ。ミシェル・ゴレルは次に、ヒトラーが金銭に無頓着だったことと、スパルタ的な趣向だったことを主張している。「ベジタリアンで、飲み物は水、周知のように、食べ物を一切口にしなかった」。編集者によれば、「ヒトラーには友人がおらず」、孤独を好み、音楽を聴いたり、新たな趣味として、映画や建築に興味を持ったりしていたという。

022

LE VRAI HITLER

023

ヒトラーの姿を写した4枚の写真のキャプションには、国会の演説の際に撮影されたものと書かれているが、実際は、1927年、ヒトラーが彼の公式カメラマンであるホフマンのスタジオで身振りを練習したときのもので、この一連の写真は一躍有名になった。このうちの何枚かの写真はポストカードにもなって広められた。

024 外交や国際関係の分野では、ヒトラーが権力の座に就いたことを不安に思う国もあった。ある程度の均衡を保つため、1933年6月7日、ローマにおいて、国際連盟の枠組みの中で、ヨーロッパの平和を維持することを目的として、イタリア、ドイツ、フランス、イギリスは、和解と協力の協定に調印した。『ラ・クロワ』紙のジャーナリスト、アラン・シャントロワは二人の独裁者の意図に惑わされず、一般的に「四本足の協定」と呼ばれることもあるこの文書の利点を信じたいと考え、二つの民主主義国家がファシストとナチスの独裁政権に屈したと評価している。

025 ヒトラーは1936年のベルリンオリンピックを利用して、巨大なプロパガンダの瞬間を画策した。オリンピックは、ナチズムと

024

DIPLOMATEN BEIM FÜHRER

THE DIPLOMATIC CORPS IS RECEIVED BY THE FUEHRER

RÉCEPTION DE DIPLOMATES PAR LE FÜHRER

LOS DIPLOMÁTICOS CUMPLIMENTAN AL FÜHRER

Der Führer und Reichsaußenminister Freiherr von Neurath / The Fuehrer and the Reichsaussenminister Freiherr von Neurath / Le Führer et le ministre des affaires étrangères Freiherr von Neurath / El Führer y el ministro de RREE Freiherr von Neurath

Führer und Reichsaußenminister im Gespräch mit dem englischen Botschafter Sir Eric Phipps / The Fuehrer and the Reichsaussenminister speaking with the English Ambassador, Sir Eric Phipps / Le Führer et le ministre des affaires étrangères en conversation avec l'ambassadeur d'Angleterre Sir Eric Phipps / El Führer y el ministro de RREE en conversazión con el embajador britanico Sir Eric Phipps

Der Führer und der französische Botschafter François-Ponçet / The Fuehrer and the French Ambassador François Ponçet / Le Führer et l'ambassadeur de France François-Ponçet / El Führer y el embajador francés François-Ponçet

Neujahrsempfang / New Year's Day Reception Réception de Nouvel An / Recepción de Año nuevo

025

それがドイツにもたらした恩恵を示すショーケースとなった。ときには三カ国語(ドイツ語、英語、フランス語)で書かれた本が、選手やジャーナリスト、観客に広く配布された。そのなかで、ヒトラーは「普通の」尊敬される国家元首として紹介され、イギリスやフランスの大使と対等に扱われていた。しかし、総統の笑顔はフランス大使アンドレ・フランソワ=ポンセの前では通用しなかった。彼は1938年までのドイツ駐在中ずっと、1934年に「完全に狂っている」と評したこの人物の危険性について、フランス人として警戒しなければならないと、歴代政府に対し常に警告を発していた。

026 一方、1936年8月4日、スポーツ雑誌『マッチ』の記者ジャン・ド・ラスクメットはオリンピックの開会式に魅了されたようだ。「ドイツ人は演出がうまい。何ひとつおろそかにせず、何ひとつ不備がない。巨大で設備の整ったスタジアムの舞台は壮大で、楕円形の二つの頂点からアリーナに降りる二つの大きな階段がある。熱狂的な観客でいっぱいだった。そのせいでより一層大きく感じた。そして、真新しいものの美しさがあった。会場については以上です」。また、選手団の入場の際にはこう書いている。「最も美しいプレゼンテーションは、間違

026

いなくドイツの選手たちだった。皆一様に白い服装で、動作も非常によく調整されていて、現実のものとは思えないほどだった。しかし、より地味な服装と美しい様相のフランス人は、現地の人々に次いで、その日の偉大な勝利者だった」

027 1940年9月27日、ヒトラーは今度は好戦主義者として外交的手腕を駆使し、ベルリンで、ローマ・ベルリン・東京枢軸と呼ばれる日独伊三国軍事同盟に署名した。そこに1941年6月までに他の5カ国が加盟することになる。これは重要な協定で、調印国が攻撃を受け

027

た場合に互いに助け合うことを約束した。それによって、とりわけ、ヨーロッパではドイツとイタリアが、極東では日本が、それぞれ新しい秩序を築くことが可能になった。1940年10月3日付の『ベルリナ・イラストリルテ・ツァイトゥング』誌では、ヒトラーと並んで、署名者であるイタリアの外務大臣チャーノ伯爵と日本の来栖三郎大使の姿が見られる。

028 日独友好が、11月28日付の『ベルリナー・イラストリルテ・ツァイトゥング』誌の新たなページのテーマで、来栖三郎日本大使の姿を中心に掲載されている。この日本との接近については『わが闘争』にも見られる。そのなかでヒトラーは、たとえ国内のユダヤ人社会が千人を超えなくても、日本もまたユダヤ人の犠牲者になるだろうと書いて

1256 Berliner Illustrirte Zeitung 1940 Nr. 48

Beim Empfang anläßlich des 2600jährigen Jubiläums des japanischen Kaiserhauses: Der Führer im Gespräch mit dem japanischen Botschafter in Berlin Kurusu; links Reichsminister des Auswärtigen von Ribbentrop, rechts Gesandter Schmidt.

Der Führer in der Japanischen Botschaft

Der japanische Botschafter empfängt Reichsführer SS Himmler.

Reichsorganisationsleiter Dr. Ley wird vom Gastgeber begrüßt.

Botschafter Kurusu und Reichsminister für Volksaufklärung und Propaganda Dr. Goebbels bei der herzlichen Begrüßung.

Presse-Hoffmann (4)

Parade vor Japans Kaiser

Vor 130 000 Zuschauern und 50 000 angetretenen Soldaten der verschiedensten Waffengattungen: Der Kriegsminister Tojo empfängt vom Kaiser von Japan eine Botschaft.

028

いる。ヒトラーはその陰謀論的予見で、ユダヤ人は「千年の歴史を持つユダヤ帝国において、日本の民族国家を恐れており、ゆえに、独自の独裁政権を樹立する前からその消滅を望んでいる。したがって今日、ドイツに対してと同様に、日本に対しても人々を扇動している。……それゆえ、この世界的なユダヤ人の危険に対する闘いもまた、そこから始まるのだ。そしてそこでもまた、まさに国家社会主義運動こそが、その最も大きな使命を果たさなければならない。国民の目を外国に向けさせ、今日の世界の真の敵が誰なのかを何度も何度も思い出させなければならないのだ」と書いている。

Obersalzberg — Brennpunkt der europäischen Diplomatie

Der spanische Außenminister Serrano Suner und der italienische Außenminister Graf Ciano beim Führer.
Oben rechts: Reichsaußenminister von Ribbentrop geleitet den spanischen Besuch auf den Obersalzberg *Aufn. Presse-Illustr. Hoffmann*

eine Entfernung von 300 Kilometer zu überbrücken, um Yünnan zu erreichen, das vom Marschall Tschiangkaischek in den letzten zwei Jahren zum Zentrum seiner Kriegsindustrie gemacht worden war. Für die weiteren Operationen gegen Yünnan und für die Versorgung und den Nachschub ihrer Truppen steht den Japanern jetzt auch die 860 Kilometer lange Yünnan-Bahn zur Verfügung, die vor dem Einmarsch der Japaner für Tschiangkaischek von ungeheurer wirtschaftlicher Bedeutung war. Denn sie stellte für den chinesischen Marschall den letzten Versorgungsweg dar, nachdem Mitte vergangenen Jahres zwischen England und Japan ein Abkommen geschlossen worden war, daß vom 18. Juli 1940 an für die Dauer von drei Monaten die Burma-Straße für jede Zufuhr nach China gesperrt werden sollte. Nach Ablauf dieser drei Monate hat England am 18. Oktober die Burma-Straße wieder eröffnet. Die japanischen Absichten und Ziele konnten jedoch dadurch nicht mehr durchkreuzt werden. Schon wenige Stunden nach der Wiedereröffnung wurde die durch ihre große Anzahl von Brücken leicht verletzliche und schwer wiederherzurichtende Straße von japanischen Geschwadern heftig mit Bomben belegt. Diese Bombenangriffe, die inzwischen auch auf Yünnan ausgedehnt wurden, werden ständig wiederholt. Sie machen die letzte Hintertür Tschiangkaischeks unbrauchbar und bringen die Auseinandersetzung ihrem Ende näher. GÜNTER PAHL

Nr. 48 3

029

029

フランコとのアンダイエ会談が失敗に終わったにもかかわらず、ヒトラーは主にカウディーリョ(総統)の義弟で1940年10月16日に外務大臣に任命されたセラーノ・スニェールを通じて、スペインとの永続的な関係を維持した。彼は確信的な親ナチス・ドイツ崇拝者で、ファシスト・イタリアとの永続的な関係を築くことにも尽力したため、スペインでは「枢軸国の公使」と呼ばれるほどだった。したがって、1940年11月27日付の『ディ・ヴォッヘ(Die Woche)』のようにドイツ紙の前面に、イタリアのチャーノの視線の先でヒトラーと握手を交わす彼の写真が掲載されたのは極めて自然なことだった。左下の写真には、スニェールがドイツの外務大臣ヨアヒム・フォン・リッベントロップと一緒に写っている。この二人は互いにいがみ合っていた。スニェールはリッベントロップを「無礼で、横柄で、機転が利かず、影が薄い」と評し、リッベントロップはスニェールを「貪欲で、陰険だ」と批判している。

030 国家の守護者ヒトラー

1943年、ドイツ軍がすべての前線から後退していたとき、フランスの城壁には「1918＝1943」というスローガンが掲げられた。それはつまり、この年がドイツ降伏の年であるということだ。ナチスのプロパガンダは、このスローガンを自分たちに有利なように利用したキャンペーンを考えた。次のような紹介文が書かれた冊子がフランス語で発行された。

「主に都市の壁や共用便所で精力的に活動する愚か者たちは、夜中にチョークを大量に使って〈1918＝1943〉と書くことが機知に富んだことだと信じている。

1918年と1943年を同格扱いできると考え、それによってドイツは今、敗北の年を迎えているという意見すら表明できると思っている多くの同胞が共有していなければ、この愚かさを指摘しても無意味だろう。……しかしながら、今日のドイツを見れば、真実は彼らが望むようなものではなく、窮地に陥ってなどいないことがすぐにわかるだろう。開戦5年目に入ったドイツ国民は、自分たちの安泰と、憎悪と不和の対象が追放されたヨーロッパの創造のために必要なあらゆる物質的、道徳的手段を

030

手にしている」

冊子はもちろん総統の保護を強調しており、裏面はナチス式敬礼をする群衆の写真で締めくくられていて、次のように書かれている。「指導者の後ろで全国民が団結している」

第3章

ヒトラーの肖像写真

写真家ハインリヒ・ホフマンが肖像写真の撮影のために初めてヒトラーに会ったのは1922年のことだった。二人は反りが合ったようで、ヒトラーはホフマンを自らの「公式カメラマン」に任命し、ホフマンはヒトラーの死までその職を務めた。そのため、我々が目にするヒトラーの写真のほとんどは、多くの公式肖像写真を含め、ホフマンが撮影したものである。1933年から1945年にかけて、総統の公式肖像写真は1枚ではなく複数枚あり、ナチズムの栄光を讃える出版物に掲載され、公共施設に飾られた。ヒトラーの写真は必要に応じて、民間人だったり、軍人だったりした。1枚ですべてを叶えることはほぼ不可能なため、選択が必要だったのだ。

031 写真集『ドイツの目覚め(Deutschland Erwacht)』のなかの首相の姿。

031

032

032 ポストカード『我らの総統(Unser Führer)』、オーバーバイエルンのベルヒテスガーデン近くのオーバーゼー・ケーニヒス湖で撮影された。

033 主なナチス指導者たちの肖像写真を掲載した1934年発行の写真集『第三帝国の男たち(Männer im Dritten Reich)』の序文を飾る色彩画。

034 ハインリヒ・ホフマンがキャプションに明示して公式に承認した肖像写真。

035 書籍『私生活のヒトラー』に掲載、オーバーゼー・

033

Le Chancelier Adolf Hitler,

d'après le portrait paru dans la Feuille artistique, officiellement approuvée, de Heinrich Hoffmann, Munich-Berlin.

034

Am Obersee 53

035

ケーニヒス湖で撮影された新ロマン主義的なポーズ。

036 1940年アルザス併合の際に発行された冊子の口絵に転載された胸像。

037 1935年1月16日付『パリ・ソワール』紙のこの記事にあるように、ザールのドイツ帰属を決める住民投票のような重要な機会に肖像写真が使用された。

036

038 軍事プロパガンダは東部戦線の民間人にまで波及し、ヒトラーの肖像写真入りの1942年のカレンダーが配布された。写真はSSの「プロパガンダ会社」(Propaganda kompanien)のメンバーによって撮影されたもの。

LES SCRUTATEURS ÉCOUTENT LES RÉSULTATS DU PLÉBISCITE

DES PORTRAITS DU FUHRER SORTENT DES MAISONS

La Sarre s'est prononcée. Par 477.108 voix contre un peu moins de 50.000, les habitants du Bassin ont voté leur rattachement à l'Allemagne. On épiloguera longuement sur ces résultats. Depuis ce matin les drapeaux à croix gammée et les portraits du Reichsführer Hitler sortent de toutes les maisons. Les magasins seront fermés aujourd'hui et les manifestations s'annoncent nombreuses. Voici, en bas, dans un coin retiré de Sarrebruck, des petites filles décorant un portrait d'Adolf Hitler, portrait qui doit, à l'heure actuelle, être exposé devant un magasin ; en haut, il est sept heures du matin. Les enveloppes couvrent le plancher de la grande salle de la Wartburg montrent bien le travail accompli durant la nuit. Les scrutateurs, fatigués par une nuit blanche, écoutent, assis, les résultats du plébiscite que lit M. de Rhode.

037

038

039 どんな全体主義政権でもそうあるように、1943年1月21日付の対独協力派週刊誌『ラ・スメンヌ(La semaine)』に掲載された、ドイツへ働きに行くフランス人志願兵のこの写真が示すように、バーやレストランにおいてもヒトラーの肖像写真を目にするのはめずらしいことではなかった。他のフランス人に、独仏コラボラシオン政策の名のもとに、総統の保護下に置かれるのだから安心して志願兵になろうという気にさせるためだった。

040 **041** 肖像写真は、1937年にドイツ労働戦線（DAF = Deustche Arbeitsfront）の支部『職場の美の事務所』が発行したオフィス用家具のカタログの中にも見られる。こ

Ci-dessus: Le soir, dans les brasseries de Berlin, les ouvriers français se délassent. Ils peuvent pénétrer n'importe où, exactement comme les civils allemands, aussi bien dans les théâtres que dans les cinémas et les plus grands cafés de la capitale.

039

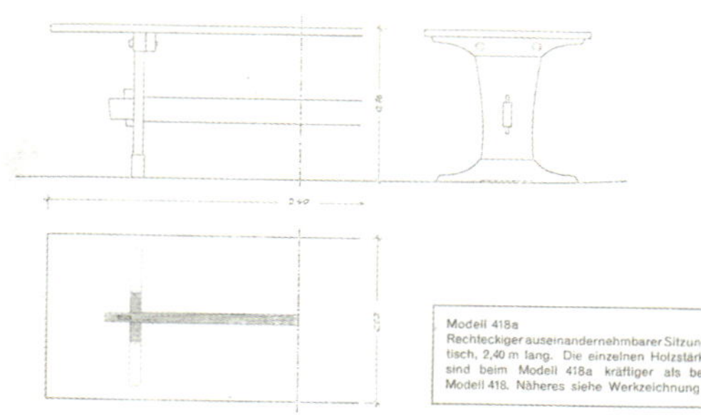
Modell 418a
Rechteckiger auseinandernehmbarer Sitzungstisch, 2,40 m lang. Die einzelnen Holzstärken sind beim Modell 418a kräftiger als beim Modell 418. Näheres siehe Werkzeichnung

Ausschnitt aus einem Sitzungszimmer

133

040

Modell 416a
Zweikorpus-Schreibtisch aus Sperrholz, Türen und Füllungen abgeplattet. Auch hier sind zwei Mittelschubkästen vorgesehen

041

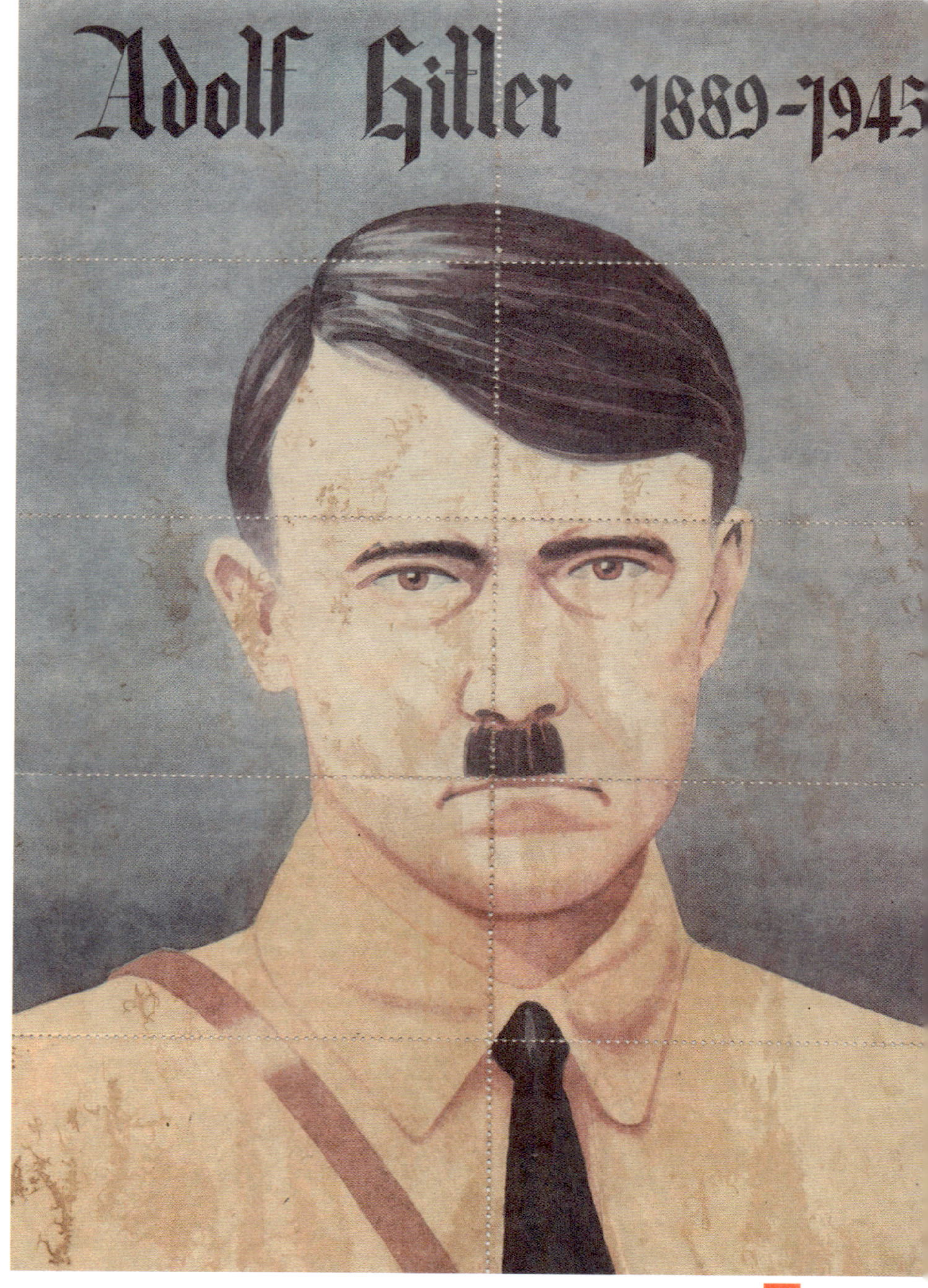
Adolf Hitler 1889-1945

のカタログには、椅子やテーブル、机、収納家具、書棚、洋服掛け、照明器具、シャンデリア、コートスタンド、カーテンなど、171の実例と380点のイラストや図面が掲載されていた。

042 1945年、ヒトラーが死亡したとき、フランコ率いるスペインがアメリカに接近し、ファシスト政権やナチス政権との過去の友好関係を忘れようとしていた時期だったにもかかわらず、スペインの配給権の裏面に描かれたヒトラーの奇妙な絵。

043 空挺新聞『戦争中のアメリカ(L' Amérique en guerre)』のいくつかの号に、ドリーフォーレとフリドリンというキャラクターが登場する。この二人の純朴なドイツ兵は、前線での日常生活を描いた場面で常にグロテスクな状況に置かれる。これは連合軍の風刺画手法のひとつで、ドイツ兵を指導者の狂気の犠牲者として登場させることで、下部組織を階級制から切り離そうとするものである。グロテスクな側面を時折増長させるために、二人はドーリットルとフリードリーンというドイツ語風の名前になる。二人は暖をとるために、ヒトラーの肖像写真を燃やすだろうか、と1943年10月4日号で皮肉を込めて問いかけている。

Dorittor und Friedbolin
" Si ce froid russe augmente, je n'ose dire à quelles extrêmités nous en serons réduits."

043

044 解放時には、ドイツのすべての行政機関や兵舎に掲げられていたヒトラーの肖像写真は、壁から取り除かれ、最後にはそのほとんどが汚され、踏みつけられ、燃やされた。

POUR COMPRENDRE LES COMMUNIQUES ALLEMANDS
Pour le moment, les Allemands exécutent une vaste opération de décrochage.

044

第4章 「禁止事項（VERBOTEN）」——禁止および検閲された画像

立派な独裁者であるために、ヒトラーの画像は一つとしてヨーゼフ・ゲッベルスの情報宣伝省の検閲なしに公開されてはならなかった。しかし、何枚かの写真はその規則を潜り抜け、報道機関が喜んで出版することもあった。

045 1938年創刊の週刊誌『マッチ』は、少なくとも以下3枚の全面写真によって、禁止画像を掲載することが慣例となった。1938

PHOTO INTERDITE (Exclusivité Match)

M. HITLER AVEC SES LUNETTES

On avait remarqué, aux « Actualités » prises au cours de la cérémonie de signature du Pacte à Quatre, à Munich, que M. Hitler avait esquissé soudain, devant la camera, un geste brusque. On se demandait pourquoi. L'explication est simple : M. Hitler avait ôté rapidement les lunettes qu'il porte pour écrire et lire depuis quelque temps. Aveuglé par les gaz durant la guerre, le chancelier allemand doit, en effet, sur les conseils de ses médecins, porter des verres pour ménager sa vue. Mais il ne veut pas que cela se sache et surtout que cela se voie. Cette photographie unique le montrant, avec ses lunettes, à son bureau a été interdite en Allemagne.

045

年12月8日号では、禁止されている眼鏡をかけた総統の写真を掲載した。

046 1939年10月19日号では、後姿が写っている。

ILS NE SAVAIENT PAS QU'UN PHOTOGRAPHE...

046

HITLER A INTERDIT CETTE PHOTO

Les services de propagande du IIIe Reich ont voulu créer la légende d'un Hitler vertueux et ascétique. Et c'est sur l'ordre même du Führer que la publication de cette photo, prise à Berchtesgaden, a été formellement interdite. Pourquoi ?

047

047 そして1940年1月4日号では、若い女性の肩を抱いている姿が、あまりにも平凡に見える。

048 ある個人が撮影したこの写真は、軍艦の検査の際に撮影された日付不明の写真だが、顎紐が美しくないため、検閲を通過することはなかっただろう。

049 したがって、少しでも風があるときは、クリークスマリーネ(ドイツ海軍)の長であるレーダー海軍大将とともに行った海軍審査の写真からもわかるように、帽子を脱ぐことが賢明なこともある。これらの写真はプロパガンダの写真集『ドイツの目覚め(Deutschland Erwacht)』に掲載されている。

048

Der Führer bei den blauen Jungs

Der Kanzler und Admiral Raeder bei der deutschen Flotte

107

049

050 船上にいた兵士か士官によって、ヒトラーが気づかないうちに撮影されたと思われるこの写真については、公式の報道機関が拡散を許可しなかった理由が容易にわかる。実際、連なる軍艦を背景にカメラマンがローアングルで撮影した写真があるのに、手すりの上から乗務員にきびきびと手を振るために足台に乗ったヒトラーをだれが敢えて公開するだろうか。

050

第5章

民衆のなかの民衆の一人

1933年以降、ヒトラーのイメージは変化した。類まれな政治指導者であり演説家だったヒトラーを、国家の指導者として売り出さなければならなくなったのだ。ヒトラーがこの策動に積極的に加わったのは、彼にとってプロパガンダが依然として重要だったからである。

051 彼は『わが闘争（マインカンプ）』の1つの章すべてをこのことに費やし、次のように率直に説明している。「人々を納得させるためには最も低いレベルまで降りていかなければならない。なぜなら人々は愚かで、操りやすく、『女性的』だからだ。というのも熟考することなく感覚で動くからだ」。メッセージは簡潔でなければならず、何度も何度も繰り返されなければならない。追い求める目的に応じて、真実に脚色をすることをためらってはいけない。これらの理論はヒトラーのものではない。彼はしばしば、その当時の研究、第一次世界大戦中の交戦国のプロパガンダの実例に端を発する1920年代の多くの研究から着想を得ていた。と

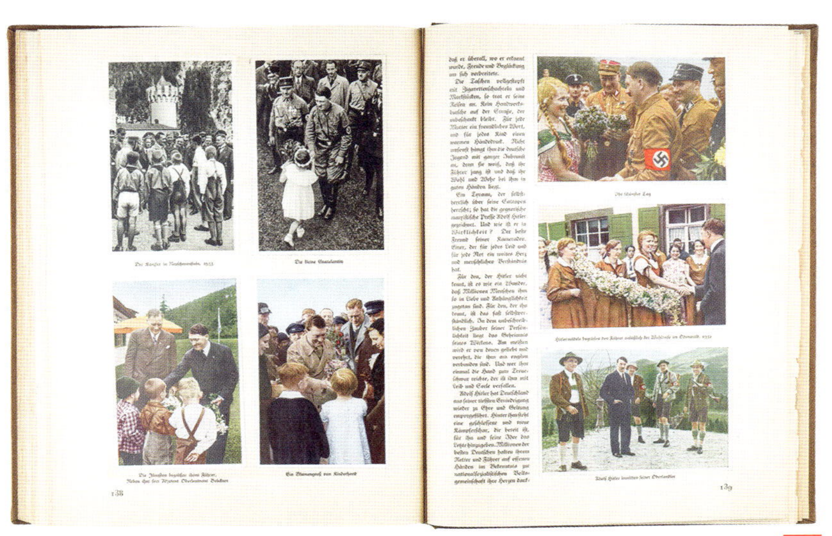
daß er überall, wo er erkannt wurde, Freude und Beglückung um sich verbreitete.

Die Taschen vollgestopft mit Zigarettenschachteln und Markstücken, so trat er seine Reisen an. Kein Handwerksbursche auf der Straße, der unbeschenkt bleibt. Für jede Mutter ein freundliches Wort, und für jedes Kind einen warmen Händedruck. Nicht umsonst hängt ihm die deutsche Jugend mit ganzer Inbrunst an, denn sie weiß, daß ihr Führer jung ist und daß ihr Wohl und Wehe bei ihm in guten Händen liegt.

Ein Tyrann, der selbstherrlich über seine Satrapen herrscht; so hat die gegnerische marxistische Presse Adolf Hitler gezeichnet. Und wie ist er in Wirklichkeit? Der beste Freund seiner Kameraden. Einer, der für jedes Leid und für jede Not ein weites Herz und menschliches Verständnis hat.

Für den, der Hitler nicht kennt, ist es wie ein Wunder, daß Millionen Menschen ihm so in Liebe und Anhänglichkeit zugetan sind. Für den, der ihn kennt, ist das fast selbstverständlich. In dem unbeschreiblichen Zauber seiner Persönlichkeit liegt das Geheimnis seines Wirkens. Am meisten wird er von denen geliebt und verehrt, die ihm am engsten verbunden sind. Und wer ihm einmal die Hand zum Treueschwur reichte, der ist ihm mit Leib und Seele verfallen.

Adolf Hitler hat Deutschland aus seiner tiefsten Erniedrigung wieder zu Ehre und Geltung emporgeführt. Hinter ihm steht eine geschlossene und treue Kämpferschar, die bereit ist, für ihn und seine Idee das Letzte hinzugeben. Millionen der besten Deutschen halten ihrem Retter und Führer auf offenen Händen im Bekenntnis zur nationalsozialistischen Volksgemeinschaft ihre Herzen dank-

138

139

りわけ、当時の多くの宣伝家、広告業者、プレゼンターがそうであったように、ギュスターヴ・ル・ボンの仕事や1895年に出版された彼の代表的著作『群衆心理』の影響を受け、それを流用した。

ヒトラーは『わが闘争(マインカンプ)』で次のように書いている。「プロパガンダの技法とはまさに、大群衆の感傷的表現の世界を理解することによって、適切な心理学的形態において広範な大衆の注意を引きつけ、さらには彼らの心に触れるための方法を見出すことにある。……大衆の同化能力は極めて限られており、理解力も低下しているが、忘却傾向は強い。プロパガンダの使命は……他者に有利な真理を客観的に研究し、それを教義的誠実さをもって大衆に示すことではなく、むしろ自らの真理を途切れることなく伝え続けることにある」

写真集『ドイツの目覚め』は、その意味で彼のプロパガンダのビジョンを見事に表している。ヒトラーは子を望まなかったが、それは問題ではなく、「国民の父」であると同時に、子供たちと会うときには良き父親であるかのように定期的に姿を現した。そして、写真に収められている、1945年4月に廃墟と化したベルリンを最後に訪れ、数人の子供兵士たちに鉄の十字架を手渡したときのように、ためらうことなく少女の頬に触れたり、少年の頬を優しく撫でたりした。訪問先で少女たちから花をもらったが、それはBDM(Bund Deutscher Mädel = ドイツ女子同盟)という10歳から18歳までのドイツ人少女を募集する連盟に属する少女たちと出会う機会でもあった。

052 大家族は名誉とされ、政権から表彰された。ヒトラー自身が祝福に赴くこともあり、そのときの写真がポストカードになっている。この一家にはヒトラーユーゲント(HJ = Hitlerjugend)のユニフォームを着た二人の少年がいる。ヒトラーユーゲントとは、14歳から18歳までの若者のための組織である。10歳になるとドイツ少国民団(Deutsches Jungvolk)に入り、ピンプフェ(Pimpfe)という呼び名で親しまれていた。

053 1943年にフランス語で出版された冊子『都会と田舎、ただひとつの共同体』を見ると、ヒトラーは都会の人間であると同時に

052

Chaque année, lors de la Fête d'actions de grâce pour les récoltes, le Führer reçoit des représentants de la paysannerie allemande afin de leur exprimer la reconnaissance du peuple entier pour leurs durs travaux

053

田舎の人間でもあったということを思い起こす。そのため、プロパガンダ担当局は、『生産の闘い』を始めるために、ヒトラーが農民と一緒に写っている戦前の写真をためらうことなく持ち出し、その期間中は子供も大人も、動員された農民たちの不在を補うために収穫を手伝うよう求めた。

054 **055** ナチ党の党名に「労働者」という中心的な言葉が入っているのには意味があった。というのも、1927年までNSDAP(国家社会主義ドイツ労働者党)は主に大都市の労働者を標的として勧誘していて、その後、農民や小ブルジョアジー、軍人へと対象を広げていったからだ。そしてまさにその時点で、NSDAPは、ヒトラーの言葉を借りれば、「国民のあらゆる階層」と、「祖国に仕える」意思のあるあらゆる「ドイツ人の血筋」を含む「ドイツ人民党」となった。同じレトリックが、ナチスの組織「歓喜力行団(喜びを通じて力を)」によってフランス語で出版された冊子『ドイツの労働者』のなかにも見られ、次のような序文がある。「新生ドイツでは、大臣であろうと、指導者であろうと、職人、芸術家、錠前屋、事務員、梱包係であろうと、今ある地位に関係なく、

L'ouvrier allemand
par Harald Jahrl

054

C'est ainsi que vit l'ouvrier allemand!
Sa culture et sa manière de vivre sont celles de l'homme allemand, tout simplement. Le Fuehrer, le premier travailleur du Reich, a dit: «Dorénavant, il n'y aura qu'une noblesse, la noblesse du travail!»

055

すべての人民が労働者である。仕事の内容によって分類されるのではなく、その地位において為される努力によって評価されるのだ」。冊子の著者は多くの職業を例に挙げながら、こう説明している。「すべての人が労働者であり、その能力と価値に応じて人民の共同体に統合される同志である」。また、労働条件についても言及されている。「国家社会主義は労働の概念を根底から変化させた。かつては埃と陰気さに満ちていた場所に、あらゆる快適さを備え、素晴らしく換気の整った近代的な大企業が出現している。……それによって、労働はすべてより良く行われるようになった」。「人民の共同体」における社会階級の壁の終焉を讃える「歓喜力行団(喜びを通じて力を)」のこの言葉は、ナチスがドイツの社会圏を暴力的に支配したことを忘れさせるはずだ。

056 『わが闘争(マインカンプ)』のなかで、ヒトラーは次のように書いている。「NSDAPはそれ自体が組合活動を行うべきか、あるいはそのような活動に何らかの形で組合員を導くべきだろうか」。その答えは1933年4月から5月にかけて出され、ナチス化された労働評議会に取って代わられた労働評議会の廃止から、「国家に敵対する態度が疑われる場合」の解雇の可能性まで、一連の法律によって、労働組合や賃金労働者の権利を攻撃した。そして、ドイツ労働戦線(DAF = Deutsche Arbeitsfront)という、以後は禁止された労働組合の代わりとなる組織の創設は、ストライキの禁止、労働協約の廃止など、労働者の権利を完全に奪うことになる。同時に、非ユダヤ系の雇用者組織は国家のあらゆる介入主義を免れたままだった。ヒトラーは、将来の戦争生産においてドイツ経済を立て直すために、敵対しているように見える雇用者を強く必要としていたからだ。1933年5月1日、「労働者階級の闘いの日」は「労働を称え、労働者を思いやろう」というスローガンのもとに「全国労働者の日」となった。DAFの機関紙は『労働者階級(Arbeitertum)』である。

057 1936年のオリンピックはヒトラーにとって国民との親密さを示す絶好の機会だった。したがって、ガルミッシュ・パルテンキルヒェンで開催された冬季大会を特集した、収集したり貼ったりでき

056

Photo: Schirner

Der Führer und Reichskanzler Adolf Hitler

nahm als Schirmherr der Olympischen Spiele an den Kämpfen und Wettbewerben in Garmisch-Partenkirchen regen Anteil. Er ließ sich die erfolgreichen Teilnehmer der Nationen vorstellen, beglückwünschte sie und gab ihnen, wie hier der canadischen Mannschaft im Kunsteisstadion, gern sein Autogramm.

057

058

る画像を集めた写真集『オリンピア』の巻頭ページが、アイスリンクでカナダ代表団に笑顔でサインをしているヒトラーのこの写真だったことは、驚くことではない。

058 バイエルンの農民女性とのもう一つのサイン会。1938年発行の挿絵入り写真集『彼女の山で(In seinen bergen)』収録。

059 二重の意味を持つ写真

ヒトラーは青年の頃から劇場やオペラに足繁く通っており、それがのちに演出の才能を開花させ、感情の力を理解するきっかけとなった。リ

HUNDERTSTE AUFFÜHRUNG DER NEUNTEN SYMPHONIE VON BEETHOVEN
in der Berliner Philharmonie mit dem Kittel'schen Chor unter Leitung von Dr. Wilhelm Furtwängler. Der Führer dankt Professor Bruno Kittel, dem in Anerkennung seiner Verdienste die Goethe-Medaille für Wissenschaft und Kunst verliehen wurde

THE CENTENNIAL PERFORMANCE OF BEETHOVEN'S NINTH SYMPHONY
in the Berlin Philharmonic, with the Kittel Chorus directed by Dr. Wilhelm Furtwaengler. The Fuehrer thanks Musical Director Bruno Kittel, and jn recognition of his services presents to him the Goethe Medal of Art and Science

LA CENTIÈME AUDITION DE LA NEUVIÈME SYMPHONIE DE BEETHOVEN
à la Philharmonie de Berlin, exécutée par le chœur de Kittel, sous la direction de M. Furtwängler. Le Führer remercie le directeur de musique, M. Bruno Kittel, auquel, en reconnaissance de ses mérites, a été conférée la médaille de Goethe pour les Sciences et les Arts

LA CENTÉSIMA EJECUCIÓN DE LA NOVENA SINFONÍA DE BEETHOVEN
en la Filarmónica de Berlín con los coros Kittel, bajo la dirección de Furtwängler. El Führer dando las gracias al director Bruno Kittel a quien impone por sus méritos la medalla de Goethe para Ciencias y Artes

059

ヒャルト・ワーグナーの作品を敬愛し、バイロイト音楽祭にも定期的に足を運んだ。ワーグナーの娘婿であり、人種差別主義者でパンガーマン主義者の理論家であるヒューストン・ステュアート・チェンバレンを介して、ヒトラーは1923年、バイロイトの非常に排他的なワグネリアン・サークルに入り、ワーグナーの娘エーファ・ワーグナーと親交を結んだ。エーファはのちに、ヒトラーに多大な経済的援助を与えることになる。

ベートーヴェンは、ヒトラーが敬愛するもう一人の偉大な音楽家だ。この写真は、1936年のベルリンオリンピックの際に発行された冊子に掲載された、1935年5月に指揮者ヴィルヘルム・フルトヴェングラーが交響曲第9番を指揮したことを祝福しているときのもので、悪意のあるものだ。この写真の目的は、フルトヴェングラーを国際世論に妥協させ、この悪名高い反ナチが新体制に加わったかのような印象を与えることだった。実際、ヒトラーと、彼に同行したゲッベルス、ゲーリングなど多くの指導者たちは、予告なくコンサートに訪れ、ナチスが亡命を望まなかった国際的に有名な指揮者をこうして罠にはめたのだ。フルトヴェングラーはドイツに留まることを選択し、多くの崇拝者の目には妥協したように映ったが、それでも彼はナチス式敬礼をすることやナチス国歌を演奏すること、そして主役を演じるはずだったプロパガンダ映画『フィルハーモニカー(Philarmoniker)』に出演することを拒否し続けた。

総統の私生活

ナチスのプロパガンダは、ごくシンプルで親しみやすいヒトラーを見せようとした。ドイツの女性も男性も、だれもが彼に共感できるようでなければならない。そして、アメリカから来た新しいコミュニケーション技術はヨーロッパや、さらには、経済危機にもかかわらず消費世界に突入したドイツでも役立つようになる。ゲッベルスはホフマン同様にナチズムやヒトラーを商品のように売り込む。そして、大衆に指導者のイメージを溢れさせた。国民のあらゆる層、あらゆる職業団体、NSDAPに依存するあらゆる組織が、ヒトラーとのあいだに独自のイメージを持つことになる。そしてヒトラーは、最も粗野で最も滑稽な策動に積極的に

加わっていく。

フランスの報道機関は、この公式プロパガンダよりも、より現実的な別のバージョンを好み、大抵の場合、ドイツ首相と接した可能性のある人物を探し出し、どうにかして親密な側面を見つけようとした。

060 奇異な写真のモンタージュは、1936年ベルリンオリンピックの際に配布された冊子に掲載されたものである。

061 カーマニア

子供向けの写真集『ドイツの目覚め』には、ヒトラーの車やエンジンへの情熱が強く現れている。1942年、刑務所を出て最初にしたことは、メ

Von Kundgebung zu Kundgebung eilt der Führer

Der Führer und sein treuer Begleiter SS-Standartenführer Schreck

Mitten in Wahlkampf. Der Führer bespricht seine Reiseroute mit seinem Flugkapitän Baur

die Berichterstattung einheitlich, spannend schlagkräftig durch die Reichspressestelle der Partei organisiert.

Sonderberichterstatter begleiteten den Führer, sie schrieben im Flugzeug, schrieben im Auto ihre Berichte nieder, übergaben sie bei der Landung, im Vorbeifahren oder in der Versammlung den in allen Gauen des Reiches eingerichteten Pressestellen zur sofortigen telephonischen Weitergabe. Die nationalsozialistischen Schriftleitungen und Druckereien standen Tag und Nacht in Alarmbereitschaft. Die Rotationsmaschinen spien die Blätter in Millionenauflage aus, während vor den Toren der Verlagsgebäude schon die nationalsozialistischen Werbekolonnen bereitstanden, um sie ins Land hinauszutragen, in jedes Haus, in jeden Hof.

Niemand konnte sich dieser Propagandawelle entziehen. Sie weckte sowohl das sportliche Interesse, wie sie politisch die Gemüter erregte. Deutschland hörte auf Hitler. Es war politische Propaganda, die selbst amerikanische Methoden in den Schatten stellte.

Mit insgesamt fünf Deutschlandflügen hat Adolf Hitler so in diesem entscheidenden Jahr das Reich erobert. 50 000 Flugkilometer wurden zurückgelegt, mehr als 25 000 Kilometer im Auto durcheilt. In nahezu zweihundert Kundgebungen wurden über zehn Millionen deutscher Volksgenossen erfaßt. Rechnet man die zahlreichen kleinen Länderwahlen dieses Jahres sowie die übrigen Parteikundgebungen hinzu, so dürften rund fünfzehn Millionen deutscher Menschen in diesem Entscheidungsjahr dem Führer persönlich gegenübergetreten sein. Eine wahrhaft heroische Leistung!

Die rastlose Energie des Führers, der nichts anderes kennt als Aufgaben und

71

061

ルセデスのコンプレッサーを購入することだったと語っている。いずれにせよ、このような写真はフランスの反ファシスト雑誌『ヴュ』の趣向に沿うものではなく、1932年4月13日付の記事で次のように書いている。「道行く人の普通の上着を脱ぎ捨ててドライバーの制服を羽織ったら、それはたとえば、上司の洋服を借りて変装したかのようになる」

062 ランツベルク刑務所に収監されていたとき、ヒトラーは何種類もの自動車を設計した。彼の情熱は、1935年の演説からもわかる。「車は人類への最も偉大な贈り物」のひとつだと語っている。それゆえ、「ビートル」のイメージはヒトラーがデザインしたものだとしばしば誤解される。だが実際は、メルセデス社のエンジニアだったフェルディナント・ポルシェが生み出したモデルだ。ポルシェは1928年、ヘンリー・フォードがアメリカで成し遂げたように、できるだけ多くの人々

INTERNATIONALE AUTOMOBIL-AUSSTELLUNG IN BERLIN
Künder des Volkswagens und vieler Neuerungen in der deutschen Technik und deutscher Erfindungen

INTERNATIONAL AUTOMOBILE EXPOSITION IN BERLIN
Proposal for a "popular" type of car, and many innovations and new inventions connected with the technique of motor car construction

SALON INTERNATIONAL DE L'AUTOMOBILE A BERLIN
Prélude à la voiture populaire et montre de nombreuses innovations dans la technique et les inventions allemandes

EXPOSICION INTERNACIONAL DEL AUTOMOVIL EN BERLIN
Mensajeros del "coche del pueblo" y de muchas innovaciones en la técnica y en los inventos alemanes

Der Führer als Gastgeber unter den Arbeitern der deutschen Automobil-Industrie im Kaiserhof

The Fuehrer entertains workmen of the auto industry at the Kaiserhof

Le Führer au milieux de ses invités, ouvriers de l'industrie allemande de l'automobile au Kaiserhof

El Führer invita a los obreros de la industria automovilística alemana en el Hotel Kaiserhof

INTERNATIO

062

が購入できる自動車のプロトタイプの設計を始めた。フォルクスワーゲン(Volkswagen＝大衆車)と銘打った彼の計画は、最初は誰の興味も引かなかったが、1933年3月、ドイツ自動車工業連盟に話を持ち掛けると、支援を受けられることになった。ヒトラーがこの計画に強い関心を示し、その実現のために必要な資金を調達したのだ。年間50万台を生産予定の工場に礎が築かれたとき、ヒトラーは再び計画に加わり、その車をKDF-ワーゲンと名付けた。KDF (Kraft Durch Freude＝歓喜力行団)はDAF(Deutsche Arbeitsfront＝ドイツ労働戦線)の下部組織のひとつで、ナチ党の余暇活動を提供していた。1940年、工場の準備がようやく整ったとき、ドイツは戦争中で、軍用車しか生産していなかった。そして、1945年に空爆を受けると、同年12月、あるイギリス人が工場を再稼働させ、ついに最初のフォルクスワーゲン・ビートルを製造した。KDFが企画したベルリンオリンピックのために発行された冊子から抜粋したこの写真は、ヒトラーがこの「大衆車」のプロトタイプを視察したときのものである。

063 ヒトラー自身が拡張主義的な欲望から生じた軍事侵攻を注視しており、プロパガンダではしばしばこのように参謀本部地図を眺めている姿が紹介されている。これは、1938年3月のオーストリア侵攻時、軍の動向を追うためにルーペを手に地図を見ている写真である。

064 1940年3月14日付スポーツ誌『マッチ』が、第一次世界大戦中にヒトラーを指揮下に置いていたア

Im Flugzeug über der Karte von Österreich

063

IL EUT AUTREFOIS HITLER SOUS SES ORDRES

En 1915, sur le front russe, le lieutenant autrichien Alois Moll commande la compagnie du régiment de Salzbourg à laquelle appartient Hitler dont il partage les opinions.

En 1919, Alois Moll, qui ne devait plus jamais revoir Hitler, devient Yougoslave. Dans sa petite maison d'un faubourg de Belgrade, il se livre à des travaux de jardinage.

hiver est long. En attendant le printemps, l'ancien chef de Hitler assemble des aquets de journaux. A 52 ans, il est payé pour ce travail 20 francs par jour.

064

ロイス・モルなる人物を追跡している。さして重要性のない、読者にとっても意味のない記事である。

065 一方、1940年4月末から5月初めにかけて、『マッチ』誌は爆発的に売り上げを伸ばし、発行部数を4倍に増やした。ヒトラーの侍女だったパウリーネ・コーラーの著書からの抜粋を連載したためである。彼女の結婚後の名前はパウリーネ・ツィッペルで、ドイツから逃れてフランスに避難し、カールスルーエで洗濯婦として働いており、社会民主党員で労働組合の活動家だった彼女の父親は強制収容所に拘留されていた。彼女の夫クルトも、同じ理由で、同様の運命をたどった。生き延びるために、彼女はハウスキーパーとなり、やがてベルヒテスガーデンでヒトラーのために雇われる。現地に住み込み、ヒトラーの滞在時

"J'AI ETE FEMME DE CHAMBRE CHEZ MONSIEUR HITLER"

par Pauline KOHLER

065

には毎日のように彼に会っていた。手紙を書いたり日記をつけたりすることを固く禁じられていたため、死を覚悟で、記憶をもとに親密な生活を語っている。各部屋の装飾や使用されていた食器の種類など、ヒトラーの生活様式についてあらゆることを細部まで知ることができる。口笛を嫌っていたため、ヒトラーの前で口笛を吹くことを禁じられていたとの記述もある。真実か誇張かはともかく、この証言は同年に英語に翻訳出版され、イギリスとアメリカで販売された(1940年4月25日『マッチ』誌)。

066 ヒトラーに会った多くの人が、催眠術をかけられたようになるのだと証言している。もしこの印象が実際は、ヒトラーが獄中で読み、『わが闘争(マインカンプ)』のなかで何度も語っている、心理学者ギュスターヴ・ル・ボンが1895年に出版した著書『群集心理』に書かれていたことを応用したにすぎないとしたらどうだろう。ル・ボンは次のように書いている。「活動的な群衆のなかにしばらくのあいだ身を置いた者は、やがて特異な状態に陥る。催眠術師の手によって催眠術をかけられた者の魅惑状態に近い状態になるのだ。意識的な人格が消滅し、意志も分別もなくなる。感情と思考は催眠術師が決めた方向に向けられる」この催眠術的

HYPNOTISME

Pour magnétiser le prince Paul de Yougoslavie, qui déjà ne résiste plus, Hitler n'a pas, comme pour Ciano, revêtu le bel uniforme de parade dessiné par lui-même, comme Napoléon, mais un simple habit noir : l'uniforme classique de l'hypnotiseur.

Après avoir fasciné le Régent, Hitler l'œil fixe et les bras croisés, s'attaque à la princesse Olga. Mais est-elle réfractaire ou lui-même manque-t-il de fluide contre les femmes ? La princesse demeure fort éveillée.

な視線が、1932年4月13日付の『ヴュ』誌に掲載されたヒトラーの写真に見て取れる。「視線はぼんやりしている。だが、ヒトラーは突然対話者をじっと見つめるのが好きで、相手の顔に自分の顔をぐっと近づけ、幻術師のように目を大きく見開く」奇妙な視線のこの2枚の写真をもとに、『マッチ』誌は1939年6月8日号で、ヒトラーは催眠術を使っていると書いた。

067 1939年12月22日付の風刺誌『エスポワール・フランセ』は、ヒトラーの目に狂人の視線が宿っていると書いている。

Tous droits de reproduction de cette photo réservés.
Exclusivité Espoir Français.
Cet homme au regard d'halluciné, c'est HITLER.
N'est-il pas déjà hanté par l'abîme où il conduit son peuple ?

067

068 ヒトラーの私生活における大きな謎は、やはり女性との関係である。一般的に、ヒトラーは社会における女性の位置づけについて革新的なことは行わなかった。そのことは『わが闘争』のなかの一文に要約されている。「女性教育の動かぬ目標は、将来母親になることでなければならない」ヒトラーは、19世紀のドイツ・ブルジョア思想に触発され、そこに哲学者エドゥアルト・フォン・ハルトマンのような過去の思想家から取り入れた人種的タッチを加えたのだ。エドゥアルト・フォン・ハルトマンは、1886年、『現代の問題』のなかで、女性の唯一の使命は、その能力の劣等さゆえに、祖国を守ることのできる子供を祖国に与えることである、と述べている。そして、「人種的に価値の高い」子供たちをと、フェルキッシュ運動がさらに明確にすることになる。ヒトラーは、政治は男性が為すべきものとし、女性を同業組合組織や医療分野、あるいは子供の教育者に追いやった。

個人的なことでは、戦前、マスコミはしばしば総統の女性関係について探ったが、徒労に終わった。1932年4月13日付『ヴュ』誌によると、「態

L'HOMME QUI NE VEUT PAS AIMER (suite)

LENI RIEFENSTAHL AU DICTATEUR QUE N'A PU DONNER SON SOURIRE D'APPARAT

LONGTEMPS ON CRUT QU'ELLE ALLAIT DEVENIR SA FEMME, TANT IL MANIFESTAIT DE PLAISIR A SE MONTRER EN SA COMPAGNIE, A TOUS LES GALAS.

A TOUTES LES CEREMONIES OFFICIELLES

068

度からセックスアピールがまったく感じられない。彼は結婚していない。これは女性嫌いによるものだろうか。いずれにせよ、総統の側近にも党組織内にも女性がほとんどいない。その点が考慮されていない。成熟した女性たちは、彼を慕っている……遠くから」

レニ・リーフェンシュタールの名前が、1939年1月12日付『マッチ』誌のこの記事にあるように、たびたび出てくる。だがそれは、政権の公式映画製作者としてヒトラーの側近にしばしば登場していたからだ。しかし、異母姉の娘で姪のアンゲリカ・ラウバル、通称ゲリは別だった。ヒトラーは1929年、彼女を引き取ったときに、狂おしいほどの恋に落ちたように見えたが、ゲリは2年後に自殺、ヒトラーは非公式の伴侶エヴァ・ブラウンと1945年に地下壕で自殺するが、彼の真剣な女性関係については誰も知らなかったようだ。

ヒトラーと占星術師と手相鑑定士

ヒトラーの心理が理解できるなら、どんな方法であってもよいと思われる。1940年、占星術師でヨガをフランスに持ち込んだコンスタン・

ケルネは、タランディエ社から『ヒトラーの失墜』という本を出版した。そこで、彼によれば宇宙生物学に属する「ヒトラー事例」を分析している。その占星術師によると、生まれたときに「一等星スピカが東方に昇り、その謎めいた輝きを彼の薄暗いゆりかごに注いだ」という。ところで、ナポレオンの出生時のものと「ハウスの一般的な向きは、まったく同じというわけではないが、とても近いものだった」そうだ。そしてケルネは続ける。「栄華を情熱的に愛する同じ冒険精神を持っているが、その反面、他人の人格(および人生までも)に同じように無頓着だ。ナポレオンは周囲をうまく固められなかったが、ヒトラーは補佐役たちに迷惑をかけられ、裏切られる運命にあったようだ」。また、ヒトラーには暗示の能力があった。「牡牛座の火星と金星のコンジャンクションのときに生まれた」ため、ヒトラーは危険も栄光もなく遠征を指揮することができたが、「同等の強さの敵がいると、英知はヒトラーに、気性が荒く自らの職務を熟知している軍人である将軍たちに戦争の指揮を完全に委ねるよう忠告するだろう」。天王星人であるため、移り気で直情的な面があり、闇雲に障害に立ち向かっていく。天王星の周期は21年間続き、ヒトラーは1919年に頭角を現しはじめ、「1939年3月に生涯の絶頂に達した」。最後に、ケルネはこう語っている。ヒトラーは「現在、戦争の支配者に扮して最後の寸劇を演じている。……我々はこの不吉な芝居じみた冒険に端役として雇われた本物の兵士たちを憐れむことしかできない。この冒険は、まともな軍事的敗北で終わることさえなく、罵声を浴び、下劣な大騒ぎのなかで終わることになるだろう」

069 1945年4月28日、レジスタンス運動家ジャック・ロレーヌ(フランス国民解放委員会情報局員ジャック＝エドモンド・ハンツブフラーのペンネーム)が責任編集を行うアルジェリアの新聞『ラファレス』は、ヒトラーの手相を精査させた。この新聞はアルジェの4人の手相鑑定士に鑑定を依頼した。マルジャ夫人は「これは残虐非道な、冷酷な男、行く手にあるすべてのものを混乱させる狂信者の手です。牡羊座に生まれたからです。戦争と、火と血を好みます。……彼にとって非常に悪い時期が始まったところです。彼は終わりに近づいています。生命線が十字の印(鉤十字ではありません)で終わっていて、非常に暴力的な死を予感させます。側近の誰かに暗殺されるかもしれません。もしくは自殺でしょうか」ダポワティエ夫人も同じ分析をしていて、次のように述べている。「彼の終わりは近い。自殺するでしょう」。ド・コスタ夫人はこう見ている。「ヒトラーは金持ちです……とても金持ち！」そして、タロットカードを手に言う。「健康状態が良くありません。重い病で、死が近いです。おそらく今年の終わりを見られないでしょう。暴力的な死です」。最後に、国際的な透視能力者ギャビー・クリステルもまた、この「成り上がり者、繊細な精神を持ち、天才的な磁力を備えた用心深い男」の自殺を予言する。

第7章

『彼の闘争(SEIN KAMPF)』

070 071 072 1923年のクーデター未遂事件の後、ランツベルク刑務所に収監されているあいだに書かれた『わが闘争（マインカンプ）』の初版は、1925年から全2巻で、書店で発売された。しかしながら、当初ヒトラーはこの本を限られた読者に向けて書いていた。というのも、彼の信奉者に向けて書かれたものだったからだ。この刊行はヒトラーが『わが闘争』のなかの『話し言葉の重要性』という章に書いていることと矛盾している。彼によれば、演説家は作家よりも優れている。ヒトラーは歴史における演説の役割についても主張している。彼は書くよりも話す方が好きだという。というのも、演説の際には聴衆の反応を即座に判断し、話題をその場で調整することができるからだ。これはもちろん、作家が読者相手にできないことだ。出版されたら、文章は作家の手から離れてしまう。これはたしかに、ヒトラーがドイツ国外で出版されるすべての翻訳を管理することに決めた理由のひとつだ。しかし、反対派からしばしば『ナチスの聖書』と形容されるこの本は、1933年にヒトラーが権力を握る前に25万部を売り上げ、その後何百万部も売れた。他の著者と同様に販売権を得たヒトラーにとって、この本

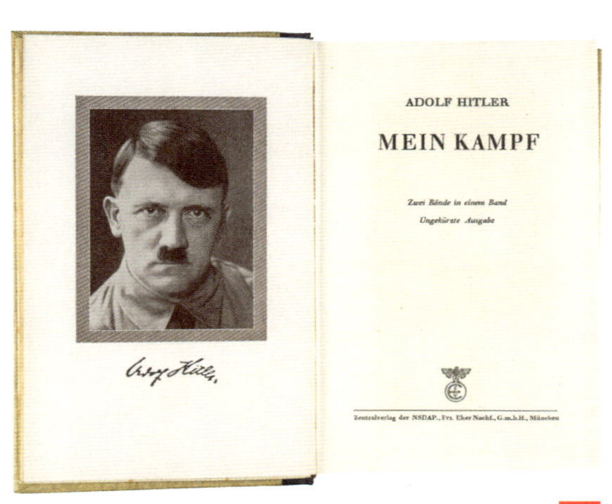
ADOLF HITLER
MEIN KAMPF
Zwei Bände in einem Band
Ungekürzte Ausgabe
Zentralverlag der NSDAP., Frz. Eher Nachf., G.m.b.H., München

070

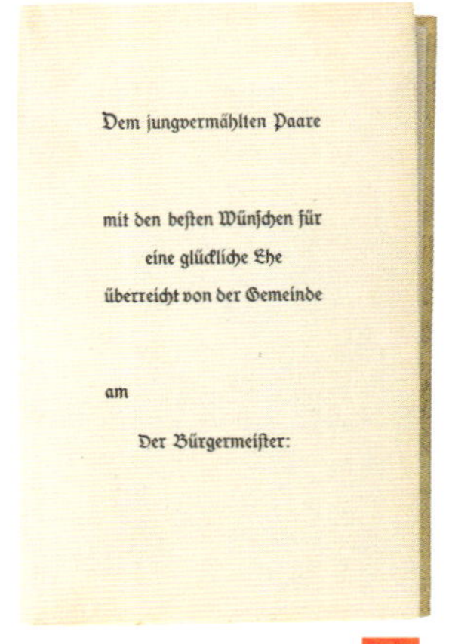
Dem jungvermählten Paare
mit den besten Wünschen für
eine glückliche Ehe
überreicht von der Gemeinde
am
Der Bürgermeister:

071

は同時に、経済的な恵みとなる。実際、1925年から1933年までの確定申告書には、職業欄に「作家」と記している。たしかに、当初は、『わが闘争』を買うことが党への支持を示すしるしだった

072

が、この本はナチスの中枢機関でヒトラーの思想を知りたい人のための教義的な参考文献となった。結局、ヒトラーは積極的に執筆を進め、700ページにも及ぶ文章を書き上げ、天職の画家として挫折したことへの復讐として、当初はプロパガンダのマニュアルとして確信犯的な意図で作られたものだった自伝的作品『わが闘争』を生み出した。

この作品がこれほど広く印刷された理由は他にもある。実際、1936年には内務省が、結婚するすべてのカップルにこの本を1冊贈るよう要請したのだ。これは役場が購入する豪華版で、表紙に「若いカップルへ、……役場より、ご多幸をお祈り申し上げます」と印字してあり、自治体名を書き入れるだけになっているものだった。このタイプの版が、出典によって異なるが、100万部から400万部売れたと推定されている。

073 074 075 さらに驚くべきは、1933年の点字版全6巻である。実際、当時はまだ、身体障碍者はまだ知的障碍者ほど有害だとは考えられていなかった。また、「標準ドイツ語速記」のオリジナル版もある。

急速に、翻訳が始まり、1934年にはイギリスでは『My Struggle』、アメリカでは『My Battle』、イタリアでは『La Mia Battaglia』のタイトルで出版された。また同様に、アラビア語版も出版されたが、外交政策に関する文章は削除され、一方で、人種、優生学、ユダヤ人とそのステレオタイプ、「ニグロの大群」と表現した黒人などに対する暴力的な一節は残っている。風刺新聞『シラノ』が1936年12月18日、この翻訳について言及し

073

ている。「ヒトラーの著書『わが闘争』がバグダッドでアラビア語で出版された。このアラビア語版には序文があり、ヒトラーの生涯とユダヤ人との闘いについての記述がある。パレスチナのアラブ人たちは、国内で

Vorwort

Mit Genehmigung des Verlages Franz Eher Nachf. G.m.b.H., München, dem Werk „Mein Kampf" von Reichskanzler Adolf Hitler entnommen. Preis: gebunden 7.20 RM, kartoniert 5.70 RM.

Photo-Hoffmann, München

Reichskanzler Adolf Hitler

074

Im Elternhaus

075

はドイツ語の原書が出版禁止になっているため、このアラビア語版の出版を大歓迎している。アラビア語版はすべてのアラビア語圏、とくにフランスの植民地に普及させる予定となっている。すでに数千部がフランコ将軍の部隊に配布されている」

076 フランスでは、『わが闘争』のフランス語版の出版について、ヒトラーの出版社が1933年3月からいくつかの出版社と交渉していたが、同年末にジャック・オーモンという小さな出版社から最初の抜粋文が出版された。『自身が書くヒトラー、著書「わが闘争」による』というタイトルのもと、哲学修士で戦争博物館ドイツ部門長の著者のシャルル・アプフンは「ドイツという国が導き手を見つけたと信じた男の人物像に光を当てたい」としている。この粗野なフランス語版は、その内容を知るためにドイツ語に翻訳させたヒトラーの不興を買った。しかしアプフンは、受けた非難に屈するどころか、総統の「勇気」と「無限の愛」について語っている。

フェルナン・ソルロが設立したヌーベル・エディション・ラティヌ社で準備中だったもう一つの版は、さらにヒトラーの意に適わないものだったが、それは著者との契約なしに進められたためだった。出版社は訴訟を起こされ、敗訴した。フランスファシズムの元擁護者で、サンディカリスト共和党の創設者であるジョルジュ・ヴァロワは、そのことに憤慨した。そして、自身の新聞『ル・ヌーヴェル・アージュ』に次のように書いている。「ヒトラーは、著作権の名のもとに、フランスでの全訳を禁止させた。したがって、書店には、ドイツのプロパガンダによって認可された検閲削除版しか並んでいない。アドルフ・ヒトラーの

076

要請で出版禁止になったが、破棄されなかった秘密の版が存在する。非常に高価なことが難点だが、ぜひ購入していただきたい。人種差別の目的を知り、知らしめなければならない。『わが闘争』を読めば、自分が代表であると主張する優れた人種の法にまず服従させようとする人間、政党、国家と交渉することなどできないということがわかるだろう」

077 ファイヤール社が出版した『私の教義(Ma doctrine)』は、原書に最も近い版である。それは、『わが闘争』の出版社であるEher-Verlag(エーア・フェアラーク)社と後に占領下でフランスのドイツ大使になるナチスのオットー・アベッツの策略によるものだからだ。アベッツは、反ユダヤ主義者のジョルジュ・ブロンドと、ドリオのフランス人民党員のアンリ・レーブルという二人のジャーナリストに、フランス人読者にとって最も興味深い話題を選ぶという任務を託し、そこにヒトラーの演説の一説が加えられた。こうして、反フランス的な文章は削除され、ヒトラーがフランスに対して協調的であることを示す報道記事が優先されている。当時、ナショナリストの文学界に近かったファイヤール社は、前書きとして、人を欺くような次のような序文にもかかわらず、管理下に置かれたこの版を出版することを受け入れた。

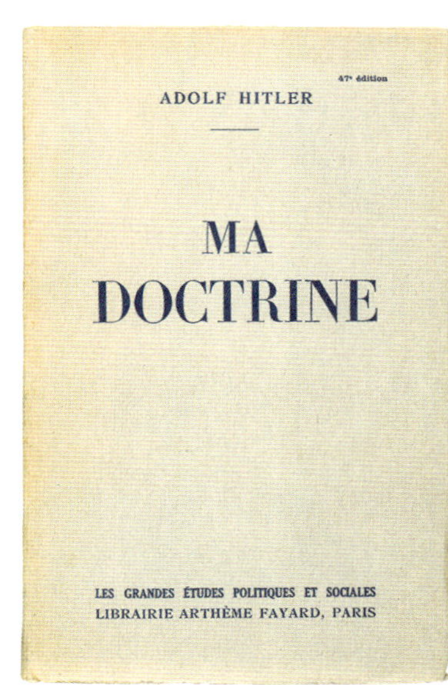

47e édition
ADOLF HITLER
MA
DOCTRINE
LES GRANDES ÉTUDES POLITIQUES ET SOCIALES
LIBRAIRIE ARTHÈME FAYARD, PARIS

077

「いかなるフランス人も、一人の人間の意志に7千万人が従属するようなヒトラー現象を黙殺してはならない。

ところが、ヒトラーはフランスではほとんど知られていない。彼の基盤となる本『わが闘争』がフランスでは売られていない。重要なのは、ドイツ首相ヒトラーに対してどんな感傷的な態度をとるにせよ、絶対的な公平性への配慮を持って構成され、著者が公式に出版を許可した本によって、彼の考えを明確に知ることである。
　この欠陥を埋めることは、我々の義務、出版社としてというよりも、フランス人としての義務だと考えていた。
——編集者」

078

078 1939年までに約40種類のミニ版『わが闘争』が出版され、各編集者や著者が思うままに抜粋文を選択したので、読者は真実と虚偽が区別できなくなってしまった。

079 序文は常に、全訳版の出版が不可能なこと、および抜粋の選択に客観性を求めたことを強調している。ベル・レトル社版ではE.L.ミシェルが次のように述べている。
「現在ドイツの運命を支配している人物の綱領を垣間見ることは、どのような階級であれ、どのような党派であれ、フランス人の義務だと思っている。
この抜粋に添えるコメントについてはいかなる偏見も排除されることを望んだ。客観性によってこそ、意見は判断されやすくなる。そして、今回の場合、純粋に客観的な視点から見れば、読者が、決定的な判断を下すことはないとしても、少なくとも個人的な意見、したがって、総統の批判、ほとんど常に党派心に染まった批判を読むことによって示唆されるものとはまったく異なる意見を持つことは避けられるだろう」

080 『ヒトラーの教義』という副題のついた版は、自由思想家で反教権主義者の医師ローラン・ガジェによるもので、彼はしばしば

079

080

C・ルイ・ヴィニョンというペンネームで出版している。

081 「平均的なフランス人によって研究された」とだけ記載されて出版された版もある。この匿名の著者は序文にこう書いている。

「数千人の無関心な人々が棺の後ろを歩いているのを見るのは、いつも驚くべきことだ。腐敗した物質はもはや思想を閉じ込めておくことはできず、群衆はその代わりに、敬意を表して、死体が手放した精神をそれでもまだ保持している印刷された冊子に執着すべきなのだろう。

偉大なる哲学者ラ・フシャルディエールは、死者であれ生者であれ、ほとんどの場合、その思想についてまったく知らず、その広がりを評価

081

することもできないような暴徒に従うときに個人が行う、やや愚かなこの習慣を行列主義と呼ぶ。

宗教以来、最も目にあまる行列主義はヒトラー主義である。人々の同意がなければ、これほど急速に崇拝の的は育たなかった。これほどまでの一体感と、同じような熱意がなければ」

だが、この「平均的なフランス人」は『わが闘争』の分析を楽観的にこう締めくくっている。

「ヒトラーはあらゆる不快さのなかでも権力の範囲を知っている哀れな愚か者だ。そして虚栄心の快楽以外の快楽を味わったことがない。毎日のザワークラフトの心配はないが、煩わしいことを危惧する軽業師の心配はある。……彼の使命は叫ぶことだ。彼は自分以上の暴徒が現れるまで叫ぶだろう。……それが、いつか変わるかもしれないという希望を与えてくれるものだ」

082 1938年、アルバン・ミシェル社は『わが闘争についての釈明』を出版した。『世界を変えた本』の抜粋について、アベッツの側近で、ヒトラーへの尊敬の念を公言している、非常にドイツびいきのジャック・ブノワ・メシャンが解説している。新しい擁護版で、未来の協力者がヒトラーを「政治家の現実主義で夢を実現しようと決めた空想家」と比較している。それはともかく、ブノワ・メシャンは1936年に出版された自身の著書『ドイツ軍の歴史』のおかげでドイツ専門家として認知されていた。そのため、『マッチ』誌は彼に、数週間にわたって一気に掲載した『わが闘争』からの抜粋をしばしば称賛に値する章によって紹介するよう依頼した。

083 **084** ヒトラーに対する答えとして、オーストリアの政治活動家イレーヌ・ハランドが、1936年に『彼の闘争、ヒトラーへの答え(Sein Kampf. Antwort an Hitler)』という本を書いている。カトリック教徒であり、キリスト教社会党の副党首だった彼女は、本書のなかで、キリスト教的根拠に基づいてナチズムを糾弾している。1936年には36000人の会員を擁した人種憎悪とジェノサイドに反対する世界的

Mein Kampf

PAR ADOLF HITLER (5)

LE LIVRE QUI A CHANGÉ LA FACE DU MONDE ADAPTÉ ET PRÉSENTÉ PAR J. BENOIST-MÉCHIN

TOUT d'abord, Hitler songe à exécuter son plan le 11 novembre, anniversaire de l'armistice. Tous les préparatifs sont faits dans le plus grand secret. S. A. et formations d'anciens combattants doivent converger vers Munich et occuper les points stratégiques de la ville, tandis que Hitler et Ludendorff proclameront l'avènement d'un nouveau gouvernement national auquel les chefs du gouvernement bavarois, M. von Kahr, président du Conseil, et le général von Lossow, commandant militaire, seront obligés de se rallier.

Mais, au dernier moment, un fait inattendu incite Hitler à modifier son plan et à intervenir plus tôt qu'il ne l'avait prévu. Le 8 novembre au soir, un grand meeting politique doit avoir lieu au *Bürgerbrau*, une brasserie située dans un faubourg oriental de Munich. M. von Kahr doit y prendre la parole, ainsi que les principaux membres du gouvernement bavarois. Hitler se dit qu'en cernant la salle et en usant d'intimidation, il pourra obliger d'un seul coup von Kahr, le général von Lossow et les autres membres du cabinet bavarois à se solidariser avec la révolution nationale. L'occupation de Munich par les unités nazies s'effectuerait ensuite sans aucune difficulté.

Le 8 novembre, vers 8 heures du soir, Hitler et quelques comparses — entre autres Alfred Rosenberg, qui deviendra plus tard un des théoriciens les plus en vue du parti — pénètrent dans la brasserie. La salle est bondée. Plus de trois mille personnes écoutent le discours que M. von Kahr, debout sur l'estrade, débite d'une voix monoto . Les conspirateurs se tiennent près de l'entrée, masqués par une colonne, pour ne pas trahir leur présence.

Le coup d'Etat dans la brasserie

Vers 8 h. 30, la porte d'entrée est enfoncée avec fracas. La « troupe de choc Hitler » fait irruption dans la salle et braque le canon d'une mitrailleuse sur la foule. C'est le signal de l'action.

Aussitôt, Hitler et ses amis, le revolver à la main, s'avancent vers l'estrade où se tient M. von Kahr. Pâle comme un mort, le président du Conseil bavarois s'est arrêté de parler, de sorte que toute la scène se déroule au milieu d'un silence angoissant.

Au moment où Hitler gravit les marches de l'estrade, la foule, revenue de sa stupeur, l'accueille par une tempête de huées et de coups de sifflet. Le chef du parti nazi tire un coup de revolver dans le plafond pour imposer le silence.

— Que personne ne sorte ! s'écrie-t-il avec une audace imperturbable, la salle est cernée par six cents hommes en armes ! La révolution nationale a éclaté ! Les casernes de la Reichswehr et de la gendarmerie sont occupées par nos hommes ! Troupes régulières et sections d'assaut fraternisent sous le signe de la croix gammée. Elles ne vont pas tarder à être ici !

En réalité, la foule n'est tenue en respect que par l'unique mitrailleuse de la troupe de choc. Mais le chef du parti national-socialiste met instinctivement en pratique le précepte de Danton : « De l'audace, encore de l'audace et toujours de l'audace ! »

Hitler prie alors M. von Kahr, le général von Lossow et les autres membres du gouvernement bavarois de le suivre dans une pièce contiguë tandis que le capitaine Goering prend sa place sur l'estrade :

— Restez calmes, ordonne l'ancien officier aviateur en posant son revolver devant lui, vous n'avez rien à craindre. Nous n'allons pas tarder à être tous d'accord.

Et il ajoute aussitôt, sur un ton plus jovial :

— D'ailleurs, vous avez tout ce qu'il faut pour vous aider à patienter : il y a de la bière en abondance.

Proclamation d'un gouvernement national

Pendant ce temps, les négociations se poursuivent dans la pièce voisine. Mais les délibérations traînent en longueur et la foule commence à s'énerver. Hitler revient alors sur l'estrade et prononce une harangue enflammée. En quelques minutes il retourne l'assistance en sa faveur. Il annonce la création d'un nouveau gouvernement.

— Jusqu'à ce que nous ayons réglé leur compte aux criminels qui mènent aujourd'hui l'Allemagne à sa perte, poursuit-il, j'assumerai moi-même la direction du nouveau gouvernement. La tâche de ce nouveau gouvernement sera de marcher sur Berlin... Demain, ou bien nous aurons un gouvernement national dans toute l'Allemagne, ou bien nous mourrons. Etes-vous d'accord ?

Un tonnerre d'applaudissements répond à ces paroles. Hitler retourne alors vers M. von Kahr pour lui dire « que l'assemblée vient de plébisciter sa politique et qu'elle n'attend qu'un mot de lui pour l'acclamer à son tour ».

Sur ces entrefaites, Ludendorff arrive de Wilhelmshöhe, où il habite depuis 1918. Sanglé dans une redingote noire, la mine hautaine et rogue, il fend les rangs de la foule pour se rendre dans la pièce où se trouve Hitler et les membres prisonniers du gouvernement bavarois.

Sentant que toute résistance est inutile, von Kahr et Lossow retournent dans la salle et annoncent « qu'ils se rangent aux côtés de la révolution nationale ». Ludendorff fait savoir, de son côté, « qu'il se met de sa propre autorité à la disposition du nouveau gouvernement ». Une seconde fois, l'assistance acclame les orateurs. Puis, Goering l'autorise à se retirer.

L'erreur de Ludendorff

Tandis que la foule se disperse, un motocycliste nazi arrive en trombe et annonce que quelques incidents viennent d'éclater en ville : les soldats du 19e régiment d'infanterie ont refusé de livrer leur caserne aux S. A. On craint une collision sanglante entre les deux groupes en présence.

Craignant une effusion de sang fâcheuse pour le succès de son entreprise, Hitler se précipite en ville pour calmer ses hommes. Lorsqu'il revient, une heure plus tard, à la brasserie, les membres du gouvernement bavarois ont disparu : Ludendorff les a libérés sur parole.

Hitler s'emporte, mais Ludendorff, qui n'est pas habitué à ce qu'on lui parle sur ce ton, le prend de haut et se porte garant de la loyauté de M. von Kahr et du général von Lossow. « Je vous défends de mettre en doute la parole d'un officier allemand », dit Ludendorff d'un ton cassant qui clôt la discussion.

La nuit se passe en préparatifs fiévreux, et les moins actifs ne sont pas les membres du gouvernement bavarois. Sitôt relâchés, ils alertent la police, mobilisent les troupes de la garnison, font venir des renforts de la frontière autrichienne, se désolidarisent du mouvement hitlérien par une proclamation qu'ils font afficher sur les bâtiments publics de la ville et décrètent la dissolution du parti national-socialiste.

Hitler pris au piège

Le lendemain matin, lorsque les sections d'assaut nazies convergent vers Munich selon le plan prévu, elles trouvent les ponts gardés, les routes barrées et le centre de la ville occupé par les troupes régulières.

En apprenant cette nouvelle, Hitler entre dans une fureur indescriptible. Il a voulu s'emparer par surprise du gouvernement bavarois et voici que le gouvernement bavarois l'a joué à son tour. Que faire ? Deux solutions se présentent : ou bien évacuer Munich et se retirer dans les environs pour éviter un combat de rues. Mais alors, à l'échec politique viendra s'ajouter une défaite morale dont le parti ne se relèvera peut-être pas. Ou bien, marcher hardiment vers le centre de la ville pour se rallier l'opinion publique et voir comment réagira le gouvernement bavarois.

C'est à cette deuxième solution que se rangent, après mûre délibération, Hitler et Ludendorff.

La marche vers la Feldherrnhalle

Le 9 novembre, vers onze heures du matin, Hitler et les principaux chefs du parti se retrouvent au *Bürgerbrau*, d'où doit partir le cortège qui traversera Munich.

La colonne se met en marche un peu avant midi. Le Führer se trouve au premier rang, à côté de Ludendorff. Goering marche au second rang, avec les principaux chefs du parti. La colonne est précédée par deux porte-drapeau.

Partout, sur leur passage, les manifestants sont acclamés par la foule. Mais, parvenue au pont de l'Isar, la colonne se heurte à un premier cordon de police. Le commandant du détachement donne l'ordre à ses hommes de mettre en joue.

— Au nom du Ciel, ne tirez pas ! rugit un des chefs nazis, Ludendorff est parmi nous !

— Le premier coup de feu, s'écrie Goering, signifiera la mort de tous les otages qui sont entre nos mains !

(En réalité, les nationaux-socialistes n'ont pas

Page 40

082

083

"Son Combat"

RÉPONSE A HITLER

PAR

IRÈNE HARAND

BRUXELLES ET VIENNE

1936

084

団体の創設者として、彼女はオーストリアのナチスから繰り返し命を狙われた。1938年3月、ハランドはナチスの反ユダヤ主義を糾弾するためにイギリスを回っていたが、アンシュルス(オーストリア併合)により、祖国には戻らず、アメリカに移住した。

085 『彼の闘争(Sein Kampf)』というタイトルは、フランスがドイツに侵攻した1カ月後、1939年10月11日付週刊誌『ヴュ』の第一面にも見ることができる。ヒトラーの罪と嘘を糾弾する号である。

086 『わが闘争(Mein Kampf)』は結果として、フランス解放の際に出版されたこの冊子の表紙のように、多くのユーモラスなイラストにおいて繰り返しヒトラーのイメージと結びつけられることになった。アル・ライがイラストを描き、ピエール＝ルイ・パメラールが序文を書いている。二人ともモンマルトルの自由コミューンの人物である。

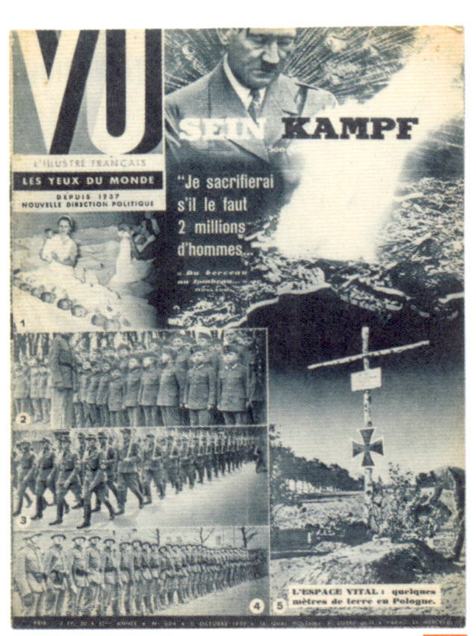

085

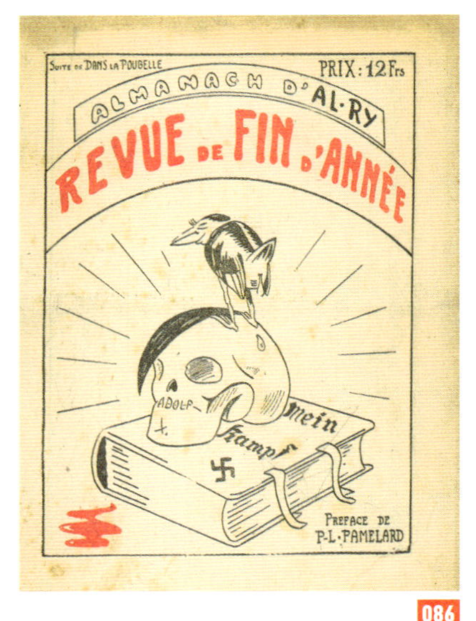

086

第8章
生存圏

ヒトラーがドイツ労働者党(DAP)に加入したとき、周囲の人たちは、19世紀末のヨーロッパ帝国主義言説の古典的な概念に基づいて帝国の再建を夢見ていた。それは、支配を確立するために世界中で最大限の富を獲得しようとする大国間の競争を根拠とするものだった。ドイツでは、このような帝国が、1871年の第二帝国の誕生によって統一という概念を確固たるものにすることになる。そのため帝国は、原材料へのアクセスによって経済的均衡と独立を保障しながら、国家の権威と権力という国家主義者の言説に基づいて社会を結束させる手段とみなされた。都市の近代化に直面して、帝国は、新たに征服された植民地において不可欠であった農民世界の価値観を維持することを保障した。

これらの古典的なテーマに、ヒトラーは「生存圏」(Lebensraum＝レーベンスラウム)という概念を付け加えることになる。この概念は、汎ゲルマン主義者たちのあいだで発展し、1897年にフリードリヒ・ラッツェルが著書『政治地理学(Politische Geographie)』のなかで理論化した。拘留中のたくさんの読書と『わが闘争』の執筆によってより豊かになったヒトラーは、いつものように、様々な理論を調和させて、独自の新たな見解を生み出した。彼の考える生存圏とは、ドイツ国民に自分たちが生き残るために必要な資源を与えるために、領土を征服することであった。領土の拡大はもはや国際関係や勢力争いの観点から考えるべきものではなく、特定の民族が他の民族を犠牲にして生き残るための絶対的な優先事項だった。汎ゲルマン主義者たちの社会ダーウィニズムから借用した「生存のための闘い」という概念に影響を受け、そして、人類は生存圏のための永遠の闘いであると考えるラッツェルの教えに従って、ヒトラーは『わが闘争』で、次のように書いている。

「自然には政治的な境界線がない。自然はこの地球上に生き物を配置することから始めて、勢力の自由な駆け引きに立ち会う。そして最も強い者が、その勇気と熱意によって、自然の寵児である限り、存在を支配する権利を手にする。もしもある民族が内側の植民地化に甘んじるなら、他の人種がこの地球上のますます広大になる土地に強固にしがみつくことになり、他の民族がさらに増え続けるときも、自らの発展が制限されてしまうことになる。このようなことがいつか現実となり、またそれよりも先に、人々が利用できる生存圏が狭くなる。一般的には、残念なことに、最良の国々が、あるいはもっと正確に言えば、文化の唯一の真の担い手、人類のあらゆる進歩の柱が、平和主義的な盲目に駆られ、新しい土地の獲得を断念することにし、「内側の」植民地化に甘んじることがあまりに多く、その一方で劣等な国々はこの世界の巨大な面積を守ることを知っている」

1920年2月のNSDAPの25項目の綱領の第17項もまた、その舞台を次のように設定している。「我々は、自らの国家的必要性に適合した農地改革、公益な目的での土地の無償収用——土地に対する課税の廃止とあらゆる土地投機の停止——を可能にする法の公布を要求する」

087 フランスのマスコミにおける「もう二度と!」

フランスでは、ポール・イリベが創刊した国家主義的風刺新聞『ル・テモワン[証人・目撃者の意]』の1935年4月21日号で、挿絵画家ピエール・シモンが表現しているように、歴史的な仏独対立とヴェルサイユ条約に対する復讐願望への恐れが、平和主義者と国家主義者の両方を悩ませていた。このイラストは、戦場で死亡した兵士たちの亡霊という、フランスとドイツの戦後文学で繰り返し取り上げられる主題を前面に押し出している。

ヒトラー自身も、『わが闘争』のなかで、こうした死者たちの亡霊に言及しており、戦闘員として切り捨てられた自らの経験から、言説を展開している。「すべてが無駄だったのだ。まったくの無駄。あらゆる犠牲、あらゆる窮乏、ときには数カ月間ずっと飲まず食わずだったことも、死の恐怖に苛まれながらも任務を遂行していた時間も、そうして死んでいった200万人の死も、すべて無駄だったのだ。かつて祖国への信念に突き動かされて旅立ち、二度と戻ることのなかった数十万人の兵士たち

LE FRONT COMMUN D'OUTRE-TOMBE
Pierre Simon
— Va-t-il enfin nous f... la paix?

087

les taches d'encre
L'HEBDOMADAIRE DE PARIS
1 franc
1 franc
L'ALERTE DE LILLE
L'AUBE DE LA DELIVRANCE
DANGER
088

の墓石が持ち上がるのは当然ではないだろうか。墓石が開き、泥と血にまみれた物言わぬ英雄たちが、復讐の霊魂のように、この世で人間が国民のためになしうる最大限の犠牲をもって、痛烈な皮肉で失望されられた国に送り出されるのではないだろうか」

088 パリと退役軍人のための週刊誌『レ・タッシュ・ダンクル[インクの染みの意]』の1935年4月13日号の表紙にも同じ恐怖が表現されている。この国家主義的な風刺雑誌は、1884年にモーリス・バレスが創刊した雑誌からタイトルを取り、『戦闘誌』と称している。そして、「アンリ・ロシュフォール以来、ギュスターヴ・テリーの「作品」以来、「アクション・フランセーズ」の誕生以来、そして「ガリア人」の死以来……、『カナール・アンシェネ』や『メルル・ブラン』のような機知に富んだ週刊誌を除けば、戦闘の週刊誌はどこにあるだろうか？」と述べている。

089 生存圏を征服する前に、ヒトラーはドイツ人とみなす人々を第三帝国内に集めることを望んでいた。そのため、1938年3月12日、オーストリアを併合する。このアンシュルス（併合）は、4月10日にドイツとオーストリアで行われた国民投票（プレビシット）、「自由秘密投票」によって正当なものとみなされた。投票は次のような簡単な質問によるものだった。「あなたは1938年3月13日に制定されたオーストリアのドイツ第三帝国への再統一に賛成し、我々の指導者アドルフ・ヒトラーの党へ賛成投票をしますか？」。この質問に対し、大きな丸のなかに「はい」、もしくは小さな丸のなかに「いいえ」と答えなければならなかった。オーストリアの反ナチス派が逮捕され、暴力、威嚇を受けたことを考慮すると、選挙不正がなければ、賛成投票はドイツで99.08%、オーストリアで99.75%だった。

090 オーストリアでは、併合反対派が街頭にビラを貼った。そこにはナチスのスローガンをもじって「一つの民族：オーストリア人、一つの国家：オーストリア、総統反対！」と書かれていた。

Ein Volk · Ein Reich
Ein Führer!
10 · 4 · 1938

089

Ein Volk: Oesterreich
Ein Reich: Oesterreich
KEIN FÜHRER!

090

L'Allemagne s'est annexée l'Autriche ! L'antenne de Radio-Cité vous a permis de suivre ce drame brutal en écoutant l'impressionnant adieu du chancelier autrichien Schuschnigg (à gauche), les déclarations de son ministre de l'Intérieur, chef des nazis autrichiens, M. Seiss-Inquart (à droite), et enfin le court salut de Hitler à la foule viennoise. Vous avez entendu le martellement du sol par les bottes allemandes et le récit immédiat de ces événements historiques par notre collaborateur Alex Virot, seul radio-reporter français présent sur les lieux

091

092

091 アンシュルスはドイツの領土拡大において、イギリスとフランスを憂慮させる大きな出来事であり、「ラジオ・シテ」のレポーターは見逃さなかった。このラジオ局は、広告会社ピュブリシスの創業者マルセル・ブルスタンが運営していた。この比類なきジャーナリストはラジオというメディアの重要性を理解していた。広告のみで資金を調達し、作家を消費者と考えていたブルスタンは、イベントを作ることでラジオのイメージを近代化した。アンシュルスの際、「ラジオ・シテ」のスポーツ記者アレックス・ヴィロは、アルペンスキーの世界選手権を取材していた。彼はウィーンに急行し、検閲にもかかわらず、ドイツ軍の進駐を電話で生中継した。それと同じとき、閣僚評議会議長レオン・ブルムは夜中に起こされ、「ラジオ・シテ」のスタジオに連れていかれて、この出来事に対してその場で反応を示した。このスクープはもちろん、ラジオ週刊誌『イシ・ラジオ・シテ』の1938年3月19日号で大々的に報じられた。

092 『国民から国民へ。オーストリアのドイツ時間』。これはナチ党の報道局長オットー・ディートリヒが出版した、ドイツ軍のオーストリア進駐に関する128ページから成る豊富な図版が入った写真集のタイトルである。

N° 26

Messidor

Le grand magazine du peuple

HEBDOMADAIRE
de la démocratie
syndicale

DIRECTEUR :
LEON JOUHAUX

32 PAGES
VENDREDI 9 SEPT.
1 FR.

1938. — 1re ANNEE. — N° 26

Dans ce numéro :

La halte avant l'orage
par Pierre SCIZE

Saint-Nazaire
capitale des constructions navales
par Roger FRANCQ

De la radiophonie à la télévision, par M. Daumas. — *Max Factor, ou la beauté en flacons* par Max Labiche. — *Monsieur Bernstein rend sa croix au Duce* par Madeleine Jacob. — *Le jiu-jitsu inconnu*, par J. Klein.

et

Le Plan de la C.G.T. :
Le contrôle des banques
par J. DUPIOL

Les Maîtres chanteurs de Nuremberg

Ce mot si bref, le dites-vous ?
Ce mot qui doit fixer nos sorts
Oui ou non, un simple mot
Adolf Hitler, dites... êtes-vous pour la paix ?

LA CRISE EUROPÉENNE
VUE DE PRAGUE ET DE LONDRES
par nos envoyés spéciaux

093

093 ミュンヘン会談の際、1938年3月にレオン・ジュオーと報道部長リュシアン・ヴォゲルによって創刊されたCGT（フランス労働総同盟）の新聞『メシドール』は、ヒトラーがヨーロッパにおける領土要求を停止すると発表したことについて懐疑的な姿勢を隠さなかった。第一面のイラストは、ヒトラーが敬愛した作曲家ワーグナーのオペラ『ニュルンベルクのマイスタージンガー』から着想を得たものである。

094 **095** 風刺雑誌『オ・ゼクットゥ』の第一面に掲載されたウクライナ出身の挿絵画家Pam（Pavel Pavlovič Matjuninの頭字語）のイラストは、ヒトラーの意図と、恒久的な平和を保障するとされるミュンヘン協定に署名することについて、騙される者はいないということを

094

095

示している。というのも、その代償は、イギリス・フランス両民主主義国家が全面的に認めたチェコスロバキアのズデーテン地方の併合だからだ。

096 国家主義者の風刺週刊誌『オ・ゼクットゥ』の1938年9月17日号に掲載された、『ア・プリオリ』誌の反ユダヤのイラストでも知られる挿絵画家ザズートのイラストは、ズデーテン地方の放棄は、フランスとイギリスが無力なためか臆病なのか、燃え尽きるのを眺めている時限式の導火線[mècheには「髪の房、毛束」の意味もある]だと描いている。

096

097 ナチスのプロパガンダはドイツ人少数民族の併合を合法的な帰還としている。「我々は我々の総統に感謝する！」。1938年10月4日、ヒトラーがズデーテン地方のクラスライス（ドイツ語ではグラスリッツ）へ凱旋訪問した後に作成されたポストカードには、こう書かれている。

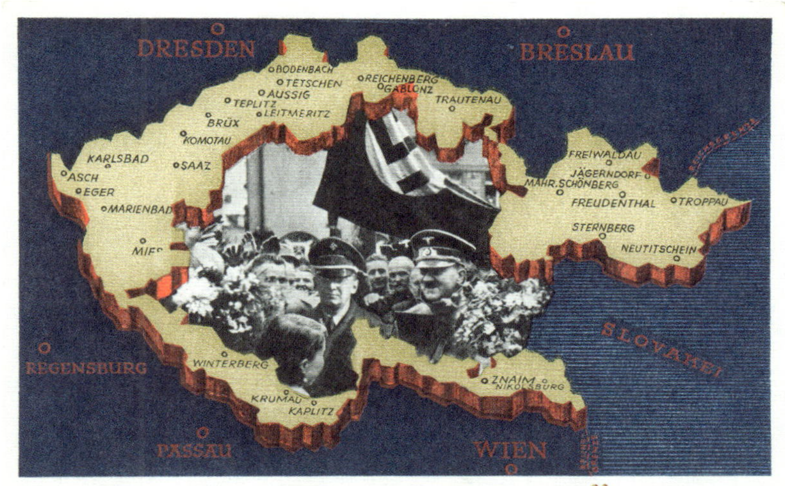

097

098 必然的に、ズデーテン地方の後、ヒトラーはチェコスロバキアの残りの地域に狙いを定めた。エドヴァルド・ベネシュ大統領に最後通牒を突きつけ、市街を爆破すると脅すと、1939年3月15日、

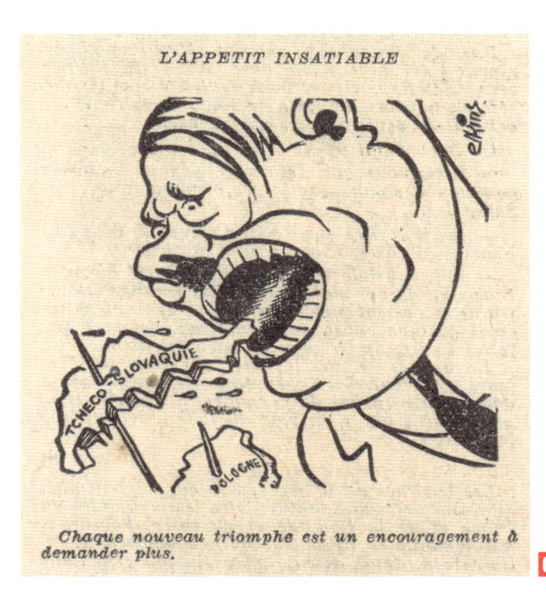

098

半年前に調印したミュンヘン協定に違反してチェコスロバキアに侵攻し、ボヘミア・モラヴィア保護領とした。1938年9月24日付『オ・ゼクットゥ』誌のなかでエルキンスが描いているが、次の標的がポーランドだとはだれも想像していなかった。

099 1939年4月のアメリカの調停の試み

カトリック系週刊誌『ペルラン』[「巡礼者」の意。当初はカトリックの巡礼に関する問題を扱っていた週刊誌]に、ルーズベルトが調停を働きかけた様子が描かれている。1939年4月14日、ルーズベルトはヒトラーに次のような電報を送った。

「世界中で何億もの人々が、今日、新たな戦争、さらには一連の戦争に対する絶え間ない恐怖のなかで生きていることをご存じだと確信しております。

貴国の軍隊が、以下の独立国家の領土もしくは領有地を攻撃または侵略しないことを確約していただけるでしょうか。フィンランド、エストニア、ラトビア、リトアニア、スウェーデン、ノルウェー、デンマーク、オランダ、ベルギー、グレートブリテンおよびアイルランド、フランス、ポルトガル、スペイン、スイス、リヒテンシュタイン、ルクセンブルク、ポーランド、ハンガリー、ルーマニア、ユーゴスラビア、ロシア、ブルガリア、ギリシャ、トルコ、イラク、アラビア、シリア、パレスチナ、エジプト、イラン。

こういった保証は、当然現在だけでなく、この先の将来もずっと、より恒久的な平和に向けて平和的な方法によって努力するあらゆる機会を与えるために維持されなければなりません。したがって、私は「将来」という言葉を、少なくとも10年、敢えて先を見据えるならば四半世紀、不可侵が保証される最低期間と解釈することを提案したい。もし貴国の政府によってそのような保証が約束されるなら、私は直ちに私が名指しした国々の政府にそのことを伝え、それと同時に、私が当然のこととして確信しているように、上に挙げたそれぞれの国家が、そのことを伝えることを確約するかどうかを尋ねましょう。……貴殿の答えによって、

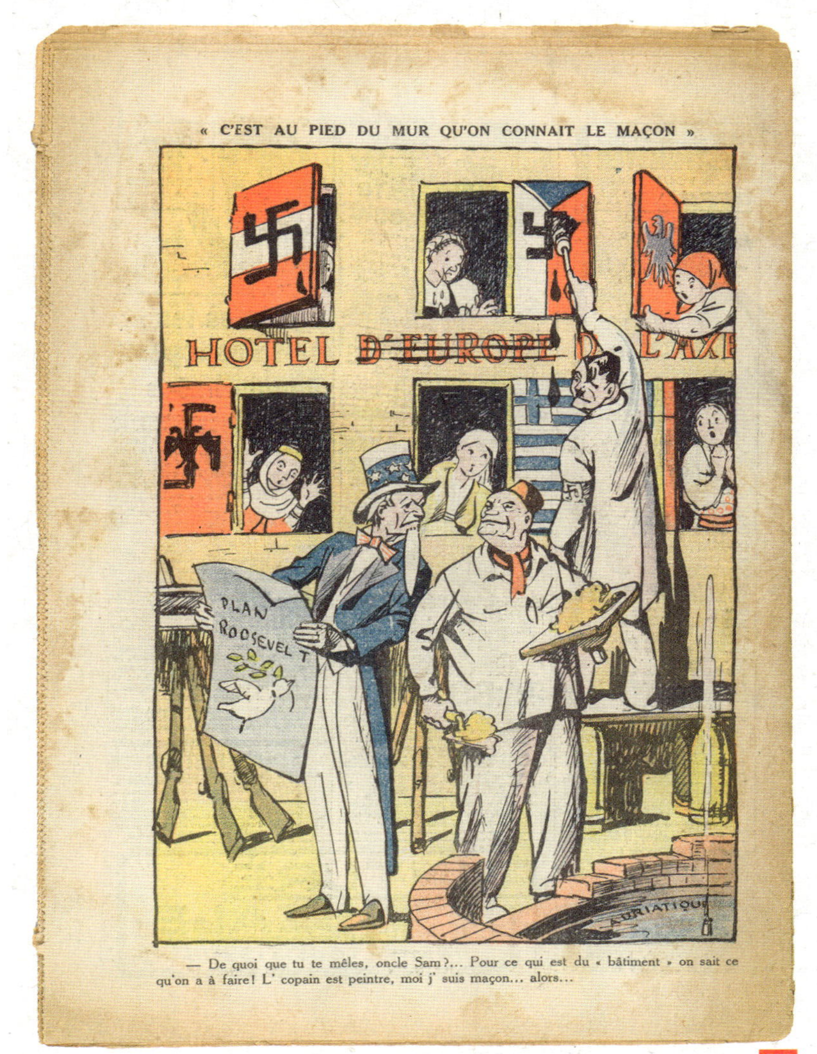

« C'EST AU PIED DU MUR QU'ON CONNAIT LE MAÇON »
HOTEL D'EUROPE D L'AXE
PLAN ROOSEVELT
ADRIATIQUE
— De quoi que tu te mêles, oncle Sam?... Pour ce qui est du « bâtiment » on sait ce qu'on a à faire! L' copain est peintre, moi j' suis maçon... alors...

099

今後何年にもわたって、人々が恐怖を失い、安全を取り戻すことができることを願っています。

同様のメッセージをイタリア政府首脳にも送りました」

ヒトラーは4月28日、国会（ライヒスターク）での2時間半におよぶ演説によって、ルーズベルトに逐一返答したが、まったく和平の望みを抱かせるものではなかった。

100 当然のことながら、1939年9月1日、ヒトラーはポーランドを攻撃した。8月23日に調印された独ソ不可侵条約による、ソビエト連邦との共同侵攻だった。これは、劣等で服従させるべきとみなされた人々に対する、生存圏の理論に基づく最初の残忍な領土征服であり、そのような人々に対し、ドイツ軍は数多くの戦争犯罪を犯した。
世界征服を望むナチスの覇権が現実のものとなりつつあり、1939年9月3日、イギリスとフランスが参戦した後、このようなポストカードが販売された。

100

第9章

戦争の指導者

1935年以降、ドイツ軍は名称を変更し、ヴァイマル共和国軍(Reichswehr＝ライヒスヴェア)からドイツ国防軍(Wehrmacht＝ヴェアマハト)となった。ドイツ国防軍は陸軍(Heer＝ヘーア)、海軍(Kriegsmarine＝クリークスマリーネ)、空軍(Luftwaffe＝ルフトヴァッフェ)の三軍に分かれている。諜報活動はアプヴェーア(Abwehr)が行った。

ドイツ国防軍の総司令官には、陸軍大臣でもあったヴェルナー・フォン・ブロンベルク元帥が就任した。しかし1938年1月、ヒトラーによって解任され、その後はヒトラーが第三帝国軍の唯一の司令官となった。ヒトラーの死後は、カール・デーニッツ大提督が1945年5月8日のドイツ降伏まで指揮を執った。国防省は1938年に消滅し、国防軍最高司令部(OKW＝Oberkommando der Wehrmacht)となり、1945年までヴィルヘルム・カイテルが総長を務めた。OKWはしばしばヒトラーの従順な「軍の家」とみなされた。ヒトラーはそこに自分の意志を押しつけていた。

OKWのなかでは、各軍にそれぞれの総司令官が置かれ、海軍はエーリヒ・レーダー、空軍はヘルマン・ゲーリング、陸軍はヴァルター・フォン・ブラウヒッチュだった。1941年12月、モスクワの戦いで困難な状況に陥ったため、ブラウヒッチュはヒトラーにより更迭された。その結果、その日以降、ヒトラーが陸軍全体(ドイツ国防軍)の総司令官、および陸軍の総司令官となった。

101 **102** ドイツ国防軍の歴史をたどる1940年のこの本は、総司令官ヒトラーの横顔で始まる。プロパガンダの目的で、この本は総統と兵士たちの親密な関係も強調しており、訓練中の簡素な姿で兵士のなかにいる総統の姿や、食堂付近で兵士たちとともに立ったまま食事をしているところが紹介されている。

Adolf Hitler
Der Führer und Oberste Befehlshaber der Wehrmacht

DIE WEHRMACHT

Herausgegeben vom Oberkommando der Wehrmacht

Der Freiheitskampf des großdeutschen Volkes

1940

VERLAG »DIE WEHRMACHT« · BERLIN

101

Der Führer bei seinen Soldaten

„Mein ganzes Leben gehört von jetzt ab erst recht meinem Volk! Ich will jetzt nichts anderes sein als der erste Soldat des Deutschen Reiches! Ich habe damit wieder jenen Rock angezogen, der mir selbst der heiligste und teuerste war. Ich werde ihn nur ausziehen nach dem Siege oder – ich werde dieses Ende nicht erleben!"

Diese Worte sprach der Führer und Oberste Befehlshaber der Wehrmacht am 1. September 1939 vor dem Deutschen Reichstag, als die Würfel gefallen waren und seit dem frühen Morgen die deutsche Wehrmacht die Reihe glanzvoller Taten einleitete, die in 18 Tagen die polnische Armee und den polnischen Staat vernichteten.

Der Führer begab sich, im feldgrauen Rock, selbst an die Front. Unsere Bilder zeigen ihn bei seinen Soldaten; bei der Luftwaffe beglückwünschte er die ersten Flugzeugbesatzungen, die sich in dem siegreichen Kampf um die Luftherrschaft im polnischen Raum ausgezeichnet hatten.

Mit seinen Soldaten nahm der Führer aus der Feldküche die Mahlzeiten ein (Bild links). Auf dem Weg in die vordersten Linien begegnete er immer wieder den unendlichen Kolonnen polnischer Gefangener, den passiven Zeugen der deutschen Siege (Bild oben).

In Lodz fuhr der Führer am gleichen Tage ein, an dem der britische Rundfunk glaubte melden zu können, daß Lodz von den Polen zurückerobert worden sei (Bild unten).

102

103 この寓意的な版画は、併合されたアルザスで1941年に出版されたプロパガンダの冊子に掲載されたもので、フランスを破った後、ヒトラーはヴォージュ山脈の稜線で幹部たちに囲まれ、次の征服を想像しながら東部を眺めている。イギリス本土決戦には破れたが、それでもイギリス軍の一部は1940年5月から6月にかけてのフランス侵攻の際に敗北しており、前景の地面、ヒトラーの足元に置かれた武器の山のあいだに見えるイギリス軍のヘルメットが、そのことを示唆しているように思われる。ヒトラーは1942年4月26日の演説で、これについて、ドイツが「6週間で英仏軍を完全に破滅させ、1週間足らずでオランダ、3週間でベルギーを征服し、イギリス軍を粉砕して捕虜にし、ダンケルクで海に投げ込む」ことが可能だったことに勇気づけられたと述べている。

Der Feldherr Adolf Hitler
Ölgemälde von Conrad Hommel

103

104 ドイツ軍の司令官として、ヒトラーは1939年、躊躇することなく飛行機でポーランド侵攻の作戦区域に向かった。フランスの週刊新聞『イリュストラシオン』に9月30日に掲載された写真。

Le Führer descend de son avion après avoir survolé une partie des champs de bataille, escorté d'une escadrille protectrice.

Le Führer se fait complaisamment photographier devant un poteau indicateur de la direction de Varsovie (le chiffre des kilomètres a été effacé).

HITLER SUR LE FRONT ALLEMAND DE POLOGNE

Photographies expédiées par avion de Pologne à Berlin, par bélino de Berlin à New York et réexpédiées de New York par la voie des airs vers l'Europe.

104

105 ヒトラーは1939年10月2日、「ポーランドは植民地のように扱われるべきだ」と宣言したが、『マッチ』誌はその10日後に非常

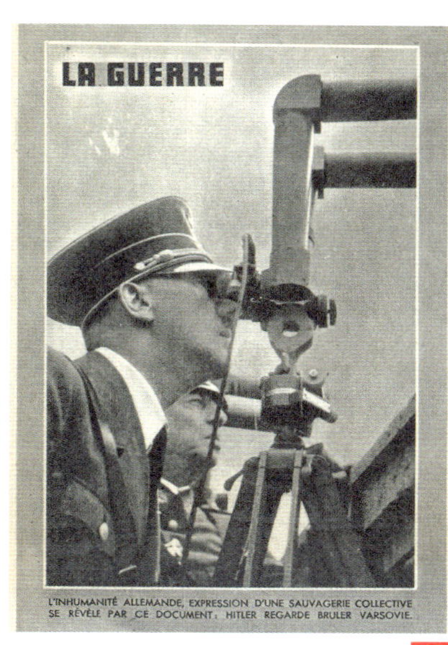

105

Der Führer und die Helden von Eben Emael

106

にシニカルなこの写真を公開した。ヒトラーは1942年4月26日の演説で、「私としては、一連の大きな破壊戦のさなか、18日間でポーランド国家を地図上から一掃することに成功し、その間、フランスもイギリスもジークフリート線上に接触してくることさえなかったという事実に励まされた」と述べている。

106 1940年、『西側のヒトラー(Hitler im Westen)』という作品が出版された。これは1940年5月から6月にかけての、ベルギー、オランダ、ルクセンブルク、フランスに対するドイツ軍のすべての侵攻をたどったものである。ヒトラーは何度も現地へ赴いて指揮を執り、戦闘の進捗状況を確かめ、功績をあげた部隊の兵士には鉄十字章を授与した。この空挺隊員たちは、1940年5月10日と11日にベルギーのエバン・エマール要塞を占領した後、「英雄」の称号を与えられた。その決め手となったのは、ドイツ軍が襲撃時に戦闘グライダーと落下傘兵を初めて使用したことだった。

107 1943年にフランスで出版された冊子*La Waffen SS t'appelle*は、フランス人に対して、ドイツ軍、とりわけ親衛隊の支配下にある装甲師団への入隊を誘うためのものだった。そこには、「個人の護衛部隊」である第1SS装甲師団(LSSAH)の前に立つヒトラーが紹介されている。武装親衛隊の28ある師団のうちのひとつで、戦闘部隊と総統の保護部隊という2つの役割を担っていた。そのため、この第5装甲師団(Panzer Division)はヨーロッパのすべての軍事作戦区域に置かれていて、その残虐性、とりわけ数々の権力乱用と戦争犯罪で知られている。

Le Führer auprès de sa Garde du Corps: la « Leibstandarte Adolf Hitler ».

107

108 ヒトラーの誕生日に寄せて、1941年4月18日付の空軍雑誌*Luftflotte West*が総統の軍隊時代の過去を回想している。左上は1916年西部戦線でのアドルフ・ヒトラー兵、右上はSA隊員のなかにいるナチ党党首、左下はフランス侵攻の際の前線での総統とゲーリング、右下は陸軍総司令官がドイツ空軍のパイロットの勇敢さを報いている場面、中央は1939年9月1日、国会で演説をするヒトラー。「今後は、爆弾には爆弾で応戦する」

Der Gefreite Adolf Hitler 1916 an der Westfront.
Der Führer der NSDAP im Kreise seiner SA-Männer.
Reichstagsrede vom 1. September 1939: « Von jetzt ab wird Bombe mit Bombe vergolten ».
Der Führer und sein Reichsmarschall während des Frankreichfeldzugs an der Front.
Männer der Luftwaffe werden vom Obersten Befehlshaber der Wehrmacht für tapferen Einsatz ausgezeichnet.

108

109 国家総力戦

1942年4月26日の国会演説で、ヒトラーは再度、敵であるイギリスとボルシェヴィキ、それと同時に「1914年にイギリスを第一次世界大戦に駆り立てた秘密勢力……」と関係しているユダヤ人を非難した。「その勢力は我々の努力を阻害し、ドイツはもはや勝旗を見ることはできないと主張して、1918年に我々に降伏することを強いたのだ」。ユダヤ人は、「ヨーロッパにボルシェヴィズムがはびこる危険性をもたらし、大陸を破壊するところだったのだ」

そして、生存圏の理論に戻って、ヒトラーは続ける。「この戦争は、孤立した民族の利益のための闘争ではなく、国民にこの地球上での生活を保障しようとする国家と、不本意ながら国際的寄生者の道具と化した

Le Petit Parisien
1 Franc
ÉDITION DE PARIS
5 heures
LUNDI 27 AVRIL 1942

A LA VEILLE DES GRANDS COMBATS DE L'EST QUI DÉCIDERONT DU SORT DU REICH ET DE L'EUROPE

Le Führer fait au Reichstag le procès de l'Angleterre et du judaïsme

CET HIVER LE SOLDAT ALLEMAND A TRIOMPHÉ DES DIFFICULTÉS LES PLUS FORMIDABLES

CHEZ LES MAREYEURS DE LA ROCHELLE

Où il apparaît que le poisson n'est pas réparti de façon très équitable

UNE ENQUÊTE DE LÉON GROC

312 AVIONS SOVIÉTIQUES ABATTUS EN DEUX SEMAINES

SUR LE FRONT DE BIRMANIE

Un repli général de 100 kilomètres des forces anglo-chinoises

Des troupes américaines s'installent en Nouvelle-Calédonie

109

民族との闘争である」そして、老いたヨーロッパを前に、「崩壊の危機に瀕して、ここに新しい理想の明かりが、新しくより良い秩序の代表者である若者たちによって、世界の社会的、国家的自由の真の若者たちによって取り戻される。……そして、目覚めつつある若きヨーロッパが今、モムセンが言っていたように、ユダヤ人によるこの民族と国家の解体に対して、宣戦布告した。……私たちはみな、指導者としてであれ、行為者としてであれ、実行者としてであれ、人々のこの力強く歴史的な蜂起に参加するだろう。東ヨーロッパは決定が下される戦場なのだ」ということを思い出させる。

演説の最後の部分は、ドイツ国民全体による戦争への努力を呼びかけるものであり、そのなかでヒトラーは初めて「総力戦」という概念を想起させた。「前線も後方も、輸送も行政も司法も、戦争に勝つというただ一つの考え方に従わなければならない」。そのため、総統は国会に、総統の権力の確認を要請し、「すべての者が自らの義務を完遂するよう強制する権利、自分の義務を果たさない者はだれであれ降格させる権利、義務を果たしていると私の魂と良心で判断できるような方法で、自らの義務を果たさない者をその者の人格や得た権利に関係なく、その職務と地位から解任する権利」が付け加えられた。当然のことながら、国会の議員たちは、ヒトラーの全権を強化するこの提案に賛成した。ヒトラーは長い演説の最後にこう宣言したのだ。「私の唯一の誇りは、神がこのような偉大な時代にドイツ国民を導くために私を選んだということである」

110 1942年4月30日発行の対独協力主義週刊誌『ラ・スメンヌ』はこの同じ演説を1枚の写真で総括している。その写真では、ヒトラーが宣言した「総力戦」という言葉に本質が要約されている。古い概念だが、1935年にドイツでルーデンドルフ将軍が著書『総力戦』のなかで理論化したもので、第一次世界大戦時のドイツ軍総司令官としての経験に照らして、絶対的な必要性がある場合は軍事よりも政治を問い直すことを理論づけた。ルーデンドルフは、1927年にヒトラーと対立して決別するまでは、国家社会主義とヒトラーの仲間だった。

LE FUHRER DEVANT LE REICHSTAG
ANNONCE LA GUERRE TOTALE

110

111 112 ヒトラーの秘密兵器

1939年3月、ヒトラーはベルリンから30キロメートルほど離れたところにある実験場を訪れた際に、長距離ロケット弾の戦略的可能性について説明を受けた。ヒトラーはこのような長期的な計画にはあまり関心がないようだった。彼が懸念していたのは、仮定の未来ではなく、すぐに使用できる兵器だった。さらに、アルベルト・シュペーアが回顧録のなかで強調しているように、「彼は、ジェット機や原子爆弾のような第一次世界大戦世代の領域を超え、自分にとって未知の世界に招き入れるようなあらゆる技術革新に対して、強い警戒心を抱いていた」。その結果、1939年から1940年にかけてのポーランド、そしてフランスへの侵攻の際のブリッツクリーク（電撃戦）の成功もあり、こういった軍事分野の費用のかかる研究が優先されることはなくなった。ヒトラーが新兵器に投資することに決めたのは、1942年10月3日、A4ロケットの初飛行成功後のことだった。そして、1943年7月7日、ヒトラーは新兵器への投資を軍備計画の優先事項リストのトップに据えた。ドイツのプロパガンダによれば、秘密兵器は英米の爆撃によって帝国の都市が破壊されたことに復讐するためのものだった。そのため、ゲッベルスはその兵器をV1、V2と命名した。VはVergeltungswaffe（報復兵器）の頭文字である。ヒトラーが個人的に所望したこれらの兵器の主な標的はロンドンだった。ヒトラーは1942年4月26日の演説でたしかに次のように述べている。「1940年5月、チャーチル氏は民間人に対する戦争を開始した。それから4カ月間、私は何度も警告し、ずっと待っていた。……いつか私が彼の国民に計り知れない苦しみを与えるような返答を与えざるを得な

L' ultima • arma segreta • ha cambiato direzione.
The tast • secret weapon • has changed direction.
111

112

くなったときに、この男がやってきて嘆き悲しむことがありませんように。たった今から、私はこの犯罪者が倒れ、彼の成し遂げた成果が崩壊するまで、やられただけやり返すつもりだ」。そして、イギリスを全滅させることができる待望の兵器がそこにあった。V1は1944年6月から1945年3月まで、V2は1944年9月以降にロンドンを襲った。これらの殺人的な戦争テロ兵器は、2500人の犠牲者を出したにもかかわらず、イギリス国民の士気を低下させることはなく、戦争の流れをドイツに有利に変えることもなかった。

これらの秘密兵器は、フランス解放の際に販売されたポストカードに、ユーモアを交えて描かれており、そのうちの1枚は、ヒトラーにとって滑稽な状況の反転を想像させるものである。

VU

IRE
DANS CE
NUMÉRO

•

'AFFAIRE
ROGÉ
PAR
J.-A. DUCROT

•

TTRAPE-
IGAUDS
PAR
MAURICE LEROY

•

ANNÉE. — N° 327
JUIN 1934
AIT LE MERCREDI

LE DUCE GUIDE LE FUHR

第2部

盟友たち

第10章

ヒトラーとムッソリーニ

ヒトラーは1922年10月のムッソリーニの政権獲得を興味深く見守り、彼を模範とし、ファシスト政権との共通点があると考えた。1925年から1926年にかけての『ファシスト法』は議会主義に終止符を打ちムッソリーニの独裁体制を強化するものであり、ヒトラーが統帥に魅了されるきっかけとなった。ヒトラーは『わが闘争』のなかでこう書いている。「その頃——隠すことなく告白する——、私はアルプス以南の偉大なる人物に最大の憧れを抱いていたのだ。その人物は、国民への熱い愛情をもって、イタリア国内の敵たちとは手を組まず、あらゆる方法と手段で敵たちを滅ぼそうと努めた。ムッソリーニを世界の偉大な人物の一人に位置付けることになるのは、イタリアをマルクス主義と共有せず、国際主義を消滅させることによって祖国をマルクス主義から救うというムッソリーニの決意だった」

これによってヒトラーは、ファシスト・イタリアを将来のナチス・ドイツの最初の同盟国に加えることができた。「ドイツは初めて、同盟国を持つことになる。我が国の経済を蛭のように吸うのではなく、我が国の技術的武装の最も豊かな完成に貢献しうる、そして貢献するであろう同盟国だ」。この同盟は、イタリアの領土拡張主義的な要求を満たすことができるため、一層有益なものとなる。ヒトラーは、ヴェルサイユ条約の際に領土を失い、失望していたイタリアをフランスに対抗してドイツに引き寄せる好機と捉え、その一方で、ヒトラーのヨーロッパ構想に不可欠な第二の同盟国と考えていたイギリスにも接近した。

001 しかし、この称賛は相互的なものとはほど遠かった。ナチズムが誕生した当時、ドイツ政治の角逐の場においてナチズムはあまりに周縁的な存在とみなされていて、ムッソリーニは重要視していなかったのだ。状況が変わるのは、NSDAPが選挙で勝ち、ヒトラーが政権に就いてからである。そしてさらに！　ムッソリーニは、ヒトラーが

VU

LIRE DANS CE NUMÉRO

• L'AFFAIRE FROGÉ PAR J.-A. DUCROT

• ATTRAPE-NIGAUDS PAR MAURICE LEROY

•

7e ANNÉE. — N° 327
20 JUIN 1934
PARAIT LE MERCREDI
PRIX : 2 FRANCS
Directeur : Lucien VOGEL
PHOTO ASS. PRESS

LE DUCE GUIDE LE FUHRER

M. Mussolini accueille le chancelier Hitler à sa descente d'avion, sur l'aéroport de Venise.

001

自分のように武力によってでなく、合法的手段によって権力に就いたという弱さを非難した。ファシスト・イタリアは、結局はユダヤ人対策を採用することになるが、とりわけ統帥は、ヒトラーの長い演説も反ユダヤ主義も好きではなかったのだ。

二人は協力をしなければならなくなり、1934年10月、18回にわたる会談のうちの最初の会談がヴェネツィアで行われた。表面的な笑顔の裏で、この会談はヒトラーにとって失敗に終わる。オーストリア併合の意思をムッソリーニにはねつけられたのだ。『ヴュ』誌はこの会談を次のように総括している。

「統帥は断固とした口調で話し、総統は頭を下げるしかなかった。

……要するに、合意した点においては合意したままだが、最も厄介な点については、ヒトラー氏は最古参の独裁者から説教をされたのだ。しかし、祝祭は美しく、環境は素晴らしく、群衆は熱狂していた。ヴェネツィアは非常に場を引き立てるところで、そこでの会談はすべて歴史的なものに思える」

002 1936年5月、イタリアは「ローマ・ベルリン枢軸」に調印し、ドイツと同盟を結んだ。この同盟は脆くあやふやなものだった。1937年9月、二人の独裁者の会談がドイツで行われたのは、このような

Nach dem Waffenstillstandsangebot der Franzosen

Aussprache der beiden Führer der Achsenmächte in München

002

背景があったからだ。ヒトラーは同盟国に好印象を与えるために、ミュンヘンからベルリンまで、たくさんのパレードや軍事行進を行った。賭けは非常に重要で、ヒトラーはムッソリーニに「防共協定」に参加するよう説得しなければならず、その2カ月後、カメラの前で和平への決意を表明することになる。1940年6月のフランス敗戦後、ナチスのプロパガンダによって作成された『西部のヒトラー(Hitler im Westen)』という本で、両国の同盟関係を想起させるために使用されたのが、この国賓訪問の写真だった。上の写真は、キャプションに「休戦申し入れ後」と書かれており、誤解を招く。ところが、1940年6月、ヒトラーとムッソリーニは会談をしていない。とりわけこの2枚の写真は1937年の会談のときのものであることが容易に識別できる。写真下のキャプションはより特徴のないもので、「ミュンヘンでの両首脳の話し合い」と書かれている。しかし、この写真には日付がなく、1940年6月のコンピエーヌで撮影されたヒトラーの写真と並べて、本に掲載されていることから、同じ年のものだと思われる。年代が誤っているせいで、1939年5月に「鋼鉄協約」が調印され、攻勢戦争になった場合の両国の相互支援が規定された後、イタリアが参戦したのは1940年6月10日だったことを忘れてしまう。

003 1942年4月29日、二人は、バルカン半島、北アフリカ、エリトリアの情勢について軍事状況を把握するために、オーストリアのザルツブルクで会談を行った。ヒトラーは神経質になっていて、東方の状況を心配しているようだった。それでも、ムッソリーニに長時間の独白を浴びせることを止めなかった。イタリアの外務大臣でムッソリーニの娘婿だったチャーノによれば、そのうちの1回は1時間45分にも及んだという。もちろんこのこ

A Salzbourg, le Führer et le Duce ont fixé les plans de la campagne de 1942

003

とは、この対独協力主義週刊誌『トゥットゥ・ラ・ヴィ』の1942年5月14日号では触れられていない。1年後、同じ都市で、別の会談が開かれた。

004 ムッソリーニにとって、何もかもがうまくいかなくなっていた。イタリアのフェルトレで行われたヒトラーとの最後の会談で、2つの国家で別々の和平は結ばないことが確認されたが、その6日後の1943年7月25日、ムッソリーニはファシズム大評議会によって解任された後、ヴィットーリオ・エマヌエーレ3世に打倒され、退位させられた。そしてすぐに逮捕され、アブルッツォ州のグラン・サッソで軟禁され、そこから、オットー・スコルツェニーが率いるドイツのコマンド部隊によってドイツに引き渡された。ヒトラーは直ちに、二人は変わらず同盟関係にあることを世界に示そうとし、衰弱したムッソリーニがドイツに到着した際に総統に歓迎されている写真がドイツの新聞に広く掲載された。これは、併合されたアルザスのコルマールで発行された日刊紙*Kolmar-Kurrier*の1943年9月22日号である。

Der Duce beim Führer.
Der Duce stattete sofort nach seiner Befreiung dem Führer einen mehrtägigen Besuch ab (links vom Führer Reichsminister des Auswärtigen von Ribbentrop.
Presse-Hoffmann (Sch)

004

外国で嘲笑されるヒトラー・ムッソリーニ同盟

1930年代のイタリアとドイツの接近に対するフランスの認識は、まったく異なっていた。1939年まではフランスとその植民地を正式に標的にしたムッソリーニの領土拡張主義的な演説によって、ファシズムの危険性が排除されていなかったとしても、1937年9月にドイツから帰国した後、統帥のイメージは報道で傷つけられた。実際、ヒトラーの熱烈な歓迎を受け、ムッソリーニはそれまで軽蔑していたナチスの勢力に魅了されて帰国した。それ以来、ナチスのモデルに触発されたファシストの「新しい人間」が誕生することになった。ときには滑稽な措置が講じられた。たとえば、あらゆる年代のファシスト指導者は駆け足で歩かなければならないとか、軍事行進は「古代ローマ風に」(「膝を曲げずに」を真似て)行うとかだ。日常の言葉のなかの親しい間柄で使う「君」と「君たち」は丁寧な「あなた」の代わりに使われた。

005 ナチス・ドイツを模倣しようとしたムッソリーニは、フランスの風刺画家たちの嘲笑の的となり、ヒトラーに操られた操り人

005

形、あるいは間抜けな人として描かれた。この1939年1月8日号のように、それまではヒトラーよりもムッソリーニに好意的だった『ル・ペルラン』のようなカトリック系の新聞でも同様である。

006 あるいは、1939年5月25日付の若者向けカトリック系週刊誌『ア・ラ・パージュ』では、鋼鉄協定の調停をヒトラーが主導権を握った「結婚」とみなしている。

Le pacte italo-allemand

— Que penseriez-vous d'un petit voyage de noces du côté de Dantzig ?
— Oh ! Adolf, je préférerais la Tunisie.

006

007 国家主義者の風刺週刊誌『オ・ゼクットゥ』も統帥を嘲笑している。

008 アメリカには、ムッソリーニの解任後に発行された2カ国語のポストカードがあり、キャプションには「全能のヒトラーがムッソリーニに力を見せつけている」と書かれている。この種のフォトモンタージュは、反ナチス派のジョン・ハートフィールドやマリヌス・ヤコ

aux Écoutes...
ler. — Moi, je me contenterai du monde... Mais à toi je céderai tout l'univers !...

007

1943
Hitler op het hoogtepunt van zijn macht, laat Mussolini zien, hoe sterk hij is.
Hitler almighty shows Mussolini how powerful he is.

008

ブ・ケルドガードの作品を彷彿とさせる。

009 ムッソリーニの失墜は、ソ連をも喜ばせた。ソ連は「そして、潰された者！」というコピーとともに、ムッソリーニを消えたろうそくに見立てている。

009

第11章

ヒトラーとフランコ

スペイン内戦が始まった当初から、ヒトラーはスペイン共和国政府との戦いでフランコを支持した。軍事的には、「火の魔術(Feuerzauber)」というコードネームで、この支援はおもに1936年11月のコンドル軍団の創設につながった。大多数が志願兵で構成されたこの6000人からなるドイツ空軍は、1939年にフランコが勝利するまで戦闘に参加することになる。3年間でこの戦闘部隊に参加した19000人の兵士のなかには、数々の勝利によってのちに有名になる、アドルフ・ガーランドやヴェルナー・メルダースといった若いパイロットもいた。

010 メルダースは、スペインで14回の空中戦勝利を収め、その後フランスの戦いでは20勝を挙げて、英雄となった。1940年6月5日に撃墜され、6月22日の終戦協定調印までフランス軍の捕虜となっていた。その後、バトル・オブ・ブリテンに参加し、空中戦40勝という記録的な数字に達した。そのスコアによって、柏葉付の鉄十字章を授与され、ヒトラー自身から祝福を受け、1940年10月3日付『ベルリナー・イラストリルテ・ツァイトゥング(Berliner Illustrirte Zeitung)』の表紙を飾った。

Nummer 40 3. Oktober 1940
Berliner
Illustrirte Zeitung
49. Jahrgang Preis 20 Pfennig
Nach 40 Abschüssen:
Zum Ritterkreuz das Eichenlaub

010

011 **012** 1940年、ヒトラーはフランコが恩義に報いることを期待し、総統(カウディーリョ)がドイツ、イタリアに加わってソ連と戦うことを望んだ。そのため、両独裁者は

011

HENDAYA . Francia . Estación de tren
. 23 de octubre de 1940 .
Entrevista de FRANCO con HITLER

012

10月23日、アンダイエ駅で会談を行う。スペインは3年にわたる内戦から抜け出したものの疲弊しており、そのような冒険に乗り出す気はなかった。そのためフランコは、ヒトラーに拒否されることを承知のうえで保証を求めた。会談の失敗を覆い隠し、プロパガンダは反対にドイツとスペインを結びつける絆が続いていることを示す。総統とカウディーリョの笑顔の肖像画は、現実とは対照的だった。実際、ヒトラーは側近たちに、フランコについて、「こいつから得るものは何もない」と語ったと言われており、「スペインのプライドを履き違えた」「イエズス会のろくでなし」とも評された。その一方でフランコはセラーノ外相にこう宣言した。「あいつらには耐えられない。何の見返りもなしに戦争に参加させようとしている」。ヒトラーにとって唯一の代償は、スペイン人義勇兵を青師団に送り込むことだった。青師団には50000人近い兵士が所属し、1941年6月から1943年11月まで東部戦線で戦うことになる。1942年4月26日、ヒトラーは国会での演説でこう語っている。「スペイン師団が祖国に帰還するとき、我々はこの師団に一つだけ証言することができるだろう。彼らの忠誠心と勇敢さは死ぬまで続いたと」

013 アメリカでは、ユーモラスなポストカードがアンダイエの会談を風刺している。キャプションには、フランコを指して、「ヒトラーに身売りをする前に」と書かれている。

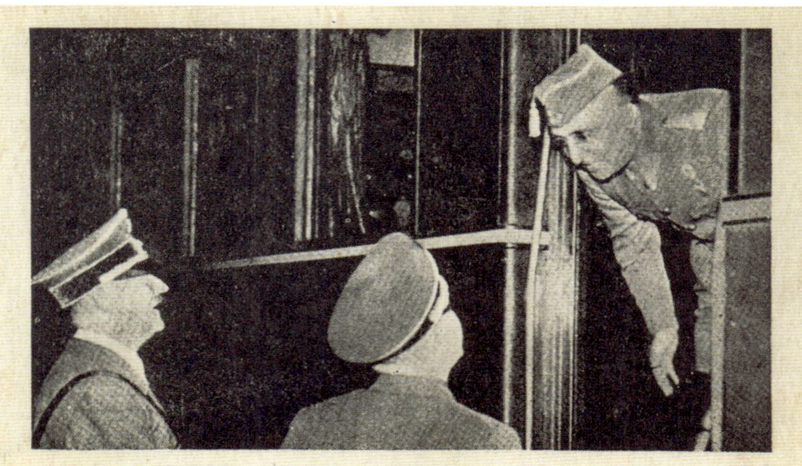
BEFORE HE SOLD HIMSELF TO HITLER

013

第12章

ヒトラーとスターリン――恐るべき恋人たち

1939年8月23日、ドイツとソ連が不可侵条約に調印したことを知り、世界は衝撃を受けた。イデオロギー上の敵同士が、自分たちのあいだも含めて避けられない紛争に備えるために手を結んだのだ。しかし、対立するのを待つあいだに、ヒトラーとスターリンは、より無害な他の敵対者たちに対して武器を磨いていた。実際、秘密議定書は中欧諸国の分割を目的とした一連の領土併合を規定している。9月28日、ポーランドは独ソ条約によって2つに分割され、ブク川を新たな独ソ国境として独裁者たちが共有することになったが、それに加えて他の国々もナチスとソ連の欲望の対象となった。ソ連はバルト三国の併合とルーマニアの一部の占領を留保し、11月30日にフィンランドを攻撃する。鉄路を支配したいドイツは、スウェーデンとノルウェーを占拠しようとしていた。

風刺画家たちは、この愚かな駆け引きを大喜びで新聞に描いた。ラルフ・スポーは、マルク・アレグレ監督が1936年に制作し成功を収めた映画『恐るべき恋人たち(Les Amants terribles)』のタイトルを一連のイラストの中で使用し、二人の独裁者をパロディ化した。この条約によって、ヒトラーとスターリン、この二人のどちらが相手を騙す可能性が高かったのか。歴史家たちのあいだで依然として意見が分かれる問題である。というのも、もしヒトラーが東側で自由に行動できることが必要なら、すなわち、スターリンが西側の民主主義国の側につかないなら、ヒトラーは敵に、のちに対戦するための準備の時間を与えないのではないだろうか。したがって、スターリンは、フランスとイギリスを攻撃することで、ヒトラーが長年のイデオロギー上の敵対者、つまり共産主義を忘れてくれることを期待して調印したのだろうか。スターリンがこのような事態を想定していたと考えるのは、スターリンの信用を落とすことになるだろう。それどころか、スターリンはナチスとの戦争への参戦を予期していたことを有効に使って、シベリアに、つまり独ソの国境にある戦線から遠く離れた場所に、多くの兵器工場を建設したり、移転したりした。

というのも、スターリンにとって本当の問題は、ヒトラーが攻撃を仕掛けてくるかどうかではなく、いつ攻撃してくるかということだったからだ。

014

この点で、これらの風刺画は、二人の独裁者が互いに虚勢を張っている様子をよく表している。1939年当時、それぞれの調印者の利益のためだけに批准されたこの不自然な協定の二重性に、だれも騙されなかったという証拠である。

6e ANNÉE - No 294 Prix du numéro : 1 fr. 50 VENDREDI 22 SEPTEMBRE 1939

L'ESPOIR FRANÇAIS

La saison des ballets germano-russes est ouverte

DANSE MACABRE

015

014 ジャック・ドリオのフランス人民党の機関紙『エマンシパシオン・ナシオナル(人民解放)』の1939年9月29日号では、この同盟によって、ヒトラーとスターリンの口髭が、ソ連の唯一の共産党のエンブレムであるハンマーと鎌になっている。フランスの極右ですら、スターリンが結局は駆け引きの支配者だとみなしている証拠である。

015 ナショナリストの週刊誌『レスポワール・フランセ』は、この協定を『死の舞踏』でしかないと見ている。

016 イギリスの新聞もこの協定について報道しており、公然の敵とみなされている二人の独裁者が一つの帽子を被って、地球全体

PAR LE TROU DE LA SERRURE

(Suite de la page 2.)

On les a rassemblés dans un grand camp, devant une plaine neigeuse, pour leur apprendre la tactique de la « guerre des skis ». Des gardes civiques finnois, qui préparent même en temps de paix les skieurs de l'armée, font des exhibitions en tourbillonnant par petits groupes, pour montrer, selon les enseignements de l'expérience, la méthode de dérouter l'adversaire, de le harceler dans ses mouvements, de préparer des embuscades, de se déplacer sur les chemins gelés, de mener le combat des coups de main.

Les Suédois, qui forment la légion la plus nombreuse, écoutent la leçon avec ravissement et semblent fascinés par le jeu souple et habile des instructeurs finnois. Ces Suédois sont tous des athlètes, aux larges épaules et aux visages d'adolescents, parfaitement équipés, et déjà sélectionnés par une visite médicale très sévère. Ils connaissent à fond les sports de la neige ; ils sont presque tous des coureurs très résistants sur les skis et savent évoluer sur le tapis blanc avec une aisance parfaite; mais ils ignorent la technique de la guerre, les ruses des patrouilleurs, l'art de mettre au service de la stratégie leurs qualités sportives.

Ces hommes constituent, sous les ordres d'un colonel, la première brigade scandinave. Elle comprend aussi des Norvégiens, — de grands gars rudes et sauvages — qui ne sont pas encore assez nombreux pour former, comme ils le voudraient, une brigade à part.

Le nombre des Danois s'accroît sans cesse. Ce sont des garçons énergiques, bien découplés, aux yeux clairs, et animés d'une volonté farouche de se battre. Mais ils ne sont pas skieurs et, dans la neige, leur impatience ne peut être utilisée à fond. Aussi sont-ils en train de s'instruire en vue de la campagne de printemps, lorsqu'il s'agira de combattre entre les bois et les marécages.

HOMMES DE VINGT PAYS

Toute une partie du camp est réservée à la Brigade Internationale, formation encore babelique où se rencontrent des hommes de vingt pays, de l'Anglais flegmatique et silencieux à l'Italien fiévreux et pétulant ; de l'Allemand échappé par miracle à la Gestapo, à l'Espagnol qui, vaincu dans son pays, préfère encore la lutte à l'inaction morose de l'exil.

Les races se mêlent, les langues se confondent, les habitudes s'enchevêtrent. On fraternise, on se conseille, on se communique les renseignements et les espoirs, on raconte les exploits d'autres campagnes, on bâtit des rêves d'aventure et d'héroïsme.

Les Latins sont encore peu nombreux ; mais leurs cris, leurs appels, leurs chants ensoleillés jettent un tapage allègre dans le silence ouaté du paysage.

Chacun d'eux s'est attribué un surnom de guerre ; des noms français, italiens ou espagnols. On entend appeler Tartarin, le Capitaine Fracasse, le Corsaro nero, Gamba di Ferro, Pedro le loucheur, Tête de pierre. C'est un mélange de Verne et de Conrad, de Cervantes et de Salgari. Les héros des traditions nationales, les volontaires de la liberté que chaque pays honore dans ses fastes, les chevaliers errants de l'action et de la gloire, ressuscitent dans ces garçons audacieux et confiants qui se préparent au combat comme à un grand jeu de sportifs.

LE PIVOT DE LA RÉSISTANCE

VIGILANCE !

— Neutres, mais armés.

Telle est la phrase que le régent Horthy de Hongrie aime à répéter devant ses officiers et ses ministres. Son pays est dans une position délicate. Placé au centre de l'Europe danubienne, il est convoité à la fois par les Russes et par les Germains. Les uns, du haut des Carpathes, regardent avec avidité les belles plaines limoneuses, riches en bétail et en céréales, qui ajouteraient un nouveau fleuron à la couronne de Staline. Les autres, enivrés par leur rêve séculaire de conquête, attirés par les pétroles et les ressources innombrables de la Roumanie, voudraient passer sur le corps soumis de la nation magyare pour atteindre les rives de la mer Noire.

La Hongrie connaît ces dangers. Elle sait le rôle qui lui incombe. Comme aux temps lointains où, pour arrêter la ruée des tribus barbares, elle défendait, au nom de Rome, la grande muraille érigée sur les « Monts métallifères », entre le Danube et la Tisza, elle sait le prix qui s'attache à la sauvegarde de son indépendance.

Le gouvernement de Budapest vient de consacrer quatre milliards à la défense du pays. Le « noyautage » des agents nazis et communistes dans l'armée est endigué par des mesures radicales. Les traîtres sont chassés et poursuivis. A Kassa, dans la partie méridionale des Carpathes, le général Hary, chef de l'aviation, vient d'inaugurer une école de l'air qui doit former les pilotes et les techniciens chargés de défendre le ciel de la nation.

Dès maintenant, seize bases aériennes ont été organisées et équipées aux frontières de l'Allemagne et de la Russie. Depuis que la menace d'une invasion plane sur le pays, elles sont en état d'alerte.

ENNEMIS PUBLICS 1 ET 2

Rand Daily Mail.

MOSCOU TRAVAILLE

— Nous sommes prêts à composer honorablement avec nos voisins, a dit le chef du gouvernement, mais nous n'acceptons pas de compromettre notre indépendance.

Les Soviets ont repris leur propagande. Ils visent, tout d'abord, la « Russie subcarpathique », que les événements de l'année dernière ont rattachée à la Hongrie. Le programme de la « Grande Ukraine », que Staline n'a jamais abandonné, ressuscite.

De Lwow, un poste émetteur soviétique abreuve les Hongrois de mensonges et de polémiques. On incite les habitants de la Ruthénie à se soulever contre les « bandits blancs » hongrois, et on annonce une fois de plus le triomphe du communisme dans le pays qui connut la terreur de Bela Kuhn.

Une organisation paramilitaire ukrainienne, le « Sitch », a été organisée par des agents soviétiques, qui ont fourni des armes et de l'argent. Les membres de cette organisation mènent une lutte de partisans contre les gendarmes hongrois et s'attaquent même à des détachements militaires.

Ces menaces, loin d'atténuer la fermeté hongroise, ne font que la renforcer. Devant ses deux redoutables voisins, le Reich et l'U.R.S.S., la Hongrie est résolue à ne pas céder.

DEUX PRISONNIERS

A Szaged, forteresse militaire située près de la frontière yougoslave, la présence de deux prisonniers d'exception fournit la preuve de cette volonté d'indépendance.

L'un est le commandant François Szalassy, le fameux agitateur hitlérien, qui cachait ses accointances avec l'Allemagne sous les couleurs d'un mouvement d'extrême-droite appelé « hungariste ». On a su d'ailleurs qu'il avait été désigné pour la place de « gauleiter » de Hongrie, lorsque Hitler se serait installé à Budapest. Condamné, pour trahison, à trois ans de forteresse, il est encore au cachot. Maintes fois les Allemands ont demandé sa libération : les nazis hongrois de Franz Basch ont organisé des troubles dans le même but. Rien à faire. L'homme qui a voulu vendre la liberté de son pays aux maîtres de Berlin continue sa « cure » à Szaged.

Près de lui, un autre prisonnier attend ses « libérateurs ». C'est Mathias Rakossi, l'ancien commissaire du peuple du gouvernement de Bela Kuhn. Au temps de sa fortune politique, il avait été dur, intraitable ; de Russie, où il s'était réfugié après l'effondrement du dictateur rouge, il avait dirigé la propagande clandestine dans son pays. Rentré en fraude et arrêté, il a été condamné à une lourde peine.

Des tracts circulent à Budapest pour annoncer que bientôt, avec l'arrivée des troupes russes, le régime actuel sera remplacé par un gouvernement présidé par Rakossi. Mais cette propagande, dont on connaît les inspirateurs, ne trouble pas les dirigeants de la Hongrie.

— Nous attendons l'orage, disent-ils. S'il éclate, nous saurons quoi faire.

UN HOMME A POIGNE

D'ailleurs, parmi les forces et les hommes qui s'opposent aux rêves germano-russes, il faut placer au premier plan le régent Horthy.

S'il hait Staline, il n'aime pas Hitler.

Quelques mois avant la guerre, le Régent se trouvait en visite officielle dans un port allemand. Le Führer était à côté de lui. Du haut d'une passerelle, l'hôte assistait au défilé des cuirassés de poche, qui faisaient l'orgueil de la marine germanique.

— Quel dommage ! murmura, rêveur, l'amiral Horthy. S'il y a une guerre, ces beaux bateaux finiront au fond de la mer...

Cette réflexion eut le malheur de déplaire à Hitler. Dans un éclat de colère, le chef du Reich riposta par un flot de paroles arrogantes, enivrées, où il était question de puissance allemande, de marine invin-

016

を表す人物の視線の前を、一緒に歩いている。その背後にはイギリス首相ネヴィル・チェンバレンとフランス首相エドゥアール・ダラディエの姿が見える。このイラストは1940年2月13日付の情報誌『フランス・マガジン』に掲載されたもの。

017 018 「奇妙な戦争」のあいだに、イギリスではナチ党の新聞のタイトル『フェルキッシャー・ベオバハター(Völkischer Beobachter＝民族的観察者』)』をもじった『フォルキゲール・ベオバハター(Wolkiger beobachter＝曖昧な観察者)』という両面印刷のチラシが作られ、ドイツ軍に空からばらまかれた。その創刊号には、独ソ条約を話題にした2つのイラストが掲載されている。1つ目は、貸出図書館のなかでスターリンは『わが闘争』を、ヒトラーはカール・マルクスの『資本論』を読んでいるもの。2つ目は、『汚れた花嫁』に扮してスターリンの腕に手をまわしているヒトラーを揶揄している。反対に、アメリカの漫画家クリフォード・ベリーマンは、1939年、この結婚という隠喩を用いて、「蜜月はいつまで続くのだろうか？」と疑問を投げかけている。しかし、ド

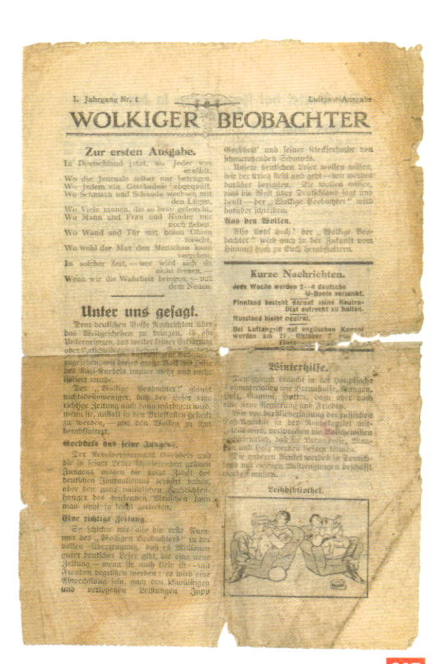

1. Jahrgang Nr. 1　　Luftpost-Ausgabe

WOLKIGER BEOBACHTER

Zur ersten Ausgabe.

In Deutschland jetzt, wo Jeder was erzählt,
Wo die Journale selber nur betrügen,
Wo Jedem ein Geständnis abgequält,
Wo Schmach und Schande wachsen mit den Lügen,
Wo Viele rannen, die so brav gehorcht,
Wo Mann und Frau und Kinder nur noch flehen,
Wo Wand und Tür mit bösen Ohren forscht,
Wo wohl der Mut den Menschen kann vergehen,
In solcher Zeit, — wer wird sich da nicht freuen, —
Wenn wir die Wahrheit bringen, — mit dem Neuen.

Unter uns gesagt.

Dem deutschen Volke Nachrichten über das Weltgeschehen zu bringen, ist ein Unternehmen, das weiter keiner Erklärung oder Entschuldigung bedarf. [illegible] ... des Nazi-Knebels immer mehr und mehr isoliert wurde.

Der „Wolkige Beobachter" glaubt nichtsdestoweniger, daß der Leser eine richtige Zeitung auch dann würdigen wird, wenn sie, anstatt in den Briefkasten gesteckt zu werden, — aus den Wolken zu ihm herabflattert.

Goebbels und seine Jungens.

Der Revolverjournalist Goebbels und die in seiner Lehre [illegible] grünen Jungens mögen die ganze Zunft des deutschen Journalismus zerstört haben, aber den ganz natürlichen Nachrichtenhunger des denkenden Menschen kann man nicht so leicht zertreten.

Eine richtige Zeitung.

So schicken wir also die erste Nummer des „Wolkigen Beobachters" in der vollen Überzeugung, daß es Millionen guter deutscher Leser gibt, die eine neue Zeitung — wenn sie auch klein ist — mit Freuden begrüßen werden: es wird eine Abwechslung sein, nach den [illegible] und verlogenen Leistungen Jupp Goebbels' und seiner Steckenpferde von schmarotzenden Schmocks.

Unsere deutschen Leser wollen wissen, wie der Krieg steht und geht — wir werden darüber berichten. Sie wollen wissen, was die Welt über Deutschland sagt und denkt — der „Wolkige Beobachter" wird darüber schreiben.

Aus den Wolken.

Also Kopf hoch! der „Wolkige Beobachter" wird auch in der Zukunft vom Himmel hoch zu Euch herabflattern.

Kurze Nachrichten.

Jede Woche werden 2—4 deutsche U-Boote versenkt.

Finnland besteht darauf seine Neutralität aufrecht zu halten.

Russland bleibt neutral.

Bei Luftangriff auf englischen Konvoi wurden am 21. Oktober 7 [illegible] Flieg[illegible]

Winterhilfe.

Deutschland braucht in der Hauptsache Rohmaterialien wie Brennstoffe, Mangan, Holz, Gummi, Butter, dazu aber auch eine neue Regierung und Frieden.

Wie von der Niederlassung der russischen Tass-Agentur in der Reichskanzlei mitgeteilt wird, versprechen die Bolschewiken schriftlich, daß sie Brennstoffe, Mangan und Holz werden liefern können.

Die anderen Artikel werden in Deutschland mit eigenen Anstrengungen beschafft werden müssen.

Leihbibliothek.

017

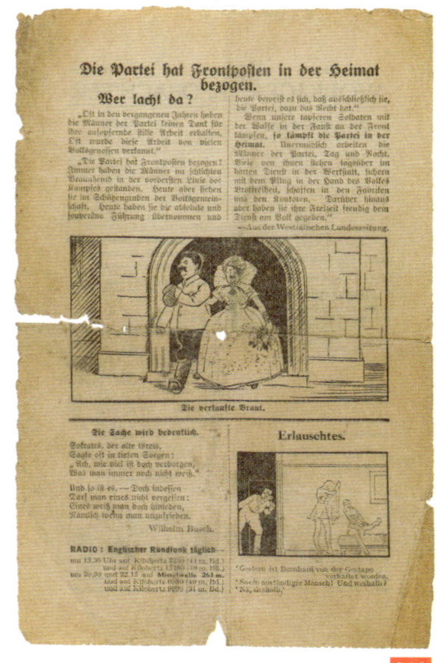

Die Partei hat Frontposten in der Heimat bezogen.

Wer lacht da?

„Oft in den vergangenen Jahren haben die Männer der Partei keinen Dank für ihre aufopfernde stille Arbeit erhalten. Oft wurde diese Arbeit von vielen Volksgenossen verkannt."

„Die Partei hat Frontposten bezogen! Immer haben die Männer im schlichten Braunhemd in der vordersten Linie des Kampfes gestanden. Heute aber stehen sie im Schützengraben der Volksgemeinschaft. Heute haben sie die absolute und souveräne Führung übernommen und heute beweist es sich, daß ausschließlich sie, die Partei, dazu das Recht hat."

„Wenn unsere tapferen Soldaten mit der Waffe in der Faust an der Front kämpfen, **so kämpft die Partei in der Heimat.** Unermüdlich arbeiten die Männer der Partei, Tag und Nacht. Viele von ihnen stehen tagsüber im harten Dienst in der Werkstatt, sichern mit dem Pflug in der Hand des Volkes Brotfreiheit, schaffen in den Fabriken und den Kontoren. Darüber hinaus aber haben sie ihre Freizeit freudig dem Dienst am Volk gegeben."

—Aus der Westfälischen Landeszeitung.

Die verkaufte Braut.

Die Sache wird bedenklich.

Sokrates, der alte Greis,
Sagte oft in tiefen Sorgen:
„Ach, wie viel ist doch verborgen,
Was man immer noch nicht weiß."

Und so ist es. — Doch indessen
Darf man eines nicht vergessen:
Eines weiß man doch hienieden,
Nämlich wenn man unzufrieden.

Wilhelm Busch.

RADIO: Englischer Rundfunk täglich
um 13.30 Uhr auf Kilohertz 7260 (41 m. Bd.)
und auf Kilohertz 15180 (19 m. Bd.)
um 20.30 und 22.15 auf Mittelwelle 261 m.
und auf Kilohertz 6050 (49 m. Bd.)
und auf Kilohertz 9580 (31 m. Bd.)

Erlauschtes.

'Gestern ist Bernhard von der Gestapo verhaftet worden.'
'So ein anständiger Mensch! Und weshalb?'
'Na, deshalb.'

018

レスを着ているのはスターリンである。

019 020 だれがだれを手なずける？

LE DOMPTEUR
— Ne craignez rien, il est attaché.

征服者というテーマは、スターリンの共産主義とナチズムというイデオロギー的に対立する2つの全体主義体制を想起させるために、しばしば使用される。ポール・イリベは、ヒトラーが政権に就くことをスターリンのときと同様に危惧していた。そのため、1933年12月10日、彼が1906年から1910年にかけて発行していた新聞『ル・テモワン』を復刊することに決める。その1935年6月2日号で、ヒトラーはジプシーの熊の興行師として描かれており、巨大なソ連を手なずけることができると信じている。このテーマは、1939年12月14日付の若者向けカトリック系週刊誌『ア・ラ・パージュ』でも取り上げられている。下僕として描かれたヒトラーは、猛烈な食欲のスターリンという熊を手なずけるのに苦労している。

— IL COMMENCE A MONTRER UN PEU TROP D'APPÉTIT!

020

CADRAN

N°2

第3部

他者の視線

第13章

ヒトラー、落ち着きのない男

フランス国立中央文書館には、1924年にフランスの諜報機関が作成したヒトラーに関する不可解な内容のファイルが保管されている。「ドイツのムッソリーニ」と言われたヒトラーは、「上層部の道具にすぎず、愚か者ではないが非常に巧みなデマゴーグで、ルーデンドルフを後ろ盾としている」。そしてそのファイルによれば、彼は「一種のファシスト集団であるSturmstruppenを組織した」とある。筆者はおそらくSturmabteilung(突撃隊)あるいはSAのことを言いたかったのだろう。最後は、バイエルン政府に対するクーデターの失敗に触れて終わっている。ファイルに記されていることの誤りのなかに、彼の生年月日と出生地がある。「1880年パッサウ生まれ」となっているが、実際は1889年ブラウナウ・アム・インの生まれである。また、ミドルネームは「ヤコブ」と記載されているが、これは誤りであり、出自がユダヤ人であるとする当時の噂が反映されているものである。職業については、「ジャーナリスト」とあり、ヒトラーが納税申告書に記載した「作家」に近い。ただし、1925年以降のことではあるが。

課報機関としては驚くべきことのように思えるかもしれないが、このファイルには、1920年代のフランス国民がヒトラーについていかに知らなかったかがよく反映されている。そのため、ドイツの選挙でヒトラーが政権に近づけば近づくほど、フランスのマスコミはヒトラーという人物を掘り下げて調べ、読者に紹介しようとした。

001 表紙にムッソリーニの写真を掲載した雑誌『ヴュ』の1930年9月24日号では、9月14日のドイツ連邦議会選挙を受けて、中ページでヒトラーの人物像を紹介している。この選挙によって、ナチ党は国会において95議席を獲得し第2党となった。リュシアン・ヴォゲルが編集長を務める『ヴュ』誌は、ファシズムとナチスの危険性を糾弾した最初の大衆週刊誌のひとつである。

HITLER

LE NATIONALISTE SANS PATRIE

La victoire électorale des socialistes-nationaux allemands attire l'attention sur le chef du parti, Adolphe Hitler. Il est né le 20 avril 1889 en Autriche. Son père, Autrichien, était douanier. Sa mère était Tchèque. On ne sait presque rien de l'enfance d'Adolphe Hitler. A l'âge de seize ans, il arrive à Vienne, où il devient apprenti-peintre en bâtiment. Il abandonne bientôt ce métier pour devenir employé de bureau. Au moment de faire son service militaire, il passe en Bavière. Il expliquera plus tard sa désertion de la façon suivante : « Je ne voulais pas servir un état qui n'était pas purement allemand ». Pendant la guerre, Hitler s'engagea comme volontaire dans l'armée bavaroise. Les renseignements précis sur cette période de sa vie font défaut.

Après la révolution allemande et pendant la dictature des soviets, il fut commissaire. Quand la révolution bavaroise fut écrasée, Hitler devint officier-instructeur dans la Reichswehr.

C'est à ce moment qu'il connut Ludendorf et s'aboucha avec les milieux militaires. Il créa " le parti national-socialiste ouvrier allemand " et organisa, en 1923, la première fête sportive de son parti, très peu nombreux encore. Ces fêtes sportives se transformèrent rapidement en fêtes militaires et Hitler déclara qu'il allait " marcher sur Berlin comme les fascistes italiens ont marché sur Rome ". Le gouvernement bavarois le soutenait. Des détachements de la Reichswehr et les partisans de Hitler se mirent en campagne. Cette tentative fut rapidement liquidée à main armée par le gouvernement de Berlin. Hitler réussit à fuir. Il fut arrêté quelques jours plus tard et condamné à cinq ans de prison ; mais il obtint bientôt sa grâce. Au moment de l'occupation de la Rhur, il lança un appel aux habitants de toutes les villes du territoire occupé, leur conseillant d'allumer des incendies pour lutter contre l'occupation.

Hitler est " heimatlos ". Il n'a pu retourner en Autriche depuis qu'il a déserté.

Et en l'Allemagne, où il est devenu chef d'un parti qui vient de triompher aux élections, aucun Etat n'a consenti jusqu'à présent à l'accepter comme citoyen, malgré les démarches qu'il a faites à plusieurs reprises.

PHOTO HARLINGUE

M. Adolphe Hitler, en uniforme de socialiste-national.

PHOTO BERTRAND DE JOUVENEL

Cette photo, prise à Munich le jour des élections, prouve que dans certaines parties de l'Allemagne, les électeurs ont voté dans le plus grand calme.

Le retour de Hitler à Munich, il y a sept ans, après son " Bierputsch " avorté (le Putsch des buveurs de bière). Hitler, debout dans l'auto, est acclamé et couvert de fleurs par ses partisans.

INT. GRAPH. PRESS

Le jour des élections, les rues de Berlin étaient jonchées de tracts de propagande et d'affiches déchirées. PH. WIDE WORLD

Un groupe de communistes dans les rues de Stuttgart portant une pancarte représentant le "coup de poing" communiste au fascisme.

INT. GRAPH. PRESS

001

002 リュシアン・ヴォゲルはナチズムの台頭を非常に憂慮し、1932年4月14日付の特別号で「ドイツの謎」に100ページを割いた。この時事雑誌の特徴となったフォトモンタージュだが、ヒトラーの顔だけでなくヒンデンブルクの顔も表紙に使用されている。雑誌のな

UN HOMME AGITÉ
HITLER

Adolph Hitler, en 1889.

Le père de Hitler, douanier autrichien. →

Hitler, engagé volontaire, sur le front allemand.

Hitler dans la foule, en 1914, le jour de la déclaration de guerre alors qu'il était encore peintre en bâtiment.

Hitler parle : « On ne mendie pas pour obtenir un droit, on lutte ». →

Les débuts d'Hitler comme orateur.

Hitler et son chien qui fut empoisonné par les adversaires de son maître. ←

Hitler est-il vraiment anticlérical? Le voici, sortant de l'église Sainte-Marie, à Brême. ↓

Le sourire d'Hitler est chose rare. ←

Hitler entouré de ses disciples.

N° 213 VU P. 519

002

かほどに、「落ち着きのない男」と評されたヒトラーに関するページがあり、その後にヒトラーとその軍隊と題された記事が続き、この政治家の潤色の少ない肖像が描かれている。

「容姿の面では、ヒトラーは率直に言って平均以下の男だ。……どちらかというと背が低く、魅力に欠け、なで肩である。ふんぞりかえろうとしたり、決然とした足取りで歩こうとしたりしているが、本来は、小刻みに走るような歩き方である。

顔は平凡で、額が低く、頭が平らで、美容師が髪の分け目を整えてもどうにもならない。……演壇でよく見せる仕草のひとつは、額に前髪を一束垂らすことだ。崇拝者たちが想像する「美しきアドルフ」の目は小さく、眼窩にくぼんでいる」

003 1933年1月30日、ヒトラーが首相に任命されたことを想起させるために、『ヴュ』誌は、ナチスの旗を背景に、SAの統括者レームがヒトラーとともに腕を伸ばしているフォトモンタージュを使用した。このタイトルは、ヒンデンブルク大統領によって任命されたドイツの新首相が直面している困難を連想させる。新首相は、副首相に任命された保守派のフォン・パーペンとの共存を余儀なくされる。パーペンは、政府内にナチスを他に2名しか受け入れない。フリック内務大臣とゲーリングである。そのゲーリングのために、まったく名誉上の空軍補佐官が創設され、彼はプロイセン内相の職は維持したものの、事実上国会議長の職を失った。『ヴュ』誌の特派員は、非常に楽観的で、この戦術

003

を独裁者を足かせにする方法とみなし、「ヒトラーは課された仕事に堪えうることができず、自ら解き放った運動の神秘性に圧倒される可能性は大いにある」と考えていた。

ヒトラーはすぐさま本当の顔を見せる。政権に就いて数カ月で、ヒトラーは政治的反対勢力の口を封じ、政治・文化・行政の組織を支配した。2月27日から28日にかけての夜に起きた国会議事堂放火事件は、誤って共産主義者の仕業とされたが、これを口実に、個人の自由を停止させ、逮捕に関する司法の統制を全廃する法令が交付され、それに続いて、治安を侵害するあらゆるものに対して死刑を想定する法律が出された。数週間のうちに、ドイツでは何千人もの政治的反対者が逮捕された。1933年3月10日、最初の強制収容所がダッハウに開設された。7月に、NSDAPが唯一の政党となる。

004 風刺雑誌『ル・クラプイヨ』は1933年7月号で、戦争の危険を憂慮し、ヒトラー現象を読み解こうとしている。独裁者がもたらす危険についてフランス人を啓蒙するために、同誌は、身の安全を確保するため匿名のまま、政治的反対者が作成した文書を掲載した。その人物は序文で、この文書を書いた理由を次のように述べている。

「私はこの作品がフランス人にとって有益であると思っています。なぜなら、事件の渦の中に身を置き、一部始終を本当に、どんな外国人特派員、作家よりも知っているドイツ人が、ベルリンで3日間過ごした後に、ドイツ人の魂の難解さについて深遠な記事を書いているからです」。そして、著者はこの文書を、「強制労働収容所の囚人や被監禁者」の仲間入りをする恐れのある友人からの情報をもとに作成し、「ときには最も信じられないような状況下で、参考資料をまったく参照できないまま、ときにはいかがわしいホテルの片隅の窓の下で、褐色シャツ隊と逃げ遅れた何人かの通行人とのあいだで激しい口論が飛び交っているあいだに」命がけで仕上げたと説明している。原稿はその後「分解された状態」で伝えられ、スイスの様々な経路で送られ、フランスに到着した。雑誌の第二部、『ヒトラーの神秘性』は、新聞の創刊者ジャン・ガルティエ＝ボワジエールが執筆した。

004

1993年以降、ヒトラーとナチズムを理解しようと、敵対者あるいは崇拝者の数多くの本が出版されている。

005 モーリス・ラポルトが1931年にこの本を書いたとき、青年共産主義（ジュネス・コミュニスト）の旧創設者であった彼はすでに6年前に共産党を離れていた。ジュネス・コミュニストの後継者はジャック・ドリオであり、彼とは親しい関係にあった。徹底した反共主義者となった彼の著書は、ヒトラーが国会選挙で勝利した場合に、スターリンとヒトラーが秘密裏に結託していたことを明らかにすることだった。この作品には、1928年のゴンクール賞受賞作家モーリス・コンスタンタン＝ワイヤーが序文を寄せている。ラポルトはヒトラーがいつかドイツを支配するとはあまり思っていなかったようだ。ベルリン・スポーツ宮殿で行われたヒトラーの演説に出席した彼は、次のように書いている。

「その最後の夜、私は完全なる汎ゲルマン主義の猛々しい指導者の最後の光景を目に焼き付けようとやってきた。群衆を支配する一人の男の磁力！

しかし、おそらくそれは私の思い違いだったのかもしれない。この比類なき栄光の陰に、戦争指導者の疲れを知らない活動の陰に、ひそかに疑念が忍び寄っているのが見えたような気がしたのだ。群衆の虜となったヒトラーは、自分が望んだところよりもずっと遠くまで群衆に連れていかれ……哀れで恐ろしいデマゴギーにがんじがらめになりながら、最

005

終的には群衆に押しつぶされてしまうのではないか、と私には思えた」

006 ル・タン、ル・ジュルナル・デ・デバ、ラ・ルヴュー・デ・ドゥ・モンドのジャーナリストであったモーリス・ペルノは、外交政策研究センターの所長でもあった。国際問題の第一人者であった彼は、1930年7月から1933年4月にかけて何度もドイツを訪れ、同国の政治生活を取材した。傍観者としてたくさんのメモを取り、1933年5月に出版されたこの本にまとめた。序文として、モーリス・ペルノは次のように書いている。

「我々は、国家社会主義運動の最初の輝かしい確証、1930年9月の選挙におけるヒトラーの成功を出発点とし、今日のドイツで独裁者が行使

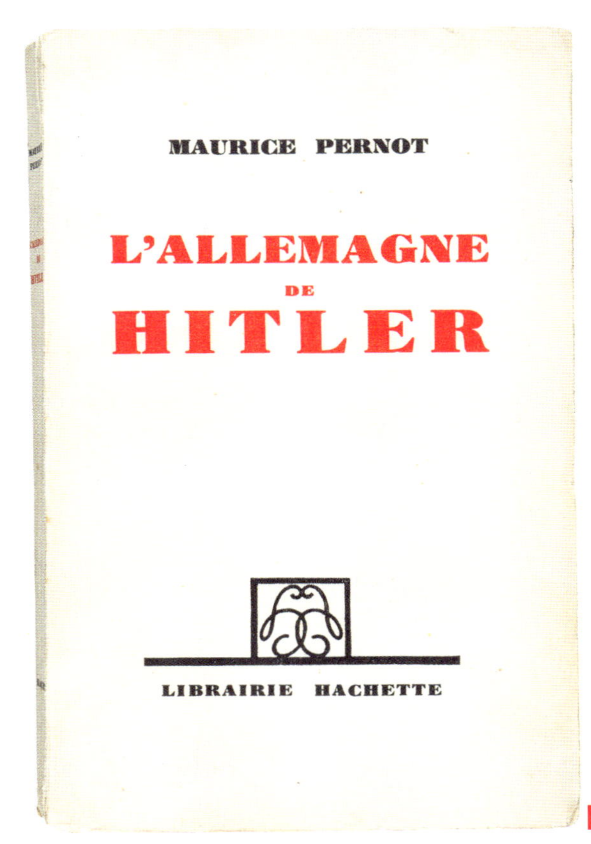

006

している恣意的な権力が現れている直近の問題で立ち止まろう。ユダヤ人の迫害、労働組合の解体、マスコミ、学校、教会の奴隷化などである。……しかし、ヒトラーの誇張的言辞よりもはるかに憂慮すべきことは、ヒトラーが自らの周囲に作り出した混乱と当惑であり、6千万人の国民のあいだで醸成されつつある理性を失った激高の状態である。6千万人の国民のうち、少なくとも1500万人は、十分な食べものがなく、最も暗い絶望と最も無分別な希望のあいだで、日々揺れ動いている」

007 1936年に出版された、ルイ・ベルトランによるヒトラーの伝記は物議を醸した。1925年に、民族主義作家モーリス・バレスの後を継いでアカデミー・フランセーズの会員となったベルトランは、その伝記のなかで、ドイツの支配者を称賛し、ナチス政権の人種的・反ユダヤ主義的理論を正当化した。序文を読むと、なぜこの作品が、著者が亡くなった1年後の1942年に再販(本書版)されたかがわかる。ベルトランは、祖国の敗戦の影響を受け、1940年6月以降、公的な議論の場に一切姿を見せなかった。

「フランスでは長いあいだ、ヒトラーやヒトラー主義に対して、理屈に合わないことが言われてきた。そして現在、我が国では、明確にヒトラーに関してというのではなく、ドイツに関して、ある種の漠然とした緩和が起きているけれども、ドイツという国についてと同様に、ヒトラーについても、理屈に合わないことが言われ続けている。

初めはヒトラーをまともに相手にせず、次にヒトラーは長くは続かないだろうと言った。ムッソリーニに対してそうであったように、ヒトラーを嘲笑しようとした。ムッソリーニを『カーニバルのカエサル』と呼んだように、ヒトラーを『塗装職人』と呼んだ。ところがこの『塗装職人』は、革命を起こしただけでなく、ドイツに国家の誇りと将来への自信、軍事力、大国としての威信を回復させた。奴隷とは言わないまでも、永久に劣等な状態に陥れようとする条約を破棄した。そして自由を取り戻したのだ！　その状態は長く続き、さらに長く続くことが約束されている！　ゆえに我々は、それなりの注意と知性を持ってこれらの事実を検討する代わりに冗談を言い続け、その状態が続いて、我々にできること

007

が何もないかぎり、多かれ少なかれ近いうちの失墜を望み、失墜は避けられないことだと確信し、精力的に行動するのではなく、世間話や効果のない配慮によって、そうなるようにあらゆることをすることを好むのだ」

008 1938年9月のミュンヘン会談の後に出版された本書で、編者はフランス人の関心をイギリス野党の保守党、自由党、労働党に向けさせた。それらの主な指導者たちはヒトラーとナチズムを激しく敵視しており、彼らの声がフランスの世論に知られていないと感じていたのだ。序文を書いたエドモン・ヴェルメイルはドイツ文明を専門とする学者で、彼自身がナチズム反対論者で反ミュンヘン協定支持者だが、それは彼の言葉からも明らかである。

「9月の悲劇的な出来事があったときに、ヒトラーのドイツと独裁国家群に対して、西側の精神はまだ残っているのだろうかと考えることができた。……釈明要求が後回しにされ、各党の発言者がほんの数分しか自分の意見を述べることができず、極端に言えば、アンリ・ド・ケリリスとガブリエル・ペリとかいう人物だけが事実の本質を思い出させることができた。フランス議会での精彩を欠いた議論のみから判断すると、西側の偉大な議会制度の少なくともひとつは、残酷なまでに欠陥があり、農民や労働階級の人々が補欠動員の日にあれほど簡単かつ見事に示した抵抗の精神を白昼堂々と表明することはできないと考えられた。

幸いなことに、イギリス議会下院はこの機会に立ち上がった。イギリ

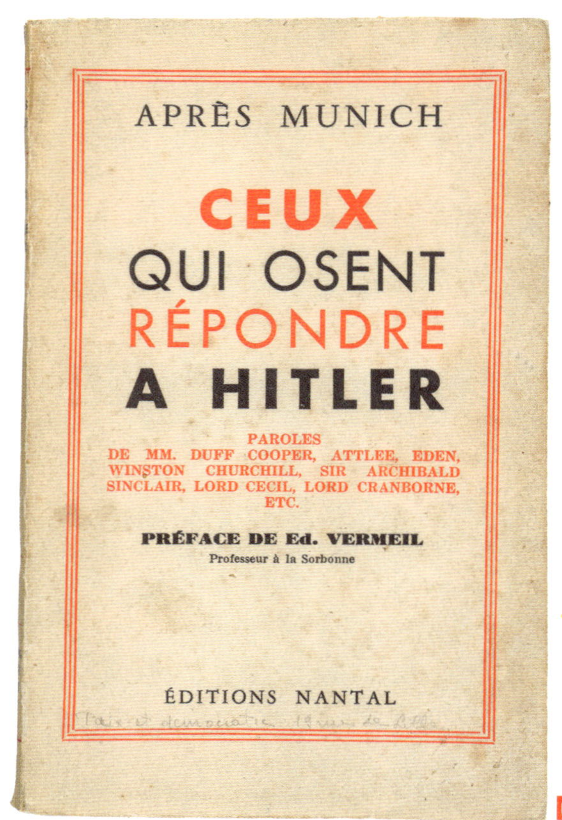

008

ス下院は、ライン川の向こう側でひどく非難された議会主義制度の名誉を救ったのだ」

009 シカゴ・トリビューン紙の若きジャーナリスト、マーサ・ドッドは、父親が1933年に駐ベルリン米国大使に任命された際に、家族とともに同行した。そして、ナチス政権と「とりわけ穏やかで謙虚」だと感じたヒトラーに魅了された。しかし、1934年6月のSAに対する暗殺事件と「長いナイフの夜」の残虐さを目の当たりにして、ドッドは幻滅し、頻繁に行き来していたナチスから距離を置いた。彼女がソ連に接近され、父親から得た機密情報を伝えるスパイとしてスカウトされたのは、その頃のことである。1933年から1937年にかけて、ナチ党の暴挙を直接目撃した彼女は、1939年、ベルリンでの日々について綴った回想録『大使館の目を通して』を出版し、翌年には『大使館は見ている』というタイトルでフランス語に翻訳された。図版は割愛。

010 1934年6月の「長いナイフの夜」に立ち戻るもう一つの作品が、『ローム＝ヒトラー事件』で、1939年にNRFガリマール社から出版され、その後1943年にアルジェで「徴発された印刷所フィステルの印刷機で」（本書版）、そして1946年に再びガリマール社から出版された。本書は1934年6月の出来事についての物語であると同時に、ナチズムのこの挿話的な出来事の中心人物の心理学的研究でもある。著者のジャン・フランソワは、最初の章からヒトラーを想起させている。

「シェイクスピアの悲劇と同様に、一人の主人公が他の登場人物に威力を及ぼす。他の人物はそのためだけに存在している。舞台にいないときですら、主人公はすべての行為を支配する。その人物こそがヒトラー首相である。

指導者は彼であり、陰謀が組織されたのは彼に対してであり、罪人が罰せられたのは彼の名においてである。彼はドイツから認知されることで得た新たな称号であるかのように、抑圧を光栄に思うだろう」

ナショナリストの小説家モーリス・バレスの息子であるフィリップ・バレスは、1925年から1928年にかけて、短命に終わったフランスファシスト政党、ル・ファイソーでプロパガンダを担当し、その後より古典的なナショナリズムに戻った。日刊大衆紙『ル・マタン』は保守的で、平和主義的で、反共産主義的であったが、彼はそのドイツ特派員として、国家社会主義に出会い、それに激しく反対するようになる。彼の平和主義的思考は、1933年に出版された著書『ヒトラーの波の下で』の結論から読み取ることができる。

「ヒトラーのドイツは何年も続く可能性がある。崩壊するかもしれないと憶測するのはやめよう。仮に崩壊するとしても、おそらくは完全に、一気に崩壊し、体制が覆されることはないだろう。

ドイツの根本的な方向性が変わることもないだろう。ヒトラーによって、ドイツは自らの言葉を発したことを、それが長いあいだ、最後の言

010

葉であったことを認めなければならない。……

ヒトラーは無数のドイツ人に帝国の運命に、興味を持たせる方法を知っていた。そうして、かなりの部分で、ヨーロッパの未来をドイツ人大衆のなすがままに任せたのだ。もしもヒトラーを前にして、さらにはヒトラーと並んで、さらにはいつかヒトラーと合意して、我々の平和の概念を維持することを望むのであれば、今こそ我々の毅然とした人格のすべての力を、つまりすべてのフランス人の毅然とした人格の力を振り絞るときである」

011 フェルナン・ロードは、ミュラの裁判所の元司法官で、20世紀初めに産業分野に再転向する。国立高等工芸学校の卒業生フェルディナン・フーレとともに、1903年、彼は鉄筋コンクリートを専門とするフランス最大級の公共工事会社、エタブリスマン・フーレ＝ロードを設立する。ロードは、一般の人々には知られていなかったが、経済界では影響力があり、注目されている人物だった。しばしば嫌味や皮肉を交えながらも、平和主義を帯びた丁寧な口調で、ヒトラーへこの公開書簡を書き、1939年3月4日に発表した。その冒頭には、次のように書かれている。

「ムッシュ、あなたに敢えて手紙を書いているのは、フランスの無名の市民で、『平均的なフランス人』で、その精神は常に自由で、率直に言ってあなたを突き動かす論理を理解することができません。

自発的に、あなたにこの手紙を書いていますが、あなたの名前を聞くだけでもはや穏やかに眠ることができない何億もの魂の言葉にならない感情を和らいだ言葉に翻訳してあなたに伝えているのだという確信を持って書いています。……

いかに天才であろうとも、一人の人間が他の大勢の人間の苛立ちに満ちた防衛体制をこのように警戒し続ける権利はありません。あなたのほんの些細な行動が、地殻のほぼ4分の1に即座に影響を及ぼすのを目の当たりにすると、心は混乱したままになり、その原因の馬鹿げた小ささと、その影響の計り知れない悲劇とのバランスを取ろうとします。

それでも、この影響が依然として続いていることに変わりはなく、あ

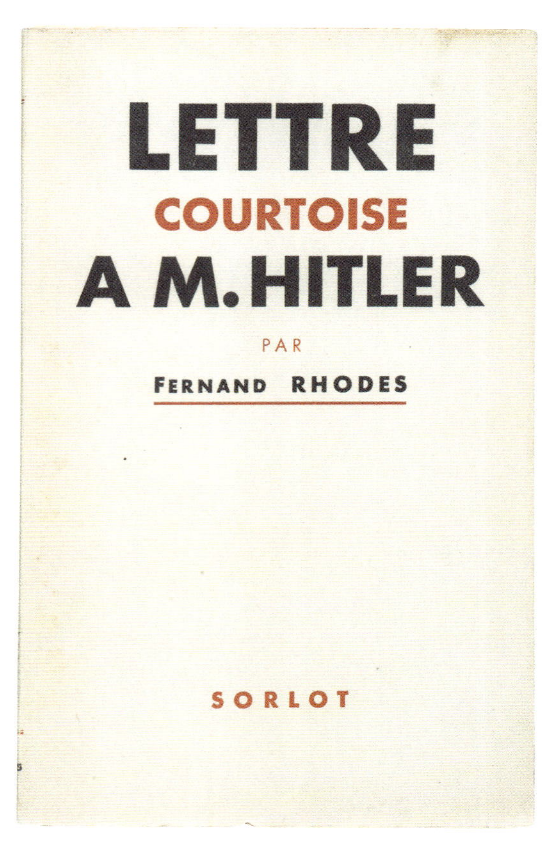

011

なたのせいで、世界中の人々が生きる意欲をますます失い、より良い日々への希望が完全に失われようとしているのです。あなたは、人間の最も純粋な喜びまで台無しにしました。子供の笑顔を見る父親と母親の喜び――けれど、ダモクレスの恐るべき剣が常に頭上にぶらさがっているのをもはや感じずにはいられません。その糸をあなたがもてあそんでいるのです」

結論として、フェルナン・ロードは、ヒトラーの理性に訴えかけながら、最後に楽観的な言葉を残した。

「見かけがどうであれ、私はあなたが『100%』怪物だと信じる気にはなれません。よく探せば、あなたの存在の奥底を徹底的に探れば、人間性の痕跡や理性のかけらをもう少し見つけることができるはずです。そうすれば、死ぬことを拒み、闘技場で分別のある普通の行為をしてくれるようカエサルに懇願する、何百万人もの未来の英雄たちの声があなたにも聞こえるでしょう」

012 ピエール・ブクは、ドイツ人の父とチェコ人の母を持つジャーナリストで作家のフランツ・カール・ヴァイスコフの筆名である。1921年以降、チェコスロバキアの共産党員。1928年から1933年までベルリンで暮らし、革命プロレタリア作家協会に加盟していた。ナチスが政権を握った際に、プラハに移り、反ファシズムの新聞の編集長となる。ミュンヘン会談によってドイツがズデーテン地方を併合した後、1938年10月にプラハを離れパリへ移る。そこからニューヨークへ向か

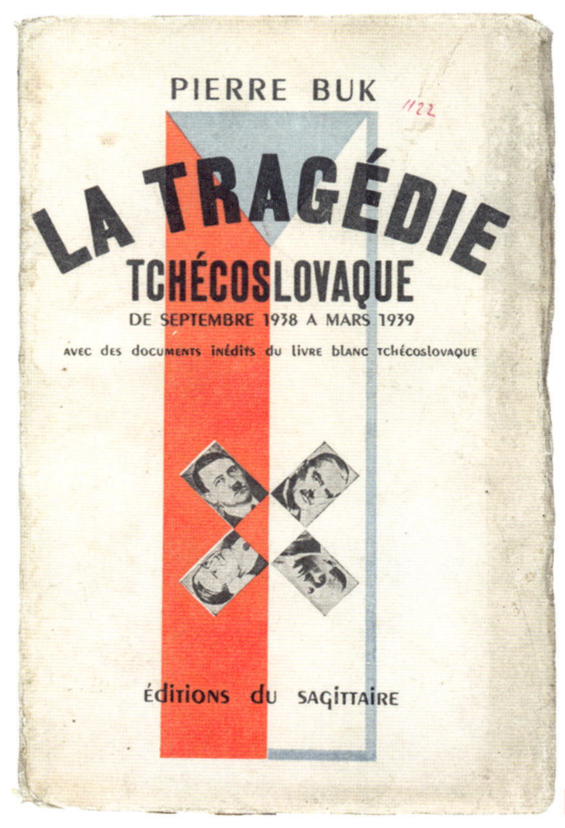

012

い、戦争中はずっとそこで過ごした。そのため、1939年に出版された本書は、彼が亡命先で書いたものであり、民主主義諸国の退陣を前にしてヒトラーがチェコスロバキアを分割することになった経緯を詳しく記したものである。彼が予言しているように、これはナチスのその他の領土拡張の序章に過ぎなかった。

「ヒトラー氏はなぜもっと遠くへ行かないのか？　なぜ途中で立ち止まっているのか？　彼は1938年9月26日に『ズデーテンの問題が解決すれば、領土問題はなくなるだろう』と宣言した。だが1935年のザールの住民投票の後にも、1938年のアンシュルスの前にも、アンシュルスの後にも、ズデーテン危機の前にも、同じ発言をしていたのではないだろうか。条約に違反したり、約束を守らなかったりすることが、西側諸国によって容認され、報われることすらあることを、彼は経験から知っているのだ」

オズワルド・ダッチ（Oswald Dutch）は、本当の名前はドイチェ（Deutsch）だが、ナチズムに反対し、ロンドンに亡命したオーストリア人ジャーナリストである。彼は1939年に本を出版し、「奇妙な戦争」のあいだにフランス語に翻訳された。その序文でダッチはこう述べている。「この共犯者集団を知らずして、ヒトラーとそのやり方を理解することはできない。ヒトラーについてはすでにたくさん書かれているが、ドイツ国外では、彼を取り囲み、総統とともに国家社会主義の最も著名な代表者である12人についてほとんど知られていない」。この「12人の悪の使徒」とは、「近代空中戦の考案者、ゲーリング」、「ユダ、ゲッペルス」、「異教の教皇、アルフレート・ローゼンベルク」、「ヒトラーの代理人、ルドルフ・ヘス」、「ドイツ国民の処刑人、ヒムラー」、「ドイツ人労働者の看守、ライ」、「国家社会主義の外交販売員、リッベントロップ」、「ユダヤ人暗殺者、ユリウス・シュトライヒャー」、「新世界大戦の組織者、ブラウヒッチュ」、「芸術家崩れ、ヴァルター・フンク博士」、「ヒトラーを軌道に乗せた男、ヴィルヘルム・フリック」、「ドイツ人青年の半神、シーラッハ」であるとしている。

第14章

吊るし人形（あやつり人形）

013 ヒトラーが権力を握ると、敵対者たちは彼を物理的に攻撃することができず、ここロンドンのタッソー博物館のような蠟人形館にあるヒトラーのマネキンを象徴的に攻撃した（『ル・ミロワール・デュ・モンド』1933年5月20日号）。

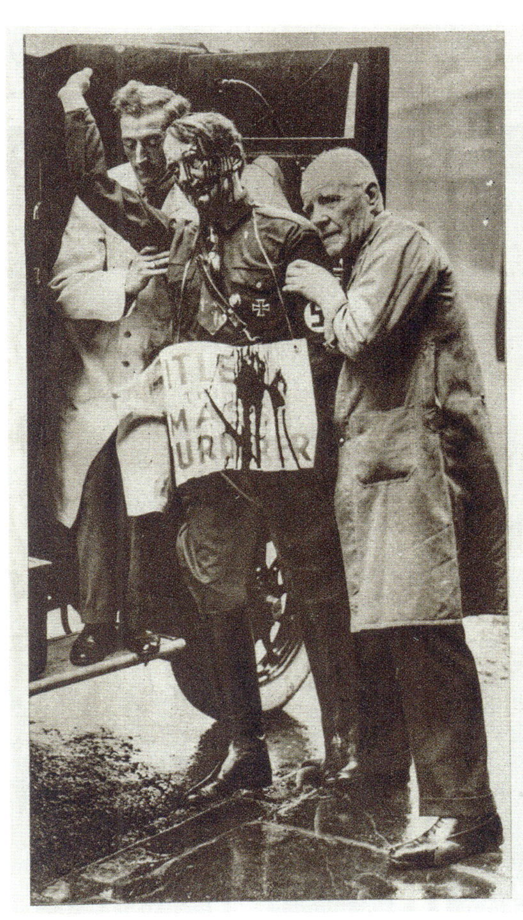

L'EFFIGIE EN CIVIL DE HITLER, EXPOSÉE AU MUSÉE TUSSAUD DE LONDRES, A ÉTÉ BADIGEONNÉE DE PEINTURE ROUGE PAR DES MANIFESTANTS
(Photo WIDE WORLD.)

014 宣戦布告の1カ月後、ヒトラーの蠟人形はグレヴァン美術館から一時的に撤去された。1939年1月、3人のブルトン人が「ベカシーヌ」像の首を切り、このバンドデシネの登場人物が地域に与える嘆かわしいイメージに抗議する事件があったが、経営陣はこのようなことが再び起きるのを避けたかったのだ（『フランス・マガジン』1939年11月28日号）。

014

015 1940年初めにグレヴァン美術館に再び展示された後、今度は二人の独裁者ヒトラーとスターリンの顔の蠟人形が地下室に片づけられた。ソ連の指導者を撤去するという選択は、もちろん独ソ不可侵条約の調印に関係している（『ベンジャマン』1940年1月14日号）。

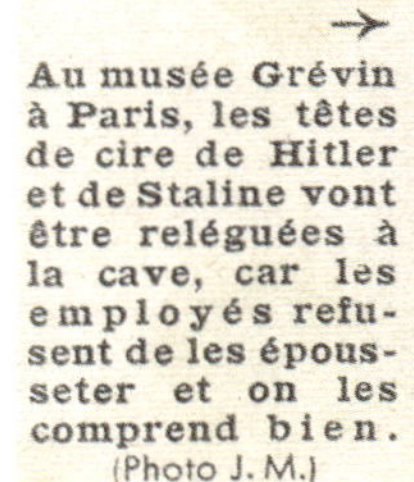
→
Au musée Grévin à Paris, les têtes de cire de Hitler et de Staline vont être reléguées à la cave, car les employés refusent de les épousseter et on les comprend bien.
(Photo J. M.)

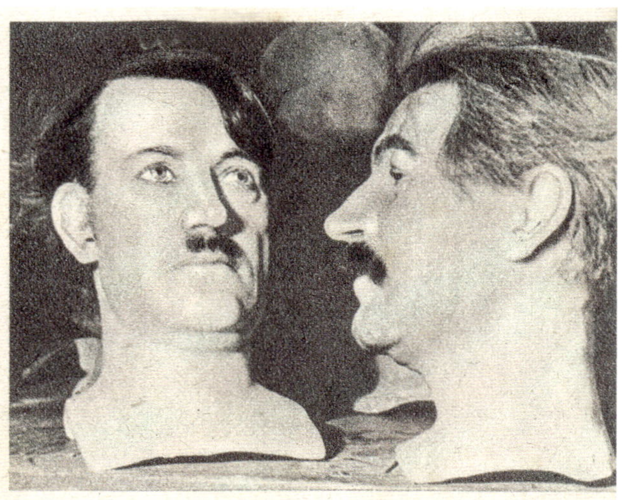

015

GUIGNOL

GUIGNOL RECEVANT DU GENERAL GAMELIN ET DES JEUNES SPECTATEURS SES GALONS DE CAPORAL

LA CLASSE 1950
CONSPUE HITLER
AUX BUTTES-CHAUMONT

Guignol, lui aussi est en guerre. Tous les jours, aux Buttes-Chaumont, des petits spectateurs qui n'auront l'âge d'être soldats que longtemps après la guerre, vers 1950, s'exaltent aux prouesses de Guignol mobilisé et s'indignent des perfidies de Hitler, le nouveau « traître » du théâtre des marionnettes.

SEULE UNE DIFFERENCE DE MOUSTACHE SEPARE GUILLAUME II DE HITLER

M. CHAMBERLAIN S'APPRETE A ROSSER D'IMPORTANCE SON ENNEMI N° 1 A GRANDS COUPS DE PARAPLUIE

016

Les légionnaires du Missouri, à leur convention d'Etat qui eut lieu les 3 et 5 septembre — au début de cette guerre — manifestent leurs sentiments anti-hitlériens dans les rues de Joplin. Les voici malmenant l'effigie de Hitler.

017

016 パリのビュット・ショーモン公園で上演され、多くの観客を集めている人気の興行『ギニョール』は、公演中にヒトラーのあやつり人形を登場させ、子供たちやおそらく親たちからも激励を受けながら、ギニョールからしかるべき仕打ちを受けることで、この状況に適応した(『マッチ』1940年5月23日号)。

017 アメリカでは、第一次世界大戦の退役軍人たちが再結集したレジオネールが、独ソ協定後、ナチスに対してと同じくらい共産主義者も攻撃し、ヒトラーは「世界一のうすばか野郎」と評された。

018 フランスの解放のとき、数えきれないほどの町でヒトラーの肖像が作られ、人々はそれをいたぶり、侮辱し、吊るし、最後には燃やすこともあった。これは不幸をもたらし、だれもが象徴的に殺したいと望む人物に対する集団的な贖罪の行為だ。(ブルターニュの)フージェールでは、1945年5月8日、葬送行進曲の音に合わせて首吊りの儀式が行われた(ベルギーの)ヴェルヴィエでは、吊り下げられた後、「ある日私たちを守るために、何千人もの人間を強制収容所に送り、焼却処分にしたこの偉大な人物は、いったいどこへ行ったのか」と書かれた看板が掲げられた。リヨンでは、FFIの協力を得て、1944年9月3日の解放の日に、ヒトラーの人形を吊るした(冊子『リヨン・スー・ラ・ボット』1945年)。

UN SYMBOLE :
CE SORT ATTEND
L'HOMME QUI MIT
LE FEU AU MONDE

●

C'est un buste authentique d'Hitler qui servit aux Lyonnais et aux F. F. I. à fabriquer ce mannequin que les pompiers de Lyon pendirent à proximité de leur caserne de la Madeleine, après qu'il eut été promené à travers les rues de la ville sous les huées de la foule.

●

Avec quelle joie les Lyonnais eussent exécuté de leurs mains — et pas seulement en effigie — le responsable de tant de deuils et de ruines, mais... patience !
L'heure du châtiment viendra, inexorable.

HELIOGRAVURE de l'Imprimerie Commerciale, 12, rue de la Charité, Lyon.

Photo Fryszman

018

A la vitrine de la boutique de M. Tavernier

Rue de Cléry, sur la vitrine de l'Œuvre des Sinistrés de Banlieue, une gracieuse patriote vient d'afficher une caricature d'Hitler tirant la langue et ayant la corde au cou.

O. P. 3928 (Photo « France libre ».

019

019 あやつり人形を作るところまでいかなくても、首にロープをかけたヒトラーの絵を描くだけで、ヒトラーの死を祝うのに十分なこともある(『フランス・リーブル』1945年5月8日号)。

020 **021** **022** ヒトラーの首にロープをかけることは、フランス解放当時、多くのフランス人の夢だった。それゆえ、これらのポストカードや、「一緒に引っぱろう」と叫びながらロープを引くアンクル・サムが描かれたアメリカのバッヂが作られたのだ。

020

021

022

023 1930年代、重要な政治家をモチーフにした金属製の貯金箱が流行した。こうして、ヒトラーは少額貯蓄の番人になった。硬貨を手の上に置き、背中の小さな掛け金を操作して腕を口の高さまで上げ、口の中に硬貨を滑り込ませる仕組みだった。

024 腕と足を動かす紐がついたボール紙のあやつり人形は、フランス解放のときに考案されたものだ。ゲーリング、ヒムラー、ゲッペルス、そしてもちろんヒトラーといったナチスの主要な指導者たちのものが作られた。

024

第**15**章

格好の標的

1939年以降、ヒトラーは憂さ晴らしの格好の標的となり、それが1945年まで続く。

025 ピストルやカービン銃の射撃の練習に、ヒトラーの顔ほど標的に適したものはない。

026 大英帝国の国、南アフリカのケープタウンで、戦費を集めるために、独創的な装置が設置された。1ペニー支払うごとに、イギリス首相ネヴィル・チェンバレンがヒトラーの頭を傘で叩き、群衆が「お見事です、閣下」と叫ぶというものだった(『ル・ミロワール』1941年2月11日号)。

026

027 空軍基地のバーで、兵士たちがヒトラーの肖像画を描いた。『倒すべき男』とある(『マッチ』1939年10月26日号)。

028 「奇妙な戦争」のあいだに発行された子供向け雑誌『パトリ』は、この物語のなかで、フランス人兵士を負傷させたり殺害したりするためにドイツ人が仕掛けた罠について警告している。ヒトラーの肖像画に向かって砲弾を発射する誘惑がいくら強くても、その結果どうなるかということを確認しておいた方がいいということだ。

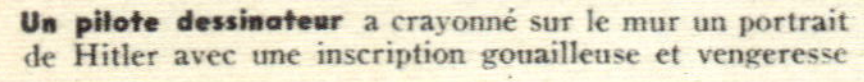
Un pilote dessinateur a crayonné sur le mur un portrait de Hitler avec une inscription gouailleuse et vengeresse

027

028

029 030 フランス解放の際には、シャンブルトゥとも呼ばれる「殺戮ゲーム」の台の上に、ヒトラー、ムッソリーニ、そしてペタンやラヴァルといったフランス人の対独協力者たちの木製人形が並べられた(『ルガール』1945年5月15日号)。

Photos GAUDE.

029

030

031 フランス解放の際に、このレジスタンスのように、様々なテーマの塗り絵が数多く出版された。青少年向けとはいえ、ラヴァルやヒトラーが標的となるなど、これらの絵はしばしば暴力的なものだった。

031

第16章

『ジークフリートを演じるシャルロ』

1932年4月13日付の雑誌『ヴュ』はヒトラーについて次のように語っている。「身体的にも精彩のない人物に滑稽さを加えるのが、シャルロのなんともいいようのない口髭だ。薄い唇の小さな口を覆い隠し、その小さな口はどれだけ演説の練習をしても、大きくならなかった。……そして、それでもなお、ジークフリートを演じるこのシャルロは、今日では、あらゆる階級、あらゆる階層の、何百万人もの男女の人気者だ」

実際、風刺画家たちは、総統の顔の2つの特徴である、左目にかかる黒い前髪と、鼻すじにある小さな口髭をすぐに図案化した。これはヒト

032

ラーの真似をしたいすべての人にとって不可欠な2つの要素である。そしてもし口髭がない場合は、代わりに2本の指を鼻の下に置く。腕はまっすぐに伸ばし、極限まで声を張り上げれば、ものまねは完璧だ。

032 マスコミが好んで取り上げるように、有名無名にかかわらず、多くの人々が面白おかしく真似をした。ヒトラーの真似をすることは、彼の身振りを嘲笑することで独裁者を神聖視するのをやめ、その恐ろしさをあまり感じないようにするひとつの方法だった。

女装コメディアンのオデット、本名ルネ・グピルは、ピガール広場でキャバレーを経営していたが、1939年から1940年にかけて、パリのABCミュージック・ホールで行われた「奇妙な喜劇」のなかで、狂気の狂人となったヒトラーを演じて、ものまねをさらに押し進めた。この演目は、1939年11月にマルセイユのテアトル・デ・ザイユで行われた、飛行士とその家族のためのチャリティー・ガラコンサートでも再演された。用心のため、オデットは敗戦後は占領地域に移り、その後モンテ・カルロに移って、フランス解放までほとんど演じることはなかった(『フランス・マガジン』1939年12月5日号)。

Les vedettes de Paris ont fondé un club où seront seules admises les étoiles, petites ou grandes. La soirée d'inauguration, la nuit plutôt, a eu lieu dans le local tout neuf de la rue Pierre-Charron. La vedette internationale Madeleine Carroll la présidait. On la voit au centre de la photo ; au-dessous, Annie Vernay et Georges Rigaud font un duo de plaisanterie au micro ; puis voilà le metteur en scène Renoir et Françoise Rosay qui ne jouent pas une scène de film, malgré toutes les apparences ; enfin, Roland Toutain fait une imitation burlesque de Hitler et tout le monde s'en va, convaincu de s'être amusé.

033 マルセル・レルビエ監督が映画化した『黄色い部屋の謎』や『黒衣婦人の香り』で、ルールタビルという人物を演じて有名になったローラン・トゥータンは、1939年1月にパリのスターたちが集うガラパーティでヒトラーの真似をした(『マッチ』1939年1月19日号)。

034 フランスに駐留していたイギリス遠征軍の兵士が、軍

HEIL ! CRIE, POUR LA PLUS GRANDE JOIE de ses camarades le Tommy qui se livre à une imitation caricaturale de Hitler. La mèche, la moustache, la main gauche sur le ceinturon, le bras droit levé, tout y serait, n'était le mouvement des doigts et l'extrême jeunesse du visage.

034

の仲間の前で、ヒトラーの真似をした(『ル・ミロワール』1939年10月15日号)。

035 総動員は映画界にも影響を及ぼし、ジャーナリストのジャン・バルザックは、ヒトラーをフェルナンデル、ゲーリングをミシェル・シモンが演じる映画を製作することを考えていた。このフォトモンタージュは、1939年10月6日付の『ヴォワラ』に掲載されたものである。

036 映画では、ヒトラーを主人公もしくは準主人公とした作品がいくつかある。アメリカでは、俳優のボビー・ワトソンが1942年から1962年のあいだに9本の映画で総統を演じた。そのうち5本は戦時中に製作されたもので、プレストン・スタージェス監督の『The Miracle of Morgan's Creek(モーガンズ・クリークの奇跡)』や、1944年に公開されたジョン・ファロー監督のドキュメンタリードラマ『The Hitler Gang(ヒトラー・ギャング)』などがある。アメリカではさらに、1942年に

Mobilisation aux Champs-Elysées

Ces Messieurs du Cinéma

A L'ANNONCE qu'il entrait dans les intentions du gouvernement que le cinéma continue, les Champs-Elysées ont pris aussitôt une animation guerrière. Les bruits et les ragots les plus saugrenus courent, du « Pam-Pam » au « Tyrol », du « Colisée » au « Deauville », et du « Hungaria » au « Fouquet's » ; bientôt, tous les bistrots de l'avenue se transforment en autant de « quartier général » où les états-majors se réunissent.

Voici d'abord cet homme rond, aux yeux vifs, dont on ne sait au juste s'il est Russe, Arménien ou Poldève, et à qui une vingtaine de faillites retentissantes de ses sociétés à responsabilité limitée donnent évidemment le droit de parler en connaissance de cause. Justement, en traversant les Champs-Elysées de son pas rapide, sa serviette s'est ouverte accidentellement, et de petites feuilles vertes se sont répandues sur le trottoir. Un agent — les agents sont de si braves gens — l'a immédiatement aidé à les ramasser... Et ces petites feuilles vertes étaient autant de protêts.

Naturellement, notre homme est plein d'idées magnifiques sur la propagande. Les sujets de films ne manqueront pas. Marine de Guerre..., comme si notre marine n'avait pas autre chose à faire, ou tranchées qu'on creuserait à Saint-Mandé. La distribution est toute prête déjà ; d'ailleurs, ce producteur n'est-il pas un spécialiste de la chose militaire ; on lui doit une série de vaudevilles de caserne ridiculisant l'armée, et ridiculisant la France. Pourquoi ne ferait-on pas appel à lui et à quelques autres ? Ces messieurs ont, depuis dix ans, au mépris de toute justice, filé entre les doigts de la justice et encombré le marché national et international de productions où le navet le dispute à l'ordure.

« SIEGFRIED » REVU ET CORRIGÉ

Mais voici ce « producer », revenu d'Amérique depuis un ou deux ans, qui n'a cessé d'émettre sur le cinéma des idées si biscornues qu'elles en paraissaient géniales ; c'est lui, à qui un jour on proposait une actrice toute désignée pour remplir un rôle, qui s'écriait : — Moi pas avoir envie coucher avec elle, public français pas envie voir elle sur écran.

Cela n'a pas empêché des quantités de gens d'être flattés de travailler pour lui.

Il a fait la tournée des bistrots élyséens ; on l'a écouté partout, comme un oracle.

Il formule, d'une voix définitive :

— Tou comprends, M. Giraudoux, il a eu des pièces beaucoup succès, et alors je tourne *Siegfried*, par exemple, avec affiche Jouvet, Jean Gabin, Renoir, Michel Simon, Fernandel, Françoise Rozay, Annabella et Corinne Luchaire, scénario de Spaak, dialogues de Jeanson, mise en scène de Duvivier ; je prendrai un metteur en scène français, pour une fois.

Timidement, quelqu'un a demandé :

— Vous connaissez la pièce, *Siegfried* ?

Bouche extasiée :

— Oun chef-d'œuvre !

On a insisté :

— Vous connaissez la pièce ?

— Non, mais je ferai faire un synopsis par ma secrétaire ; un producteur doit tout de même connaître le sujet des films qu'il veut *réaliser*.

— Afin de pouvoir le transformer.

— Oui, mon cher, parce que, je vais vous dire une bonne chose : une pièce de théâtre ou un roman, leur complexe est dans la statication.

— Quoi ?

— Le cinéma, il bouge, le théâtre ou le roman, il est statique.

— Et vous avez l'argent ?

— J'obtiendrai les crédits du gouvernement, la réquisition des studios, la démobilisation des vedettes, et moi, je paie une fortune les droits d'auteurs.

LE NAVET DU SIÈCLE

Voici maintenant un producteur au nom kirghiz qui a trouvé bien mieux :

— Ji veux oun sujet international : « Le Pape. »

— Le Pape ??

— Oui, c'est une autorité cosmopolite, et je lui fais abattre Hitler à la fin du film.

— Ah !

Et alors, ce brave homme ajoute, avec un accent indéfinissable :

— Hitler, cé fou, s'attaquait notre Pape, s'attaquait notre religion catholique.

— Et pour la distribution, qui jouera le Pape ?

— Harry Baur

— Et Hitler ?

— Von Stroheim, avec une moustache.

— Mais il ne ressemble pas à Hitler, même avec une moustache.

— Evidemment, mais il a l'accent.

— Moi, je lui donnerais Goering.

Le producteur réfléchit et lance gaiement :

— Pas mauvaise l'idée, avec oun bel uniforme et des tas de médailles. Et pour Hitler ?

— Pour Hitler, pourquoi pas Fernandel, avec la petite moustache et la mèche.

— Génial, mon cer, génial ; Fernandel dans oun rôle dramétique, génial... Et quelle affiche !

Car voilà, pour ces hommes, peu importe l'œuvre, le metteur en scène, les artistes ; il faut une belle affiche. Qu'importe le film, pourvu qu'on ait l'affiche et la vedette, dite commerciale.

O

Alors, ils continuent leur besogne du temps de paix : bousiller le cinéma.

Depuis quelques années, certains de nos films ont pris une place magnifique sur le marché mondial, grâce à Duvivier, René Clair, Feyder, Renoir, Carné, Grémillon, Pagnol, Achard, Jeanson, aux grands interprètes que nous possédons et aux producteurs sérieux.

La meilleure propagande française, c'est la qualité ; nous aurons cette qualité si on se décide à écraser une vermine qui encombre notre production depuis trop longtemps, et si l'on veut bien ne pas brimer tous les bons ouvriers du cinéma : auteurs, metteurs en scène, acteurs, techniciens et producteurs qui, pour l'instant, ne pensent pas à des bénéfices, mais à servir leur pays.

Jean BARSAC.

Quant à Michel Simon, il est tout désigné : Goering. Et pourtant, lui, il préfère le beurre aux canons.

Première idée de génie : c'est Fernandel qui sera Hitler. Plus fort que Charlot. Et avé l'assent.

6

035

エルンスト・ルビッチ監督の『To be or not to be（トゥ・ビー・オア・ノット・トゥ・ビー）』でトム・デュガンが、1943年に『The Strange death of Adolf Hitler（アドルフ・ヒトラーの奇妙な死）』でルートヴィヒ・ドナートがヒトラーを演じた。しかし、今日の映画界で最もヒトラーを象徴しているのは、間違いなく『The Great Dictator（独裁者）』のチャールズ・チャップリンだ。

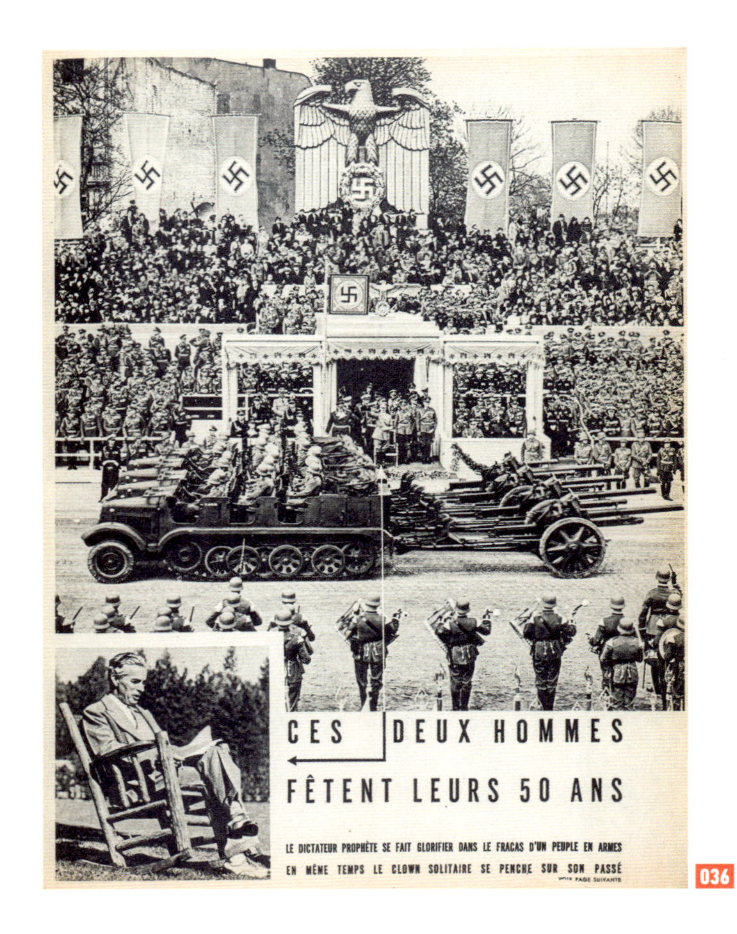

CES DEUX HOMMES
FÊTENT LEURS 50 ANS
LE DICTATEUR PROPHÈTE SE FAIT GLORIFIER DANS LE FRACAS D'UN PEUPLE EN ARMES
EN MÊME TEMPS LE CLOWN SOLITAIRE SE PENCHE SUR SON PASSÉ
VOIR PAGE SUIVANTE

036

『ヴォワラ』誌は1939年4月21日号で、チャップリンが撮影の準備をしていた『The Great Dictator（独裁者）』について、次のような記事を掲載している。「史上最高のパントマイム俳優は、政治と呼ばれるものには決して関与しなかったが、哲学的な思想とリベラルで人道的な理想を隠すことはない。それがシャルロ、個人主義者で、束縛を拒否し、自由であることの喜びをこの世のあらゆる喜びよりも優先させる永遠の放浪者だ」

その際のインタビューで、チャールズ・チャップリンはこの映画を撮りたかった理由をこう語っている。

「映画界にデビューしたとき、自分の『タイプ』を探していて、いろいろ考えた結果、小さな口髭をつけることを思いついたのです、おかしかったから。それ以来、私の真似をする人が出てきました。

この小さな口髭は今や有名です。面白いという利点すらないコメディアンの最も美しい装飾品です。

私の口髭（この口髭をつけて映画を撮った最後の日から、シルバー製の小さな箱の中に保管してあります。）は、独裁者になった第一級の男たちの奇妙な歴史についての作品を作るというアイデアを与えてくれました。

独裁者というのは、一般的に、低いところから出発して、さらに深い穴に飛び込もうとする人間です。すると奇妙な現象が起きます。だれもが彼を見て……彼の後を追って、虚空に飛び込むのです」

チャップリンとヒトラーは同い年で、二人とも1889年4月に、数日違いで生まれた。1939年4月27日付『マッチ』誌の、準備中の映画についての記事のなかで、この類似点が強調されている。

037 撮影はポーランド侵攻の1週間後にアメリカで始まり、1940年4月4日付『マッチ』誌に、ヒトラーに扮したチャップリンが監督として撮影を指揮している写真が掲載されている。

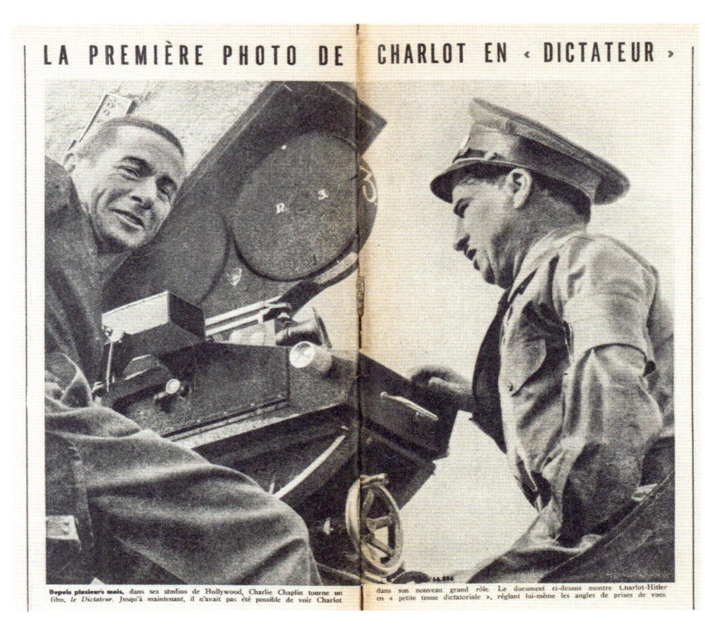

LA PREMIÈRE PHOTO DE CHARLOT EN « DICTATEUR »

Depuis plusieurs mois, dans ses studios de Hollywood, Charlie Chaplin tourne un film, *le Dictateur*. Jusqu'à maintenant, il n'avait pas été possible de voir Charlot dans son nouveau grand rôle. Le document ci-dessus montre Charlot-Hitler en « petite tenue dictatoriale », réglant lui-même les angles de prises de vues.

037

038 ワールドプレミアは1940年10月15日にニューヨークで行われた。この映画がフランスのスクリーンに登場するのは1945年4月になってから、5月8日のドイツ降伏の数日前のことだった。パリの、伝説的なゴーモン宮殿で上映された。

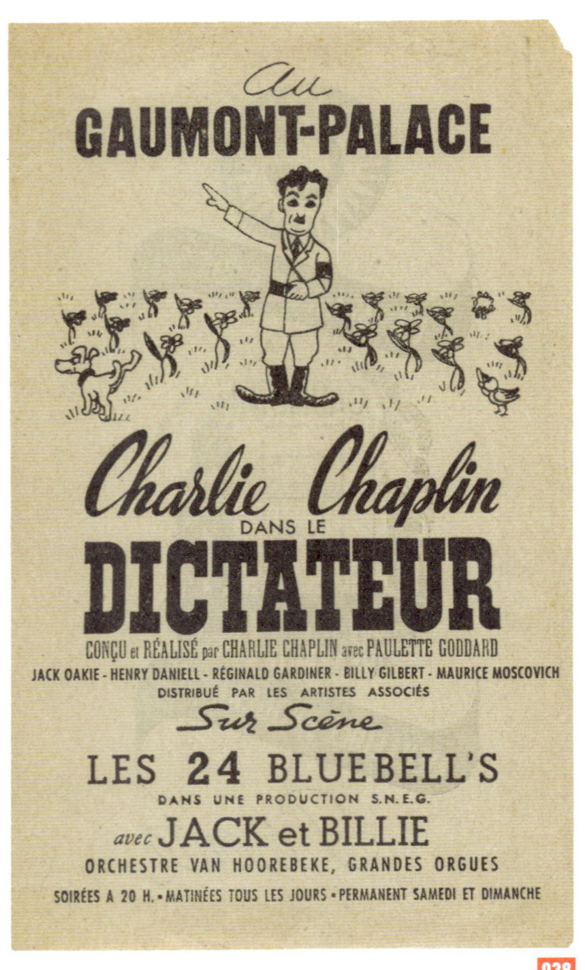

038

039 映画のマスコミでの評判はまちまちだった。映画を称賛する人もいれば、もっと微妙な見方をする人もいた。1945年4月12日付の共産主義週刊誌*J - Le Jeune combattant magazine*は、シャルロというキャラクターの伝統的な喜劇がスクリーンに登場するのは時期尚早なのではないかと述べている。「39年以降、私たちは心の奥底にある理由によって、笑いを我慢してきた。まず、戦争があった。そして、オラドゥール＝シュル＝グラヌでの大規模な虐殺。それから、ハルキウ。冗談が恐ろ

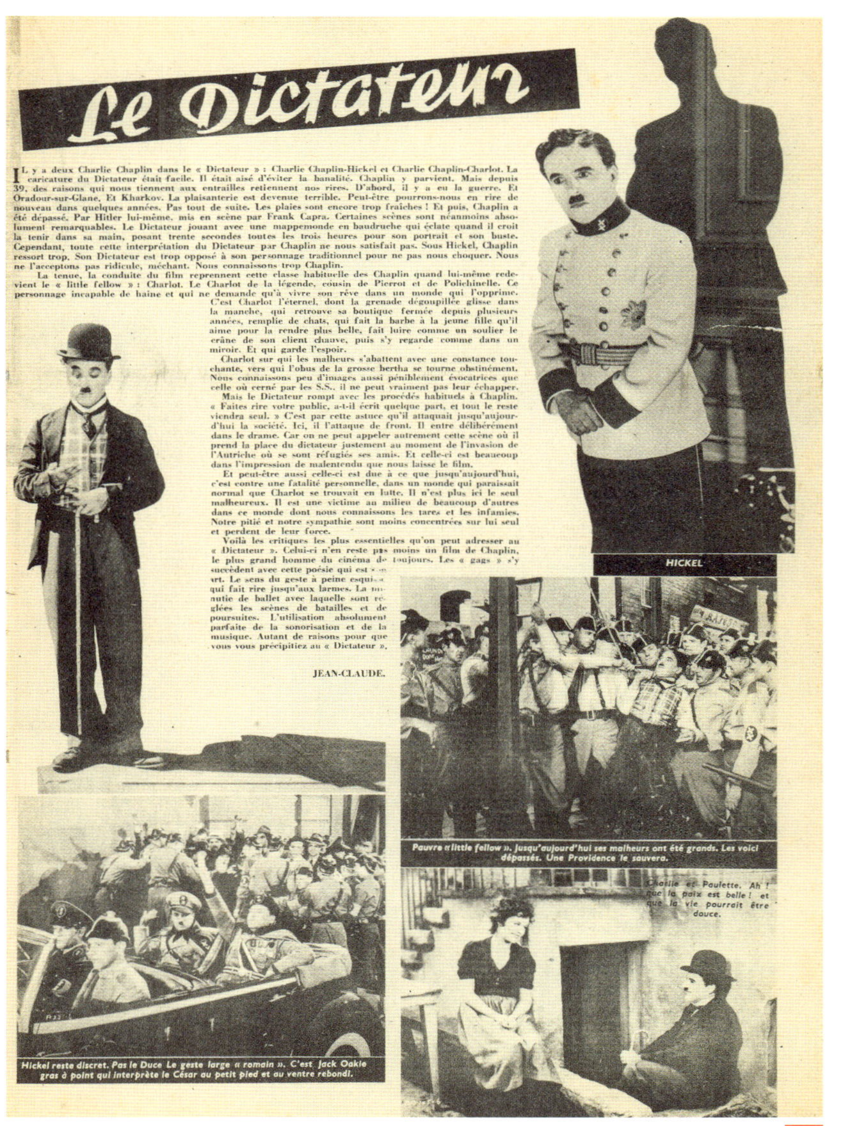

Le Dictateur

Il y a deux Charlie Chaplin dans le « Dictateur » : Charlie Chaplin-Hickel et Charlie Chaplin-Charlot. La caricature du Dictateur était facile. Il était aisé d'éviter la banalité. Chaplin y parvient. Mais depuis 39, des raisons qui nous tiennent aux entrailles retiennent nos rires. D'abord, il y a eu la guerre. Et Oradour-sur-Glane. Et Kharkov. La plaisanterie est devenue terrible. Peut-être pourrons-nous en rire de nouveau dans quelques années. Pas tout de suite. Les plaies sont encore trop fraîches ! Et puis, Chaplin a été dépassé. Par Hitler lui-même, mis en scène par Frank Capra. Certaines scènes sont néanmoins absolument remarquables. Le Dictateur jouant avec une mappemonde en baudruche qui éclate quand il croit la tenir dans sa main, posant trente secondes toutes les trois heures pour son portrait et son buste. Cependant, toute cette interprétation du Dictateur par Chaplin ne nous satisfait pas. Sous Hickel, Chaplin ressort trop. Son Dictateur est trop opposé à son personnage traditionnel pour ne pas nous choquer. Nous ne l'acceptons pas ridicule, méchant. Nous connaissons trop Chaplin.

La tenue, la conduite du film reprennent cette classe habituelle des Chaplin quand lui-même redevient le « little fellow » : Charlot. Le Charlot de la légende, cousin de Pierrot et de Polichinelle. Ce personnage incapable de haine et qui ne demande qu'à vivre son rêve dans un monde qui l'opprime. C'est Charlot l'éternel, dont la grenade dégoupillée glisse dans la manche, qui retrouve sa boutique fermée depuis plusieurs années, remplie de chats, qui fait la barbe à la jeune fille qu'il aime pour la rendre plus belle, fait luire comme un soulier le crâne de son client chauve, puis s'y regarde comme dans un miroir. Et qui garde l'espoir.

Charlot sur qui les malheurs s'abattent avec une constance touchante, vers qui l'obus de la grosse bertha se tourne obstinément. Nous connaissons peu d'images aussi péniblement évocatrices que celle où cerné par les S.S., il ne peut vraiment pas leur échapper.

Mais le Dictateur rompt avec les procédés habituels à Chaplin. « Faites rire votre public, a-t-il écrit quelque part, et tout le reste viendra seul. » C'est par cette astuce qu'il attaquait jusqu'aujourd'hui la société. Ici, il l'attaque de front. Il entre délibérément dans le drame. Car on ne peut appeler autrement cette scène où il prend la place du dictateur justement au moment de l'invasion de l'Autriche où se sont réfugiés ses amis. Et celle-ci est beaucoup dans l'impression de malentendu que nous laisse le film.

Et peut-être aussi celle-ci est due à ce que jusqu'aujourd'hui, c'est contre une fatalité personnelle, dans un monde qui paraissait normal que Charlot se trouvait en lutte. Il n'est plus ici le seul malheureux. Il est une victime au milieu de beaucoup d'autres dans ce monde dont nous connaissons les tares et les infamies. Notre pitié et notre sympathie sont moins concentrées sur lui seul et perdent de leur force.

Voilà les critiques les plus essentielles qu'on peut adresser au « Dictateur ». Celui-ci n'en reste pas moins un film de Chaplin, le plus grand homme du cinéma de toujours. Les « gags » s'y succèdent avec cette poésie qui est [illegible] art. Le sens du geste à peine esqui[illegible] qui fait rire jusqu'aux larmes. La minutie de ballet avec laquelle sont réglées les scènes de batailles et de poursuites. L'utilisation absolument parfaite de la sonorisation et de la musique. Autant de raisons pour que vous vous précipitiez au « Dictateur ».

JEAN-CLAUDE.

HICKEL

Pauvre «little fellow». Jusqu'aujourd'hui ses malheurs ont été grands. Les voici dépassés. Une Providence le sauvera.

Charlie et Paulette. Ah ! que la paix est belle ! et que la vie pourrait être douce.

Hickel reste discret. Pas le Duce Le geste large « romain ». C'est Jack Oakie gras à point qui interprète le César au petit pied et au ventre rebondi.

しいことになった。おそらく何年かすれば、私たちは再び笑えるようになるだろう。だが、すぐにではない。傷はまだ新しすぎる！」。この長い前文にもかかわらず、それでもなお批評家は、この映画はギャグと詩情を巧みに結びつける偉大なるチャップリンにふさわしいものであり、「『独裁者』を急いで観に行くべき理由がたくさんある」と述べている。

040 **041** アメリカのプロパガンダ部隊がフランス国民に無料で配布するために制作した雑誌『カドラン』は、この映画を称賛し、記事のなかで「今日、『カドラン』は表紙に、独裁者たちの死を告げる独裁者シャルロを登場させる」とまで予言した。

1945年5月9日付の『レ・ヌーヴェル・デュ・マタン』は、ニースにあるアメリカ兵のための休養キャンプで休暇中のチャップリンの息子へのインタビューを掲載した。父にちなんでチャーリーと名付けられた19歳の二等兵は、現在フランスの映画館で上映されている映画について語り、ユーモアを交えて次のように言った。「私の父は大惨事を生き延びた唯一の独裁者です」

Le Grand Dictateur
Vu par CHARLIE CHAPLIN

AU moment où les armées du dictateur Hitler et du dictateur Mussolini envahissaient l'Europe en 1940, un autre dictateur apparaissait à l'ouest… Le dictateur prophète de la fin des dictateurs, "Le Grand Dictateur", Hynckel, dictateur de la Ptomanie : Charlie Chaplin, Charlot. Luttant contre la montre pour finir son dernier chef-d'œuvre cinématographique avant que le droit de rire ne soit momentanément suspendu en Europe, le dictateur de la Ptomanie atteignit Londres avant celui de Berchtesgaden.

Aujourd'hui "Cadran" amène sur sa couverture Charlot, le dictateur qui annonce la mort des dictatures. Seuls un petit nombre de Français, tout ce que pouvait contenir une salle clandestine, ont déjà vu "Le Grand Dictateur". Et encore n'ont-ils jamais su comment il finissait car la Gestapo interrompit la projection et montra aux spectateurs un spécimen des méthodes en usage chez les dictateurs européens.

La voix du Grand Dictateur a été entendue par bien des Français. Sans cesse des lettres arrivaient, par des postes secrètes, à Londres, pour réclamer à nouveau la radio-diffusion de son discours, du discours qu'il fit quand le petit barbier juif du ghetto fut pris pour le dictateur de la Ptomanie :

"Je ne veux dominer ou conquérir personne. Je voudrais aider tout le monde, Juif ou Gentil, noir ou blanc. La vie peut être magnifique mais nous avons perdu la manière… Nous avons été conduits au pas de l'oie dans des mares de sang…"

Malgré ce discours Charlot lui-même a écrit qu'il n'avait pas fait le "Grand Dictateur" dans un but de propagande. "Je l'ai fait," a-t-il dit, "parce que je hais les dictateurs et que je veux que les gens rient…"

Un haut fonctionnaire nazi protesta à l'époque, annonçant qu'il y aurait des "complications" si le Grand Dictateur ressemblait à Hitler.

Charlot répondit qu'il espérait que le film serait projeté dans les pays totalitaires et qu'il était prêt à l'envoyer gratis à tous ceux de ces pays qui en assureraient la diffusion devant leur peuple !

L'avenir est proche où les pantalonnades de Hynckel, dictateur de la Ptomanie et de Napaloni, dictateur de la Bactérie, seront présentées aux citoyens des nations européennes qui n'hésiteront pas à reconnaître les ressemblances.

16 17

040

CADRAN
Nº2
LE GRAND DICTATEUR : CHARLOT.
5frs.

第17章

ヒトラーは嘘つき

ヒトラーの特徴を示すのにふさわしい言葉があるとすれば、それは嘘だ。彼の生涯はすべて嘘の上に成り立っている。『わが闘争』のなかで嘘に関するくだりは書き直されており、多数の誤り、省略、真実に反する主張が含まれているが、すべて意図的なものだ。彼の反ユダヤ主義は、ユダヤ人に対する根も葉もない誤ったステレオタイプを反映したものであり、彼は常にそれを強調し、歪曲している。ヒトラーと他国との関係は絶えず愚かな駆け引きであり、彼が調印した外交条約は、彼の目には何の価値もなかった。嘘を教義として確立し、平和について語るために国家的な嘘まで創り出した。1933年5月17日の演説で、ドイツ国民と諸外国に向けて、彼にとっては「世界の平和を守る」という「ただ一つの大きな仕事」があるのみだと宣言した。その2年後、ヒトラーは再び「国家社会主義ドイツは、そのイデオロギー的信念の最も奥深いところから平和を望んでいる」と宣言した。

1919年のヴェルサイユ条約に対するドイツの恨みを晴らすために、ヒトラーは公衆の前では『わが闘争』に書かれた復讐のページを忘れさせようとした。とりわけ、ドイツのための「生存圏」を作ろうとする好戦的、併合主義的意図は決して明かさなかった。そして、外国のジャーナリストに会うたびに、『わが闘争』を書いたときから自分は大きく変わっており、冷酷な言葉については拘留に対する怒りの行為として理解されなければならないと語った。そして1939年まで、首相は平和主義者だとずっと信じていた大多数のドイツ人をはじめとして、多くの人々が騙されていた。

1936年2月、ラインラントの再武装化前夜に、インタビュアーとしてやってきたフランス人ジャーナリストのベルトラン・ド・ジュヴネルが、『わが闘争』のなかの反フランス的な発言はもはや時代遅れなのかと質問すると、ヒトラーは肯定し、皮肉を込めて、自分は「自分の作品を再版する準備をしている作家ではない。……私の修正は、歴史という偉大な本に書いている」と答えた。フランスの哲学者アランはヒトラーをこう評した。「人々を団結させ、立ち上がらせ、何も恐れることはないと諭す人間、いつの時代も、どの国においても、まさに偉大な愛国者であり、偉大な人物と呼ばれる人だ」。老練な政治家ですら、ナチスのプロパガンダのサイレンに騙された。イギリスの元首相ロイド・ジョージもそのひとりで、1936年にヒトラーと会談した後、イギリスの新聞で「ヒトラーはヨーロッパを脅かすドイツを思い描いているのではない。ドイツ人は我々と紛争を起こす気などまったくない」と述べている。

042 1939年1月31日、『ル・ジュルナル』紙は、1918年に失ったドイツの植民地の返還を要求したヒトラーの演説を報じ、「私は長い平和を信じている……」という見出しをつけた。この文章は演説の言葉から抜粋されたものである。というのも、ヒトラーは演説のなかでこう宣言したからだ。「ユダヤ人は戦争を望んでいるが、私は長い平和を信じている」。それはともかく、ジャーナリストのジョルジュ・ブランは、ヒトラーの演説を分析した結論として、この文章を次のように理解した。「要するに、重要なのはイタリアに関する一節である。もしイ

Soyez chaque jour à l'écoute AU POSTE DE L'ILE DE FRANCE VOUS ENTENDREZ...

ÉDITION DE 5 HEURES

LE JOURNAL

N° 16904 — PARIS, 100, RUE DE RICHELIEU — MARDI 31 JANVIER 1939 — 0.50

A midi 5, à 19 h. 5, le quart d'heure du journal ...LE JOURNAL

"Je crois à une longue paix..."

PROCLAME ADOLF HITLER

MAIS... LE MAITRE DU REICH POSE NETTEMENT LA QUESTION DES COLONIES ALLEMANDES :

« L'Allemagne n'a rien à demander au point de vue territorial à l'Angleterre et à la France, en dehors de la restitution de nos colonies. Si largement que la solution de cette dernière question puisse contribuer à l'apaisement de l'univers, on ne saurait cependant y voir un de ces problèmes de nature à conduire à un conflit armé. »

POUR L'ITALIE, IL AFFIRME :

« Que personne ne se fasse illusion de par le monde sur les résolutions que l'Allemagne nationale-socialiste a prises à l'égard de cette amie. La certitude qu'une guerre idéologique frivolement déclenchée contre l'Italie d'aujourd'hui, quels qu'en soient les motifs, trouverait l'Allemagne auprès d'elle, ne peut être qu'utile à la paix. »

ENFIN LE FUHRER S'EST ÉCRIÉ :

LE JURY ACQUITTE Jean-Paul Fournier assassin de son père qui...

...possédant dix enfants et dix chiens faisait manger à tous la même soupe...

...tandis que bien vêtu, il allait toucher dans son auto son allocation de chômage

RECONNU COMME AYANT AGI SANS DISCERNEMENT LE JEUNE ACCUSÉ EST CONFIÉ A UN PATRONAGE

LIRE EN 7e PAGE, 7e COLONNE, LA DEPECHE DE GEO LONDON

MON FILM : Le mot et la chose

Précautions redoublées à la frontière des Pyrénées...

...où les Espagnols n'ayant plus la peur désordonnée des premiers jours ont retrouvé leur aplomb et oublié en même temps ce qu'ils doivent à la charité des Français

Ils ne veulent plus nettoyer les locaux où on les a installés et faire de menues corvées de cuisine, ils critiquent les repas, regrettent leurs armes, laudent le poing en se moquant des gendarmes au long des routes

LES MINISTRES DE L'INTÉRIEUR ET DE LA SANTE PUBLIQUE SONT PARTIS SUR PLACE VERIFIER LES MESURES PRISES

042

タリアが攻撃されたら……、ドイツは自動的に武器を取り、イタリアを助けに行くだろう。だが、もしイタリアが意図的に戦争を引き起こしたら……、ファシズムの死は国家社会主義の死をもたらすということを忘れてはならない。しかし、それに反する証拠が得られるまでは、我々は、ドイツ帝国が外交交渉によってフランスとイタリアの関係がより正常な状態に戻ることを強く望んでおり、祈ってさえいると考えている。そうでなければ、どうして『私は長い平和を信じている』などと叫ぶことができるだろうか」。事情によく通じているジャーナリストによる奇妙な分析である。ジョルジュ・ブランは1925年以来、フランスのために、しかしほぼ間違いなくソ連のためにも、ドイツをスパイしていた諜報員だった。

043 **044** しかしながら、1933年から1945年にかけて、ジャーナリストを中心とした多くの人々が、常に矛盾をはらんだヒトラーの言葉に立ち向かい続けた。最も繰り返し描かれたのは、ドイツが締結した条約を破り捨てる政治家の姿である。ここではヴェルサイユ条約が地面に散らばっている。あるいは、カーテンの向こう側を描いたり、画家だった総統の過去を想起させたりする絵もある。これら

L'envers du rideau.

043

LE PEINTRE
C'est pour la Paix que mon pinceau travaille !

044

は、1935年3月23日付『レ・タッシュ・ダンクル』に掲載されたもの。

045 ヒトラーはポーランド侵攻の前線に赴いたが、ヒトラーの嘘に慣れていたこの風刺画家は、この突然の訪問の場面の状況を想

像して描いた(『マッチ』1939年11月30日号)。

046 イギリスの週刊誌『ザ・ウォー・イラストレイテッド』は、1940年7月5日号で、ヒトラーを自らの嘘に直面させている。女性や子供に対する戦争はしないと宣言した、ポーランド侵攻を正当化する彼の演説の抜粋を使用し、殺傷された民間人の写真とともに掲載して、まったく逆であることを証明している。

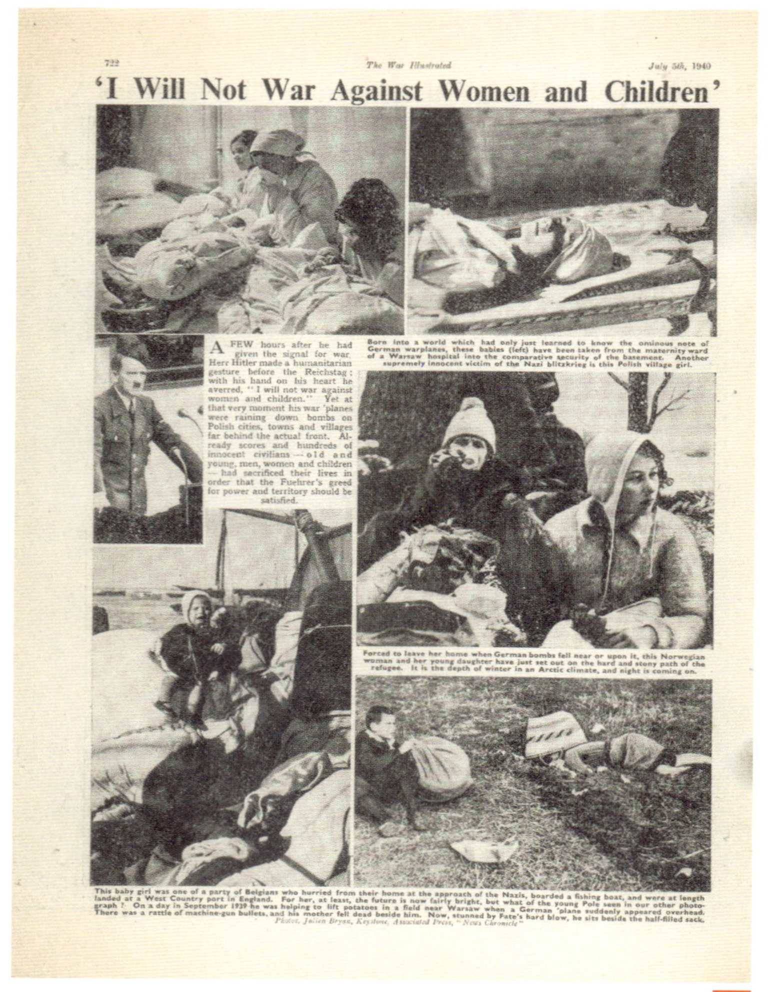

722 *The War Illustrated* July 5th, 1940

'I Will Not War Against Women and Children'

A FEW hours after he had given the signal for war, Herr Hitler made a humanitarian gesture before the Reichstag; with his hand on his heart he averred, "I will not war against women and children." Yet at that very moment his war 'planes were raining down bombs on Polish cities, towns and villages far behind the actual front. Already scores and hundreds of innocent civilians — old and young, men, women and children — had sacrificed their lives in order that the Fuehrer's greed for power and territory should be satisfied.

Born into a world which had only just learned to know the ominous note of German warplanes, these babies (left) have been taken from the maternity ward of a Warsaw hospital into the comparative security of the basement. Another supremely innocent victim of the Nazi blitzkrieg is this Polish village girl.

Forced to leave her home when German bombs fell near or upon it, this Norwegian woman and her young daughter have just set out on the hard and stony path of the refugee. It is the depth of winter in an Arctic climate, and night is coming on.

This baby girl was one of a party of Belgians who hurried from their home at the approach of the Nazis, boarded a fishing boat, and were at length landed at a West Country port in England. For her, at least, the future is now fairly bright, but what of the young Pole seen in our other photograph? On a day in September 1939 he was helping to lift potatoes in a field near Warsaw when a German 'plane suddenly appeared overhead. There was a rattle of machine-gun bullets, and his mother fell dead beside him. Now, stunned by Fate's hard blow, he sits beside the half-filled sack.

Photos, Julien Bryan, Keystone, Associated Press, "News Chronicle"

046

047 全36ページのこの小さなプロパガンダの冊子は、1943年に英米情報局が発行したもので、「嘘という繊細な技術を実践するすべての人々のための小さなマニュアル、世界の支配者たちによって書かれた、厳選されたイラスト入り」という副題がついている。そして、

L'Allemagne a signé avec la Pologne un traité de non-agression qui est plus qu'une contribution précieuse à la paix européenne, et elle en respectera les clauses sans aucune arrière-pensée.

HITLER, LE 21 MAI 1935

11

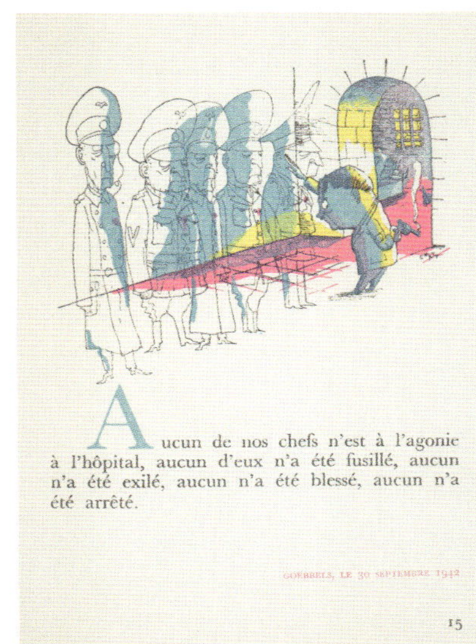

Aucun de nos chefs n'est à l'agonie à l'hôpital, aucun d'eux n'a été fusillé, aucun n'a été exilé, aucun n'a été blessé, aucun n'a été arrêté.

GOEBBELS, LE 30 SEPTEMBRE 1942

15

La Nouvelle Europe prend forme, animée par l'amour du Führer et la confiance en sa parole.

LE " BERLINER ZWÖLF-UHR BLATT," LE 19 JUIN 1940

23

On m'accuse toujours de vouloir la guerre. Ai-je l'air d'un fou ? La guerre ! Comme si ce ne serait pas le moyen de faire empirer la situation du monde !

HITLER, LE 10 NOVEMBRE 1933

17

ヒトラーとその宣伝大臣ヨーゼフ・ゲッベルスを二人の嘘つきとして取り上げている。方法は簡単で、『わが闘争』や二人の演説からの抜粋を引用し、その反対を絵で示すというものだ。

よくあることだが、ビラやパンフレットは現状に言及している。ここでは、冊子の序文で、ヒトラーとゲッベルスを「歴史上の大嘘つきリストの第1位を占めたドイツ人紳士」ミュンヒハウゼン男爵になぞらえている。というのも、この冊子が発行された当時、ドイツとフランスの劇場で『ミュンヒハウゼン男爵の奇想天外な物語』が上映されていたのだ。この娯楽映画は、ドイツの製作会社UFAの創立25周年を記念してカラーで製作された作品で、大成功を収めた。

冊子の冒頭では、ゲッベルスとしばしば結びつけられる「嘘が大きければ大きいほど、それが真実とみなされる可能性が高くなる」というテーマが取り上げられている。そして、「嘘がその目的を達成するためには、巨大で、冷笑的で、雷鳴のようでなければならない。人々を打ちのめし、呆然とさせるような一撃を与えることができるようなものでなければならない。目の前にあるものは幻想にすぎないとうんざりするほど繰り返し言い聞かせながらも、めまいに襲われてよろめくようなものでなければならない」と述べている。したがって、このマニュアルはドイツのプロパガンダを警戒するよう訴えるものなのだ。

048 049 フランコは公式には枢軸国に加わらず、紛争中はスペインの中立を表明していたが、連合国側はとくに1943年以降、ヒトラーに反対するスペインの世論に影響を与えようとした。数多くの冊子や雑誌がアメリカ大使館によって無料で配布されたが、なかにはドイツ軍の敗北や総統の素顔を掲載したものもあった。こういった形式のプロパガンダは常に危うい均衡状態にあった。というのも、フランコの独裁に留意すると同時に、かつての支持者であったムッソリーニやヒトラーの独裁を糾弾する必要があったからだ。フランコは連合国にこのプロパガンダを広めることを許可することで、戦争終結後はスペインがふたたび西側の民主主義国家に受け入れられるような強い立場になることを望んでいた。『ラ・スメンヌ・イリュストレ』と呼ばれ

SEMANARIO GRAFICO

Embajada de los Estados Unidos de América

Madrid

No. 48 29 de Abril de 1944

MIENTRAS REFLEXIONAN LAS NACIONES NEUTRALES...

En 1939 había en Europa más de 20 naciones neutrales. Hoy sólo hay 6. ¿Qué les ha ocurrido a todas las otras?

Holanda, donde casi 9.000.000 de habitantes vivían en paz, era una de estas naciones neutrales en 1939:

EN 1937 . . .

HITLER GARANTIZO LA NEUTRALIDAD DE HOLANDA

"El Gobierno alemán también ha asegurado a Bélgica y a Holanda que está dispuesto a reconocer y garantizar la inviolabilidad de su territorio."

DISCURSO DE HITLER ANTE EL REICHSTAG, 30 DE ENERO DE 1937

. . . EL 10 DE MAYO DE 1940

HITLER ATACA A HOLANDA SIN PREVIO AVISO

PROCLAMA DE LA REINA GUILLERMINA A SU PUEBLO: "Después de que nuestro país observó con escrupulosa conciencia la neutralidad durante todos estos meses, y mientras Holanda no tenía otro designio que el de mantener esa actitud, anoche Alemania desató de súbito y sin previo aviso un ataque sobre nuestro territorio. Por la presente, hago una rotunda protesta contra semejante infracción de la buena fe y de todo lo decente entre estados cultos".

048

るこの新聞の1944年4月29日号は、ヒトラーの嘘と戦争犯罪を糾弾するために言説と現実を対峙させるという古典的なテーマを取り上げている。その例は無作為に選ばれたものではなく、ヒトラーがオランダとユーゴスラビアの中立を尊重せず攻撃したこと、スペインも中立国であったにもかかわらず攻撃したことを思い起こさせるものとなっている。このことの意図は、2つの独裁政権のあいだで同盟が結ばれているにもかかわらず、ヒトラーが反旗を翻す可能性があるというナチスの危険性についてスペインに警告することだったのだ。

2

La neutral Yugoslavia era algo mayor, pero Alemania era más fuerte. He aquí lo que ocurrió a Yugoslavia:

EL 1º DE SEPTIEMBRE DE 1939 ... HITLER REITERO SUS GARANTIAS A LOS ESTADOS NEUTRALES

"Las Potencias neutrales nos garantizaron su neutralidad y nosotros les hemos asegurado que será respetada. Para nosotros ése es un compromiso sagrado."

DISCURSO DE HITLER AL REICHSTAG, 1º DE SEPTIEMBRE DE 1939

... PERO—EL 6 DE ABRIL DE 1941 ALEMANIA INVADIO A YUGOESLAVIA

"El pueblo de los Estados Unidos se ha horrorizado ante la cruel y no provocada agresión contra el pueblo de Yugoeslavia."

EL MENSAJE DEL PRESIDENTE ROOSEVELT AL REY PEDRO DE YUGOESLAVIA, 8 DE ABRIL DE 1941

第18章

ヒトラーは暗殺者

当初からナチズムには残虐性が内在していた。ヒトラーは1942年8月、そのことを自慢し、そこからこの時期の議論に戻ると、こう宣言したのだ。「反対の声を何度聞いたことだろう。そんな残忍なやり方では、何も達成できやしないと。だが私はこの方法でなければ何も達成できなかっただろう」。社会ダーウィニズムの解釈において、『わが闘争』のなかでヒトラーは、生存と自然淘汰としての暴力を、最も強い者の権利の名のもとに正当化している。「成功の第一条件は、恒久的かつ定期的に武力を行使すること、そして武力のみを行使することにある。堅固な知

050

的基盤から湧き起こったのではない暴力はすべて、不安定で不確実なものとなるだろう。狂信的な世界観からしか生まれない安定性が欠けている。暴力は各個人のエネルギーと残忍な決意から発現するものであり、それゆえに、性格や気質、体力の変化にゆだねられている」

050 このダルタニャンの風刺画にあるように、かなり早い時期から、ヒトラーの残忍で殺人的な体制は、多くの国で非難されていた。1933年4月15日に出版された『共和国の銃兵』では、ナチス反対派やユダヤ人に対する残虐行為が報告されている。

「ゲッベルス宣伝相は、政権樹立の翌日、政府が退屈だと非難されることは決してないと誓った」

彼は約束を守り、ヒトラーも彼との約束を守ったと言えるだろう。1月30日以来、国民は絶えず気を揉んできた。松明帰営、夕暮れの山々の「喜びの炎」、ボイコットの日、解任、逮捕、夜の砲撃、我々が彼に提供しないものは何もなく、現時点では、ドイツで退屈するにはまさに自ら進んで真剣に努力することが必要だ。

反ユダヤ人運動は忌まわしいものだったが、ヒトラーが権力を握ったことで相対感覚を失ったあまりにも多くのドイツ人の気を逸らした。結果は悲劇的だった。何千人ものユダヤ人が職を失い、人生を台無しにされ、国外脱出を余儀なくされた。そして、ベートマン弁護士、ヴォルフ弁護士、ハラーヴォルデン裁判所長官など、多くの人が自ら命を絶った。

その結果、ダルタニャンは読者に対し、ユダヤ人の自由業者や商人を標的にした1933年4月1日のナチスの反ユダヤ主義ボイコットデーに呼応して、ドイツからの輸入製品をボイコットするよう呼びかけた。

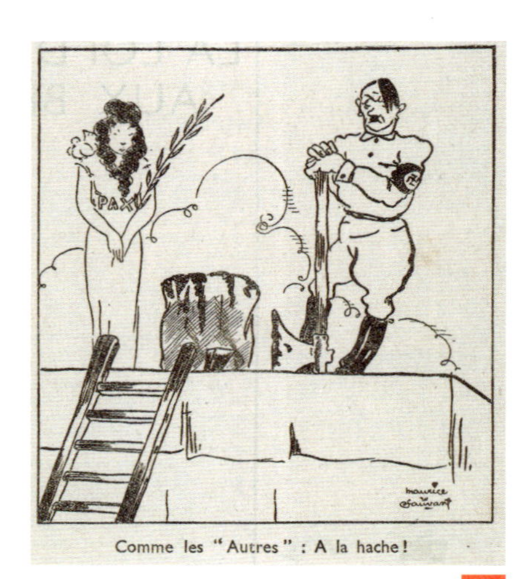

Comme les "Autres" : A la hache!

051

051 052 外交上の突発事件、1935年3月16日、総統はドイツ国民に向けた宣言のなかで、新たな「軍事法」の施行を布告した。それは、徴兵制を確立し、帝国陸軍を36師団、600万人相当に増強するというものだった。ウラジミール・ドルメッソンは3月18日付の『ル・フィガロ』紙に次のように書いている。「ヒトラー首相は『わ

—ÇA LUI APPRENDRA A SURVOLER MON TERRITOIRE...

が闘争』を書いた人物のままであり、武力のみを信じ、武力のみを育成し、そのすべての行動は、ドイツ国民のだれも異議を唱えない名誉感情を巧みに利用することによって、この国民の武力を増大させ、ヨーロッパの大部分を支配しようとする傾向にある」。1935年3月21日付『レ・タッシュ・ダンクル』紙と4月15日付『ル・テモワン』紙は、ヒトラーを平和の暗殺者として描いている。

053 1935年4月13日付『レ・タッシュ・ダンクル』紙のなかで、挿絵画家は、ドイツ人の母親たちが生まれたばかりの赤ん坊をヒトラーに捧げる生贄の儀式を描いた。鉤十字に象徴される戦争の祭壇があり、その背後には死が潜んでいる。

053

054 1933年から1936年にかけて『ヌーヴェル・リテレール』誌のベルリン特派員を務め、その後『ヴュ』誌の編集長になったジャーナリストのパスカル・コポーは、『フランス・マガジン』誌のチームに加わり、1940年2月13日に「7年後、ヒトラーの良心と孤独……」という記事を執筆し、1933年以降のヒトラーの政権時代を分析している。

「彼は、漠然とした社会的なプログラムを携えてやってきたが、何よりも、1918年の勝者に対して、ユダヤ人に対して、ドイツのすべての政党、とくにマルクス主義者に対して、晴らすべき憎悪を抱いていた。憎悪は弾圧の口実となり、見た目には流血も少ないため、より効果的だった。ヒトラーはその後、自らのプログラムの実現に向かう。その最終目的は、ヨーロッパと世界の支配だった。『ヴェルサイユの鎖』との戦いは、

(45.926.)

Son plus grand... CRIME

LA GUERRE

La guerre.

Depuis le 30 janvier 1933, Hitler a abusé du pouvoir qu'il avait reçu, pour ne travailler que pour la guerre : pendant sept ans il n'a pas pensé à autre chose. Mais il n'a pas eu cette « explication définitive » avec la France, dont il parle dans « Mein Kampf », à l'heure qu'il avait choisie : les Alliés lui ont imposé leur décision. (45.925.)

HITLER

n'a plus qu'un seul ami véritable :

SON CHIEN

FIN 054

新しい汎ゲルマン主義を見直し、修正し、拡大するための踏み台にすぎなかった。ヒトラーが戦争にたどり着くまでに7年を要したが、最終的には、彼が選択しなかった時間に勃発した」

そして、「彼の最も偉大な……」で始まるいくつかの指摘が続く。まず「盟友」、1934年6月30日に暗殺されたエルンスト・レーム。「殺人」、1934年7月25日に暗殺されたドルフース首相。「火災」、1933年2月27日に放火された国会議事堂。「嘘」、「すべてのドイツ人の99%が私の後ろにいる！」。「成功」、ゲシュタポの指揮官ヒムラーの完全な恐怖政治。「敵」、今や最大の友人であるスターリン。「犯罪」、戦争。この記事はこう締めくくられている。今後、ヒトラーの本当の友人はただひとり、ジャーマン・シェパードだけである。

ヒトラーがこの犬種を称賛していたことを考えれば、この結論に意味がないわけではない。ヒトラーは1945年1月25日の夕食会でこう語っている。「私は動物、とくに犬の友人だ。だが、たとえばボクサーに対しては、内なる衝動がない。もしもう一度飼うとしたら、ジャーマン・シェパード、できれば雌犬に限る。別の犬種に愛着を持つと、忠誠心が壊れるような気がするのだ。なんて素晴らしい動物たちだろう！」

055 連合国情報局が1943年に発行した冊子『1億人のカトリック殉教者』のなかで、ヒトラーは、占領下のヨーロッパのカトリック信者たちに加えた迫害を理由に、反キリスト者に例えられている。この冊子は、ナチズムの危機から逃れていると信じているカトリック信者たちの目を開かせることを目的としていた。「ナチスが教会を迫害し、カトリック教を破壊しようとしているという非難の根拠は何か？」という質

L'antéchrist avec ses deux lieutenants, Hitler en conversation avec Alfred Rosenberg et le Dr Heinrich Lammers.

問に対して、冊子ではこう答えている。「その答えを示したのは、ドイツにおけるカトリック教の指導者たちです。その誠実さに疑いの余地のない彼らは、ナチス政権下のカトリック教会の状況を命がけで次から次へと宣言しました」。連合国側の考えは、フランスのヴィシー政権のように、しばしば多くのカトリックの高位聖職者によって支持されている

協力政権をなおも支持しているカトリック信者を自分たちの側に結集させることだった。

056 連合国のプロパガンダのなかで、ヒトラーのようなドイツ軍兵士を民間人殺害者として最も頻繁に紹介しているのは、おそらくソ連のプロパガンダだろう。これは現実を反映しているものであり、東部戦線において市民に対する犯罪や暗殺が多かったことによる。1944年のこのポスターには、「ファシスト、子供殺しに死を」と書かれている。

ヒトラーの時代のヨーロッパ

第19章
フランス敗戦後の「ヒトラーの狂乱(ヒステリー)」

1939年9月3日、英仏が対独戦争に参戦し、その後の「奇妙な戦争」の期間は、ヒトラーの好戦的な意図をさらに糾弾する機会となった。

001 1932年、当時若手の写真家だったデンマーク人のマリヌス・ヤコブ・ケルドガードは、「フランスと外国の知識人エリート

CETTE SEMAINE : Luc Durtain, Julien Benda, Mario Roustan, sénateur, ancien ministre, Suzanne Normand, Georges de La Fouchardière, Ramon Fernandez.

7e Année — N° 364 — "MARIANNE" : 2 francs — Mercredi 11 Octobre 1939

MARIANNE

GRAND HEBDOMADAIRE POLITIQUE ET LITTÉRAIRE ILLUSTRÉ

Pensons au sol de France. Nos agriculteurs mobilisés en permission préparent la moisson future. A Paris a repris le Déjeuner des Artistes si utile durant l'autre guerre. Lisez cette semaine FRANCE-MAGAZINE le grand hebdomadaire illustré. Demandez-le à votre vendeur habituel.

L'entr'acte
par Luc DURTAIN

Gloria victis !
par Julien BENDA

" LE SAMSON MODERNE "
Le destructeur de l'Empire allemand et de la Paix du Monde

EXTRAIT D'UNE LETTRE DE PROVINCE

L'ALERTE
par Mario ROUSTAN, sénateur, ancien ministre

NOUVELLES D'ALLEMAGNE

001

の週刊誌」である『マリアンヌ』のチームに加わり、その時々の主人公を滑稽な状況に置いた風刺的なフォトモンタージュで、定期的に新聞の第一面を飾った。1939年10月11日、彼がすでにキングコングとして描いていたヒトラーは、戦争が原因で自国を滅ぼすサムソンとなった。

002 イギリス遠征軍がフランス本土に駐留したことにより、1939年秋、「新たな英仏協商」と銘打ったプロパガンダ・キャンペーンが展開された。これらのポストカードはその代表的なものである。

002

003 1939年10月28日付『イリュストラシオン』紙に、フランス西部の英国軍司令部を訪れた同紙の挿絵画家のジャン・ジョナスが、フランスの有名なポスター「静かに、敵はあなたの秘密を見張っている」を彷彿とさせるイラストを描いた。そのイラストのなかで、イギリス兵に与えられたニックネームであるトミーが、ナチスの伝統的な敬礼「ハイル・ヒトラー(Heil Hitler)」をパロディ化し、「ヘル・ヒトラー(Hell Hitler、地獄のヒトラー)」と書いている。

003

軍事に関係するすべての事柄について沈黙を保つことを求めるこのような呼びかけは、第一次世界大戦中にすでに現れていた。ヒトラーは『わが闘争』のなかで、このエピソードを回想している。「戦時中、われわれは何度、国民が黙っていられないことを不満に思ったことか！　その結果、秘密を、ときには重要な秘密を敵に知られないようにすることがどれほど困難だったことか」。1940年1月11日、ヒトラーが一般秘密命令を出し、いかなる部門も将校も、厳密に知る必要のない機密事項については知らされてはならないとしたのも、このためである。

004 1940年5月10日のドイツの攻撃の後、激しい戦闘にもかかわらず、6月22日に休戦協定が調印された。フランスに屈辱を与えたかったヒトラーは、1918年11月11日にドイツが敗戦の調印を行ったルトンドの車両を調印の場所に選んだ。ナチス化された『パリ・ソワール』紙のこの第一面が示しているように、ドイツのプロパガンダは、いつものように、侵略者であったにもかかわらず、「恒久的平和」をうたった。実際、ドイツ軍は、戦前最も発行部数の多かったこの新聞を掌握し、ジャン・プルーボストの庇護のもとに初期メンバーが指揮を執り続けていると人々に信じ込ませていた。実際は、プルーボストは非占領地域に撤退し、1942年11月11日に南部地域が侵攻されるまで、リヨンで別の日刊紙を立ち上げていた。

Parisiens, accueillez avec bienveillance les évacués volontaires rentrant à leurs foyers.

Paris-soir

Nouvelle Série. — Numéro 2.   37, rue du Louvre, Paris (2e)

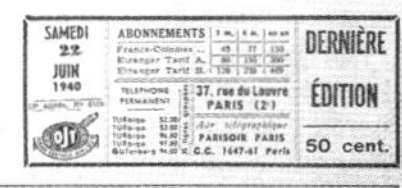

DERNIÈRE ÉDITION

50 cent.

Paris fêta, hier, le retour de son journal favori

C'est tard, très tard dans la soirée que « Paris-soir » fit, hier, sa réapparition...

Seul le souci de donner à ses amis une information toujours plus complète retarda quelque peu une sortie attendue avec impatience.

Nous ne pouvons céler plus longtemps la sincère satisfaction avec laquelle la foule parisienne salua ce retour.

« Paris-soir » reparaît...

Tout va bien... la vie reprend.

Ce n'était pas trop tôt...

Enfin, le revoilà notre journal...

Telles sont les exclamations par lesquelles fut accueilli l'événement.

Rien ne fut négligé pour que, compte tenu des difficultés techniques, le journal des Parisiens soit identique à celui que l'on aima.

Rien ne sera changé : reportages d'une objectivité parfaite, photogravures impeccables, rédaction à la hauteur d'une réputation solidement établie, informations rapides, etc., etc... Telles sont et seront les directives et les consignes scrupuleusement respectées par un noyau de travailleurs qui, à tous les échelons de la hiérarchie du journal, s'efforceront, avec une volonté solide, de satisfaire les plus exigeants de nos lecteurs.

Dès maintenant nous prions la masse de nos clients de nous faire parvenir leurs suggestions, bon nombre d'initiatives peuvent être profitables, ne négligez pas l'occasion offerte par un ami.

Tous les problèmes seront scrupuleusement étudiés et avant que grâce à notre énorme diffusion, reviendra cette confiance qui fut toujours le propre du Français.

Le crédit que vous accordez à votre ami dépasse maintenant toutes nos espérances. Heureusement troublés, nous croyons pouvoir vous assurer que vos espoirs ne seront pas déçus et qu'avant peu la bonne tenue de notre journal constituera une preuve inéluctable de ce salutaire réveil que tout le monde espère.

Tous au travail, amis. Comptez sur notre appui... sur nos interventions, avec autant de sincérité que nous comptons sur vous.

Si l'attachement des Parisiens à son « Paris-soir » restait à prouver, l'expérience d'hier est concluante.

Parisiens, amis, merci.

P. S.

La construction d'une paix durable doit succéder à un armistice raisonnable

L'annonce de l'ouverture des préliminaires de l'armistice a été accueillie hier avec calme, curiosité et dignité par la population.

Les plénipotentiaires français quittent le wagon-salon, après avoir écouté la lecture des conditions d'armistice, et se rendent à la tente spécialement aménagée pour eux, en vue de discuter les conditions posées.

Seul, connu pour l'instant, le préambule communiqué aux plénipotentiaires français par le général von Keitel relate la satisfaction avec laquelle le gouvernement allemand obtient une victoire, effaçant désormais le souvenir des rigueurs du Traité de Versailles imposé à l'Allemagne il y a vingt et un ans.

La rédaction de ce sévère exposé comportait cependant une notable atténuation. En effet, le préambule allemand se terminant par une appréciation élogieuse à l'égard de notre armée, précisait que *« l'Allemagne, par conséquent, n'envisage pas de donner aux pourparlers d'armistice ou aux conditions de ce dernier un caractère injurieux vis-à-vis d'un ennemi s'étant battu avec tant de vaillance »*.

Ainsi donc, la reconnaissance par le vainqueur des mérites des fils de ceux de Verdun doit constituer pour l'unanimité des Français un très sérieux stimulant. L'heure n'est plus aux jérémiades, pleurs ou regrets. Apprécié par un vainqueur de choix le Français doit réagir et puiser dans l'adversité une énergie nouvelle.

Cette réaction doit s'opérer avec cran et volonté — à la Française. D'elle dépend le salut d'un pays qui ne peut et ne doit abdiquer. Le souvenir de notre Histoire constitue pour tous le plus précieux des enseignements. Subissons donc avec dignité et n'oublions pas que les éloges mérités peuvent et doivent nous inciter à persévérer dans une voie peut être difficile, mais qui doit nous conduire, si nous le voulons, à la quiétude salutaire d'une paix durable.

François JANSON.

L'opinion de l'homme de la rue sur les événements

L'homme de la rue est-il surpris par la marche des événements ?

Nullement, car il a déjà pris son parti de la situation qui lui est imposée. Il envisage même l'avenir et veut se mettre au travail sans tarder.

Nous avons interrogé des personnes de toutes les conditions sociales. Leurs réponses sont amusées. Elles prouvent, en effet, qu'une ère nouvelle commence non seulement en France, mais en Europe. Qu'on en juge :

Un marchand de couleurs

— *La France s'est toujours relevée des pires catastrophes. Elle compte, aujourd'hui, sur tous les éléments sains de la population. Il suffit de grouper tous les honnêtes gens pour reconstruire l'édifice qui s'est écroulé. Les Parisiens, comme les provinciaux, sont laborieux, ils veulent se mettre à la tâche sans gaspiller un temps précieux.*

Un restaurateur

— *Je suis resté à Paris parce que l'arrivée des Allemands ne me causait aucune inquiétude. La partie était perdue pour la France ; quitter la capitale ne servait à rien. Mon établissement est donc resté ouvert, et j'ai pu conserver du travail à mes employés. Chacun dans sa sphère a le devoir d'en faire autant. En opérant ainsi, on contribue à rendre une vie normale au pays.*

Un liquoriste

— *Les affaires marchent, bien que l'on éprouve quelque peine à se ravitailler. Les soldats du Reich achètent, paient et contribuent à rendre au commerce sa vitalité. Dans l'état de désagrégation où nous sommes, discourir est criminel.*

Une infirmière

— *La France a subi une grave maladie. Elle s'en guérira en lui administrant tous les soins utiles, c'est-à-dire en demandant à la nation, sans qu'il soit question de partis politiques, de coopérer à son relèvement. Serrons-nous les coudes, luttons avec confiance, et que la leçon du passé dicte notre conduite pour le présent.*

Un ancien officier

— *Châtions les responsables de notre ruine. C'est une œuvre de salubrité à accomplir. Cela fait, ne nous attardons point à gémir sur notre sort. Nous avons commis des fautes impardonnables en laissant à de mauvais bergers le soin de nous conduire. Nos soldats ont combattu avec héroïsme. Soyons dignes d'eux. Notre salut réside en cela.*

Un tailleur

— *Je constate simplement la faillite de notre régime parlementaire. Le temps des complaisances est passé. Je suis persuadé que nous l'avons compris.*

Un crémier

— *En apprenant que les Allemands se préparaient à entrer à Paris, j'étais pessimiste. Cette impression est effacée, le corps d'occupation ayant prouvé qu'il ne nourrissait aucune intention de faire subir à la France tout le poids de la guerre.*

Aux Halles, dans les établissements publics, dans les carrefours, nous avons recueilli des propos identiques : les vrais Français veulent se remettre au travail pour créer un ordre nouveau, basé sur l'équité et non sur le mensonge et le je m'enfichisme. — *André Margot.*

Le Président Roosevelt a formé un nouveau cabinet

La radio anglaise annonce :

On mande de Washington que le Président Roosevelt vient de former un cabinet de coalition. Le parti républicain est représenté par le colonel Frank Knox, propriétaire du « Chicago Daly News », qui dirigera le département de la Marine, et par M. Henri Stimson, chargé du secrétariat de la Guerre.

Le Führer se rendant vers le wagon-salon, où aura lieu la remise des conditions d'armistice. De droite à gauche : le maréchal Goering, le Führer, l'amiral Reader, le général von Keitel, le général von Brauchitsch, le ministre Rudolf Hess et le ministre von Ribbentrop

Les personnalités allemandes présentes à Compiègne

Parmi l'assemblée on put distinguer entre autres : le reichsleiter Himmler, ministre du Reich Dr. Lammers, le chef de la Presse allemande Dr. Dietrich, le reichsleiter Bormann, le général major Jodl, le général des aviateurs Udet, le lieutenant-général Bodenschatz, les secrétaires d'Etat Korner et Bohle, les adjudants militaires et privés du Fuehrer Bruckner, Schaub, Bormann ainsi que d.G. Schmundt, capitaine de frégate von Puttkammer, commandant von Below et le chef Wolff, le sous-secrétaire d'Etat Gaus et le professeur Hoffmann.

Le wagon et la pierre commémorative iront à Berlin

Le représentant du D.N.B. à Compiègne fait savoir que, à l'issue de l'acte mémorable de Compiègne, le Führer a donné les ordres suivants :

1° Le wagon historique allemand, la pierre commémorative et le monument du triomphe gaulois devront être transférés à Berlin ;

2° Les tronçons des deux voies ferrées sont à détruire ;

3° Le monument du maréchal Foch est à laisser intact.

La S.D.N. serait morte

Informations du 22-6-40

Stockholm, 22 juin (D. N. B.). — Le journal *Aftonbladet* publie une nouvelle d'après laquelle on a constaté, à Londres, que la Société des Nations était définitivement morte. Le personnel de la S. D. N. a fui, les locaux sont vides. Seules, les archives survivent comme une précieuse relique ; elles ont été transportées, suivant l'information du *Aftonbladet*, à Bordeaux. Geste symbolique, si l'on peut dire, sous les ruines des démocraties, les derniers restes de la Ligue de Genève ont la meilleure place.

Si, toujours d'après ce journal suédois, on envisage la vente de ces archives à titre de pièces de musée, cette idée mérite d'être prise en considération, car elles n'ont plus aujourd'hui, aucune valeur aux yeux du monde. Ces restes des temps passés ne sont plus, aujourd'hui, bons qu'à être montrés aux visiteurs de musées.

Après la lecture des préambules, la délégation française quitte le wagon et se rend dans la tente

L'entrée au Portugal refusée à certains politiciens français

Madrid, 22 juin (D.N.B.)

D'après des informations de Bordeaux, les consulats portugais en France refusent l'entrée du territoire à certains éléments politiques français peu recommandables, comme par exemple aux membres du Front Populaire qui, d'une manière ou d'une autre, essaient de travailler contre l'Espagne ou le Portugal.

Un général français se réfugie en Suisse

Les journaux suisses signalent qu'en date du 20 courant le général d'Armau de Pouydragan s'est présenté à la frontière suisse et a demandé aux autorités de ce pays de l'interner. On a donné suite à sa requête, sous réserve d'un séjour forcé.

Le général commandait un corps d'armée et fut gouverneur militaire de Strasbourg. Pendant la guerre de 1914-1918, il commandait les chasseurs alpins au Vieil-Armand.

A Paris et en banlieue des écoles sont rouvertes

La Préfecture de la Seine nous a communiqué que les maires de Paris et de la banlieue ont affiché, lundi matin, l'avis suivant : « Toutes les écoles de Paris et de la banlieue acceptent les enfants d'âge scolaire ou post-scolaire. L'indication des écoles ouvertes sera affichée au fur et à mesure de leurs réouvertures. »

Le Führer entre dans le wagon-salon

Le Führer, lors des souhaits de bienvenue du maréchal Goering, l'amiral Reader, le général von Keitel, le général von Brauchitsch, le ministre de l'Extérieur du Reich von Ribbentrop et le ministre du Reich Rudolf Hess.

Les plénipotentiaires français rejoignent leur tente après la lecture des préambules

004

005 **006** ヒトラーのこれらの写真は、『わが闘争』に長々と書いているように、戦争に勝利しフランスに復讐をして、興奮のあまりダンス・ステップを踏んでいるかのように見えるが、これらは連合国側が彼らを嘲笑するために、『蝉と蟻』と呼ばれる空中ビラに使用したものである。1943年1月14日から3月28日にかけてフランス上空でばらまかれたこのビラは、1940年6月のフランス休戦協定と1942年11月8日の連合軍の北アフリカ上陸を視野に入れている。

005

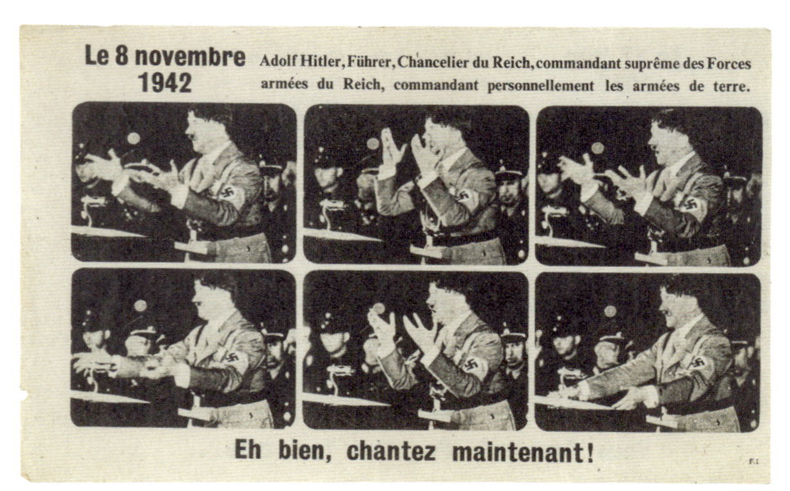

006

007 1944年にイギリスの情報省が出版した『ダンケルクからJの日まで』という本でも、「ヒトラーの狂乱（ヒステリー）」を糾弾するために、同様の写真が紹介された。その目的は、「戦争に直接参加した人々の目を通して、戦争の連続する局面を示すことである。……この戦争はヒトラーにとって最も有利な支援のもとに始まったが、今やその方向性が根本的に変わり、ナチズムとその一連の悪の消滅を容赦なく追及している」

L'hystérie d'Hitler, que l'on dénote dans certains de ses discours coupés de cris aigus, n'est apparemment pas limitée à la tribune. Ces photographies, extraites d'actualités allemandes, montrent son extase hystérique en apprenant la chute de la France. Ainsi se comportait l'homme qui se prenait pour le Maître du monde.
■ Un geste théâtral typique d'Hitler : il remet à la France ses conditions d'armistice, à Compiègne, dans le wagon même ou Foch remit aux Allemands, en 1918, les conditions des Alliés. On voit le Général Huntziger, représentant Pétain, monter dans le wagon.
VOITURE-RESTAURANT

第20章
1940年、フランスのヒトラー

『わが闘争』のなかで、ヒトラーは第一次世界大戦の戦闘に参加したときのことをしきりに語っている。彼がフランドルで砲火の洗礼を浴びたのは1914年10月、イープルの最初の戦いのときだった。「……音を立てて壊れはじめ、うなり声をあげ、歌い、吠えはじめた。そして今、それぞれが熱に浮かされたような目で、前へ前へと、速度をどんどん上げて進み、テンサイ畑と垣根を一挙に越えて、人間対人間の闘いが始まった。……4日後、我々は戻ってきた。歩調さえも変わっていた。17歳の少年たちが大人の男に見えた」

1940年6月にフランスを訪れた際にもこのような叙述内容の操作は続き、先の紛争時の駐留軍の足取りをたどることを望んだ。公式カメラマンのホフマンの作品『西部のヒトラー』では、1933年以降ナチスのプロパガンダで頻繁に使用されてきた1916年の前線でのヒトラーの写真(彼は右側にすわっている)が、1940年6月1日、かつての戦闘仲間二人、エルンスト・シュミードとマックス・アマンとともに、同じ場所で撮影された。アマンは1916年にヒトラーを指揮下に置き、ともにランツベルクに収監され、親友となった。ヒトラーに本のタイトルを原題の『嘘、愚かさ、臆病さとの4年半の闘い』ではなく『私の闘い』とするよう勧めたのはアマンだった。

008 この1916年という年は、ヒトラーの神話を構築するうえでより一層重要だった。というのも、ヒトラーが大腿部を負傷したのは10月5日のことであり、『わが闘争』に書かれているように前線においてではなく、2キロメートル後方の地点でのことだったからだ。とりわけ彼は、次のように書いている。「9月末、私の師団はソンムの戦いに参戦していた。……1916年10月7日、私は負傷した。幸いにも、私は後方へたどり着き、輸送隊とともにドイツに戻ることになった」。バイエルン師団はたしかにソンムの戦いに参戦していたが、ヒトラーが

Im Quartier 1916

Der Führer besichtigt mit zwei Frontkameraden, Reichsleiter Amann und Ernst Schmied, das Quartier von 1916 008

所属していた第16連隊が戦闘に加わったのは10月16日だった。ヒトラーはソンムで負傷したが、ソンムの戦いの最中ではなかったのだ！　ヒトラーは自分が所属していた伝令の避難所近くで砲弾が爆発し、大腿部に軽傷を負い、治療のため帝国に避難した。

009 010 1940年6月2日の日曜日、ヒトラーはフランスに対して初の勝利を味わった。アンナップのブリゴッド城で

Der Führer besucht das Kanadier-Denkmal auf der Vimyhöhe . . .

009

. . . und die Lorettohöhe
Ein verdienter Armeeführer, Generalfeldmarschall von Kluge, begleitet den Führer

010

一夜を明かしたヒトラーは、ヴァルター・ハイッツ将軍とともにブーシャンを訪れた。その後、リールとポンタマルクを通り、フォン・クルーゲ将軍と会談を行った。それから、ランス、ヴィミー方面へ向かい、カナダ人記念館を訪れ、ノートルダム・ド・ロレット国立墓地を訪れた。

そして、アラスとドゥエを経由し、カンブレー近郊のニエルニーで、シャルルヴィル行きの飛行機に乗って、帰路についた。

011 012 013 1940年6月14日、ドイツ軍がパリに入った。4日後、ヒトラーはすぐに挨拶に訪れた。6月23日、あるいはいくつかの情報筋によれば28日、ヒトラーは今度は観光客として、征服したばかりの街を訪問し、彫刻家のアルノ・ブレーカー、建築家のアルベルト・シュペーア、ギースラーを伴って、建築物を鑑賞した。束の間の訪問は、朝6時にル・ブルジェ飛行場から始まった。ラファイエット通りを歩き、オペラ座に入って詳しく見学し、マドレーヌ大通りを通って、ロワイヤル通りを抜け、コンコルド広場に着き、凱旋門へ向かった。一団は、フォッシュ通りを通って、トロカデロに

Paris. Am Trocadero. Im Hintergrund der Eiffelturm

011

Der Führer verläßt St.Madelaine. Links vom Führer Prof.Speer und Prof.Giesler, rechts vom Führer Prof.Breker

012

Rundgang durch die Oper von Paris

013

やってきた。トロカデロ広場では、公式写真を撮影した。観光はその後、アンヴァリッドまで続き、ヒトラーはナポレオンI世の墓の前で、長い時間瞑想した。それから、リュクサンブール公園を訪れた。最後に、二人のボディガードから距離を置いてサン・ミッシェル大通りを歩き、サン・ミッシェル広場で再び車に乗った。一団はシテ島に到着し、ヒトラーはサント・シャペルとノートルダム寺院を鑑賞した後、右岸に向かった。その後、オペラ座、ピガール、サクレ・クール寺院方面をまわった。3時間ほど見学した後、ヒトラーは現地を発った。ヒトラーの乗った飛行機はパリの上空を飛び、ヒトラーはその後二度と見ることのないパリの街を空から眺めた。

彼はこの訪問をどう思っていたのだろうか。1941年10月29日、ヒムラー、トッド、ダンツィヒのガウライター、フォルスターも出席した夕食会でこの質問をしたのは、フォン・クルーゲ将軍だった。

「パリの旧市街は格別な印象を与える。壮大な眺望は力強い。……エッフェル塔を除けば、パリには、たとえばローマのコロッセウムのように、街に特徴的な印象を与えるものが何もない。しかし私は、パリを破壊しなくてよかったと思った。サンクトペテルブルクやモスクワを地図から消し去るという考えには冷酷なままだが、パリを破壊していたら私は苦しんだことだろう。アンヴァリッドのドームは印象深い。だが、パンテオンはひどく失望した。あそこには胸像しかなかった。こういった彫刻は癌腫のように増殖する。一方、マドレーヌ寺院には簡素な壮麗さがある。……パリの[オペラ座の]内部は、あまりにも過密すぎる。私は朝早い時間、6時から9時のあいだしか見なかった。人々をできるだけ興奮させたくなかった。私を最初に見つけた新聞売りは、驚きのあまり言葉を失っていた。リール[通り]にいたフランス人女性が、窓際に立って、私に気づいて「悪魔よ！」と叫んだ姿が、今も目に焼きついている。最後はサクレ・クール寺院だった。なんてひどい！　だが、総じて言えば、パリはヨーロッパ文明の証である」

第21章
フランスのプロパガンダ

われわれが考えることとは反対に、フランスにおけるドイツのプロパガンダにも、ヴィシー政権のプロパガンダにも、ヒトラーのイメージはほとんどなかった。ドイツ側にとって、それはつまり、歴史上最も大きな軍事的敗北のひとつによって精神的な傷を負った国に、勝者のイメージを押し付けたくなかったからだ。そして何よりも、自国の領土のほぼ全域に広がるドイツ軍の存在に対して、すでに大多数が敵意を抱いている国民を、これ以上敵に回したくなかったのだ。国民はできるだけ平静を保ち、できるだけ早く本来の活動に戻らなければならなかった。ヴィシー側はフランス国家の新しい元首であるペタン元帥のイメージを前に押し出そうとし、日増しに増大し制限を強めていくドイツ軍の要求から国民を守るための盾として、すぐにプロパガンダが登場した。

しかし、ある出来事がその状況を変えることになる。1940年10月24日、モントワールの小さな駅でのペタンとヒトラーの会談である。たしかに、この会談は、外交的観点からすれば、ヒトラーから何の譲歩も得られなかったペタンにとっては失敗だったが、政治的、イデオロギー的観点からすれば、とくに重要性を帯びていた。実際、会談の後、ペタンは10月30日のラジオ演説で次のように発表した。「ヨーロッパの新しい秩序における建設的な活動の枠組みにおいて、フランスの統一——10世紀にわたる統一——を維持するために、私は名誉のために、今日、協力（コラボラシオン）の道に入る」。ヴィシー政権が提案したこの国家協力は、ドイツ軍を驚かせた。しかも、会談は急遽準備されたものだった。当初ヒトラーはアンダイエでフランコと会うためにフランスを横断したのであって、ペタンに会うためではなかったのだ。

014 プロパガンダ当局はこの会談のどのような画像を使用することができたのだろうか。というのも、この会談を追うことを認められたジャーナリストは一人もいなかったのだ。ドイツのプロパガンダ

CELA VEUT DIRE QUELQUE CHOSE POUR LA FRANCE

Si nous ne pouvons connaître les impressions du Maréchal, nous pouvons reproduire les impressions d'un témoin.
« Les officiels qui assistaient à l'entrevue ont été étonnés par l'extrême vivacité d'esprit du vainqueur de Verdun. Le Führer en avait fait la remarque lui-même. Ce fut une minute d'émotion intense lorsque les deux hommes se rencontrèrent. Nous eûmes tous l'impression que quelque chose de très grand venait de se passer. Ce fut seulement plus tard que nous en comprîmes toute l'importance pour l'avenir de l'Europe. »

014

当局が撮影した、二人が握手をしている不鮮明な写真しかなかった。この握手は、ドイツのニュース映画で上映された映像のなかにほんの一瞬現れるだけだ。実際、歴史的な握手の瞬間、カメラマンの視界にはドイツ帝国外相リッベントロップの背中しか入っていなかった。そして、会談後、二人の写真は他には一枚も撮影されなかったのだ。そのため、このたった一枚の写真が、会談を不朽のものとし、また神話化するために、何度も繰り返し使用されている。しかし、占領地域の親ドイツ派の新聞の第一面には、まったく登場しなかった。たとえば、週刊誌『ラ・スメンヌ』は、不意を突かれたからか、あるいはドイツの検閲の許可待ちだったのか、ペタンの演説の翌日、1940年10月31日に、会談には直接言及することなく、ヒトラーの写真だけを掲載し、こう書いている。「元帥の印象を知ることはできないが、目撃者の印象を再現することはできる」

015 『ラ・スメンヌ』誌がモントワールの会談について再び取り上げるのは、1940年11月7日号を待たねばならず、第一面を飾ったのは地元の駅長メヌトー氏の写真だ。ヒトラーとペタンについては、見開きページで、ヒトラー、フランコ、ムッソリーニの写真に埋もれるように、この会談の写真が掲載された。これは、この会談をできるだけ目立たないようにするための方策だったのか、それとも逆に、協力（コラボラシオン）の名のもとにヒトラーと同盟を結んだ二人の独裁者と同じレベルで紹介するためだったのだろうか。

EN 5 JOURS LE FUHRER PARCOURT 3 PAYS ET RENCONTRE 3 CHEFS D'ÉTAT

MERCREDI 23 OCT. MATIN

M. LAVAL EST ALLÉ REJOINDRE LE FUHRER A MONTOIRE. M. VON RIBBENTROP LE REÇOIT AU WAGON SALON QUI SE TROUVE EN GARE.

JEUDI 24 OCT.

LE MARECHAL PETAIN SE REND AUPRES DE M. HITLER. LE LIEU DE L'ENTREVUE EST MONTOIRE. QUELQUES JOURS APRES, LE MARECHAL COMMENTE SON GESTE.

MERCREDI 23 OCT. SOIR

LE FUHRER POURSUIT SON VOYAGE. LES JOURNAUX COMMENTENT L'ENTREVUE AVEC M. LAVAL. FRANCO MONTE DANS LE WAGON SALON A SON TOUR.

LUNDI 28 OCT.

LE VOYAGE DU CHANCELIER SE POURSUIT. IL ARRIVE A FLORENCE. LE DUCE ET LUI ONT UN IMPORTANT ENTRETIEN. ON PARLA BEAUCOUP DE L'EUROPE.

015

016 モントワールの握手の象徴性は非常に強く、1942年3月1日から6月15日までサル・ワグラムで開催されたパリの展覧会「ヨーロッパに対するボリシェヴィズム」で、絵画として複製され、その後、リール、リヨン、ボルドー、マルセイユ、トゥールーズを巡回した。挿絵画家のミシェル・ジャコは、ジャック・ドリオのフランス人民党に近い熱心な対独協力者だった。

017 この握手は、1940年秋にドイツとの国家協力を選択するという赤線を越えたことを糾弾するために、レジスタンスやフランス解放運動によってしばしば用いられた。1945年のペタンの裁判の際

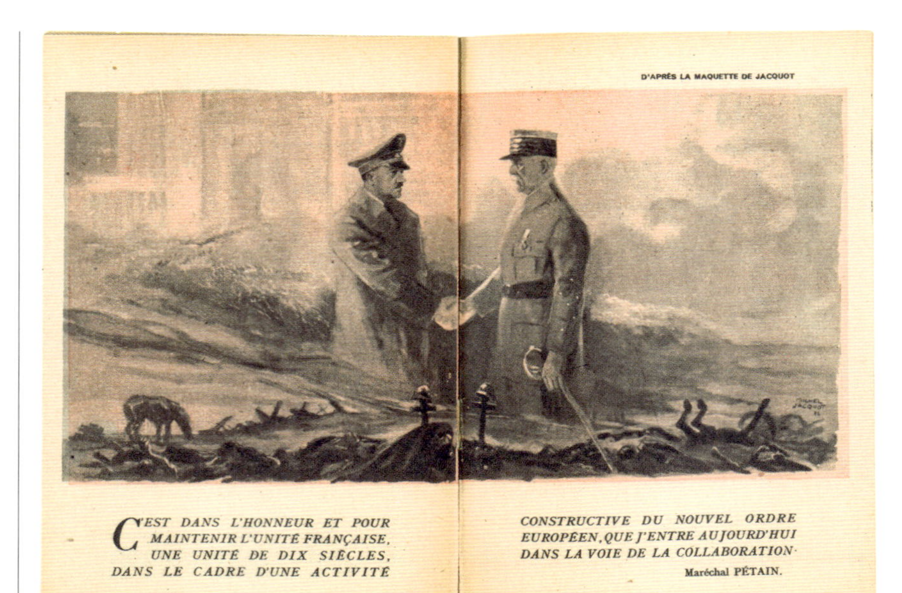

D'APRÈS LA MAQUETTE DE JACQUOT
C'EST DANS L'HONNEUR ET POUR MAINTENIR L'UNITÉ FRANÇAISE, UNE UNITÉ DE DIX SIÈCLES, DANS LE CADRE D'UNE ACTIVITÉ CONSTRUCTIVE DU NOUVEL ORDRE EUROPÉEN, QUE J'ENTRE AUJOURD'HUI DANS LA VOIE DE LA COLLABORATION.
Maréchal PÉTAIN.

016

LE PROCÈS HISTORIQUE de Pétain

TEXTE INTÉGRAL

de l'arrêt

de la Haute Cour de Justice

PRIX : 3 FRANCS

017

に出版されたこの冊子の表紙のように、この握手はこの政策を説明するためにしばしば複製された。

ヒトラーの演説はしばしば新聞に転載された。ほとんどの場合、いくつかの抜粋が掲載されるだけだったが、

SUPPLÉMENT AUX JOURNAUX
LE PETIT COMTOIS, LA REPUBLIQUE DE L'EST, LE PAYS DE MONTBELIARD,
LE JOURNAL DE PONTARLIER, LA FRONTIERE,
L'ACTION JURASSIENNE, LE SALINOIS

LE DISCOURS DU FÜHRER

Une poussée mortelle contre la mentalité ploutocratique et juive des fauteurs de guerre britanniques
A la veille d'événements décisifs,
c'est l'année 1941 qui apportera la victoire des jeunes peuples et le renouveau européen, la paix pour tous.

Berlin, 30 janvier.

Sortant des ateliers, le peuple de Berlin s'était assemblé en tenue de travail dans la grande salle du « Sportpalast », pour écouter le discours prononcé par le Führer.

L'estrade était ornée d'un énorme aigle en or, le symbole du mouvement national-socialiste. Les drapeaux et les étendards des sections de Berlin étaient massés au bas de la tribune. La section d'honneur de la garde du corps : « Adolf Hitlers Leibstandarte », a présenté les armes à l'entrée du Führer.

Devant l'estade avaient pris place les plus hauts dignitaires de l'armée, les ministres, les statthalter et les gauleiter qui ont pu venir assister à cette cérémonie historique.

Le Dr. Gœbbels a salué le Führer au nom du mouvement national-socialiste de Berlin. « Il y a huit ans, a-t-il dit, que vous rassemblies dans les rues du centre de Berlin les hommes et les femmes de la capitale pour venir défiler devant vous. C'est nous qui avons eu l'honneur de vous jurer fidélité, une fidélité inébranlable, et de vous servir. Cette promesse, nous l'avons tenue. En ces huit ans, le peuple allemand vous a donné tout son amour et toute sa fidélité. Vous, notre Führer, vous vous êtes dévoué au peuple allemand et l'avez conduit de victoire en victoire, de triomphe en triomphe. Nous savons que de dures journées nous attendent, mais nous vous renouvelons notre serment de fidélité.

» La ploutocratie britannique aura tout fait pour s'efforcer de détourner ce peuple de vous, une seule fois dans l'histoire, le peuple allemand aura connu un 9 novembre. »

LE FUHRER PARLE

Le Führer a fait un exposé historique de la situation de l'Allemagne il y a huit ans :

« La cause véritable de l'état si misérable de l'Allemagne d'alors, a déclaré Adolf Hitler, a été naturellement la guerre mondiale, mais ce n'est pas l'Allemagne qui est responsable de la Grande Guerre, des docteurs américains, qui travaillaient sur l'ordre du président Roosevelt d'alors, l'ont eux-mêmes constaté. Les véritables causes de la guerre sont dues à ce que l'Angleterre voulait affirmer sa domination mondiale. La démocratie n'était qu'un masque. Derrière la démocratie, il y avait en réalité la domination des peuples et l'asservissement des hommes. Les camps de concentration n'ont pas été inventés en Allemagne, mais en Angleterre. Les Anglais, en créant de pareilles institutions, ont appris à briser la résistance des peuples et à les rendre disposés à accepter le joug anglais de la démocratie.

A la suite de ce long chemin taché de sang, nous constatons que quelques Anglais possèdent les trois quarts du monde : 46 habitants environ par cinquante kilomètres carrés. Cette constatation est essentielle parce que d'impudents menteurs démocratiques osent affirmer que des Etats dits autoritaires cherchent à conquérir le monde alors que les véritables conquérants sont nos ennemis de vieille date. Cette tentative de dominer le monde se poursuit à l'heure actuelle, non pas par la puissance d'une idée, mais toujours, quant à l'essentiel, par la force et par la puissance des intérêts capitalistes et économiques.

L'Angleterre : Un empire de la rapine

Pendant trois cents années, il n'y a pratiquement pas eu d'Allemagne. Pendant ce temps, les Anglais parlaient de Dieu, mais avec, dans les yeux, leurs intérêts économiques. Pendant ce temps, le peuple allemand a donné aux querelles religieuses une telle importance qu'il s'est plongé dans une guerre sanglante durant plusieurs centaines d'années. Dans la mesure où le peuple allemand a usé sa force à l'intérieur de son pays, cessant par là de jouer un rôle en tant que facteur de puissance à l'extérieur, dans cette mesure l'Angleterre a pu se constituer un empire par la rapine. Mais il n'y a pas que l'Allemagne qui ait été, pendant trois siècles, écartée des partages des biens de cette terre. L'Italie a subi un pareil sort, un équilibre de forces s'est institué en Europe, équilibre que l'Angleterre a dénommé « équilibre européen », mais qui, en réalité, n'était qu'une désorganisation des continents européens au seul profit des Iles Britanniques. Les buts de la politique britannique ont été depuis des siècles de maintenir cette désorganisation. Bien sûr, on ne lui donnait pas ce nom de désorganisation, non, on avait trouvé un mot plus beau. Oui, on n'a pas parlé de la désorganisation du peuple, on a parlé d'un équilibre des forces.

La puissance d'Angleterre : Une illusion

Et pourtant, lorsque nous parlons, encore aujourd'hui, de la puissance mondiale de l'Angleterre ou que nous disons que l'Angleterre est maîtresse du monde, ce n'est plus qu'une illusion. L'Angleterre est, actuellement, malgré ses pillages universels, l'Etat le plus arriéré socialement qu'il y ait en Europe, de par sa structure intérieure. Un Etat socialement arriéré, c'est celui dont l'activité tout entière sert les intérêts d'une classe dirigeante peu nombreuse et mince, ainsi que de la communauté juive qui est liée à cette classe dirigeante. Les intérêts des grandes masses ne jouent aucun rôle dans la politique de cet Etat. Là encore, on recourt à la phraséologie : on parle de liberté, on parle de démocratie, on parle des propriétés d'un système libéral et cependant, par là, on n'entend rien d'autre que la stabilisation d'un régime dans lequel il devient possible à une clique de prendre la presse en main grâce à son capital, de la diriger et de former ainsi l'opinion publique.

Il a été ainsi possible que, dans un Etat disposant des plus grandes richesses de l'univers et possédant des espaces gigantesques, des millions d'hommes ne participent d'aucune façon aux bienfaits de la civilisation, mais, au contraire, vivent plus misérablement que les habitants de nos Etats surpeuplés de l'Europe centrale. La puissance mondiale britannique n'est plus qu'une apparence vue de l'extérieur. Le monde a de nouveaux centres. De nouveaux Etats se sont formés. L'essence même de l'idée de domination mondiale britannique est fondée toujours sur l'aide qu'elle pourrait obtenir afin de pouvoir se retourner contre le continent. Mais il s'est créé, en dehors de ce continent européen, de grands Etats que l'Angleterre ne peut pas attaquer. L'Angleterre est obligée maintenant d'essayer de se servir d'une partie du monde contre l'autre pour pouvoir maintenir, tout au moins, l'apparence d'une puissance mondiale. En Europe, l'éveil des peuples a empêché la désorganisation du continent. Il s'est créé le nouveau Reich de la nation allemande et, dans le Sud, l'Italie. Il s'est ajouté à cela de nouveaux éléments qui réduisent à l'état de chimère l'équilibre des forces. Ce dernier n'existe plus. Si aujourd'hui les Anglais croient qu'il suffit de répéter la ritournelle de la propagande de 1917 pour obtenir de nouveaux résultats, nous pourrions penser qu'ils n'ont rien appris. Le peuple allemand, lui, a appris depuis, mais il n'a aussi rien oublié. Nous ne voulons pas être mesquins. Au cours de l'Histoire, bien des manquements se sont produits à la parole donnée. Mais ce qui s'est passé de 1918 à 1921 était une série continuée de manquements à la parole donnée. Aucune nation n'a été aussi durement touchée que le peuple allemand d'alors.

« L'honorabilité » des paroles démocratiques

« Le peuple allemand a eu, autrefois, l'occasion, d'année en année, de réfléchir sur l'honorabilité des assurances et des paroles démocratiques et sur l'honorabilité des hommes d'Etat démocrates. Il a eu l'occasion de faire, par lui-même, des comparaisons. C'est de cette époque qu'est sorti, enfin, le mouvement national-socialiste ».

Hitler s'est attaqué ensuite à la création du mouvement nationl-socialiste qui a réalisé, le premier, l'idée jusqu'alors traitée de fantastique, d'unir la pensée nationale au socialisme. Ce procédé n'a réussi que dans un deuxième Etat : l'Italie.

Dans quelques démocraties, on essaye de donner l'apparence que l'on voudrait réaliser la même union.

La communauté nationale allemande

Le Führer poursuivit :

« Quand j'accédai au pouvoir, en 1933, notre chemin était clairement tracé. A l'intérieur, il était nettement délimité par une lutte de quinze années. Je manquerais à l'honneur et je mériterais d'être lapidé, si je déviais ou si j'avais dévié d'un seul pas dans ce programme. Ce programme postulait : au point de vue social, l'établissement d'une communauté nationale allemande, l'abolition de tout préjugé de classe et d'état social, l'éducation de l'homme allemand dans le sentiment de la communauté et, si nécessaire, la destruction par la force de la résistance de ceux qui ne voudraient pas se soumettre à cette communauté ; au point de vue économique, l'établissement d'une économie nationale dans laquelle l'importance de l'initiative privée serait reconnue, l'ensemble de la vie économique étant au service de l'intérêt général et subordonné à ce dernier. Dans ce domaine aussi, tout autre but est inconcevable.

En des époques au cours desquelles les peuples sont contraints de défendre leurs intérêts sur les champs de bataille, ils ne peuvent faire la distinction entre ceux qui ont beaucoup et ceux qui ont peu à défendre. En de pareilles époques, les cantages économiques ou les privilèges qui sont contraires à l'intérêt général, ne sauraient être maintenus.

L'abolition du traité de Versailles

J'ai fixé un programme : l'abolition du traité de Versailles. Qu'on ne joue donc pas, dans le vaste monde, la comédie de prétendre que se programme n'a été découvert, par moi, qu'en 1933. Que ces messieurs se donnent donc la peine de bien vouloir lire ce que j'ai écrit des milliers de fois. Le traité de Versailles était la plus grande injustice, et la plus abominable atteinte portée à un grand peuple, que l'histoire ait jamais vues. Ce programme, je l'ai défendu déjà en 1919, et c'est l'époque que je l'ai fait connaître pour la première fois.

Ce programme a été, au cours des années de lutte pour la prise du pouvoir, un engagement impératif et solennel pour moi, mais là encore, je ne voulais pas réaliser ce programme par la violence. J'ai plaidé, j'ai parlé autant qu'il est humainement possible. Mes discours au Reichstag en font foi. Quelles propositions n'ai-je pas faites ? En quels termes n'ai-je pas supplié qu'on se laisse guider par la raison et qu'on n'enlève pas les moyens d'existence à un grand peuple ?

018

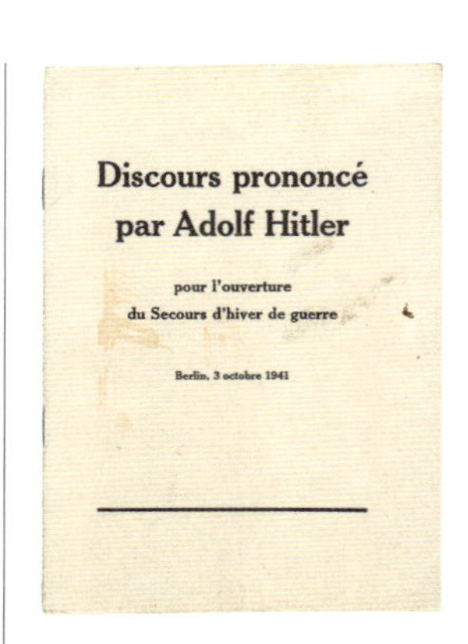
Discours prononcé par Adolf Hitler
pour l'ouverture du Secours d'hiver de guerre
Berlin, 3 octobre 1941

DISCOURS D'ADOLF HITLER
PRONONCÉ A MUNICH POUR LE 21e ANNIVERSAIRE DE LA FONDATION DU PARTI NATIONAL-SOCIALISTE
LE 24 FÉVRIER 1941

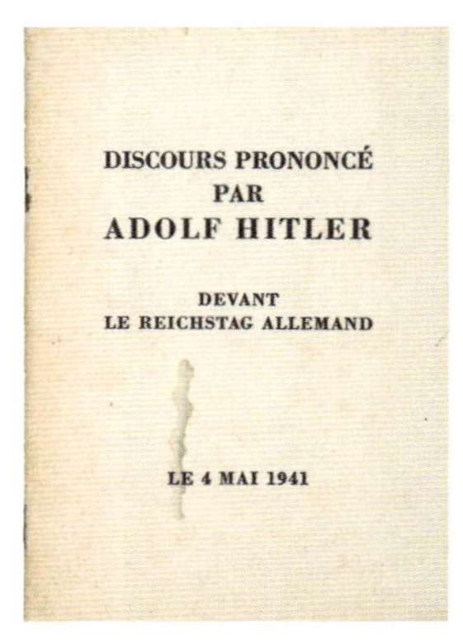
DISCOURS PRONONCÉ PAR ADOLF HITLER
DEVANT LE REICHSTAG ALLEMAND
LE 4 MAI 1941

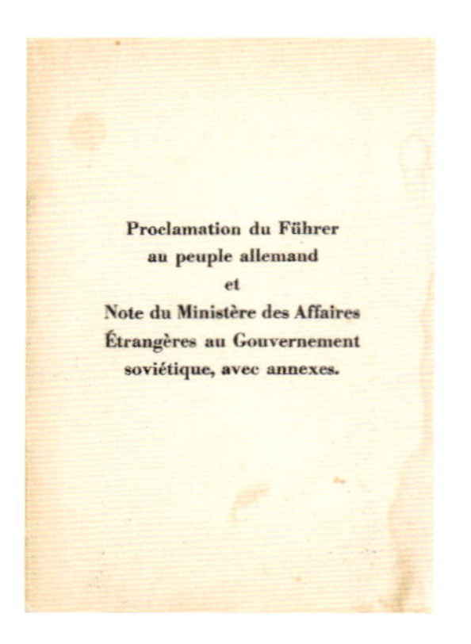
Proclamation du Führer au peuple allemand et Note du Ministère des Affaires Étrangères au Gouvernement soviétique, avec annexes.

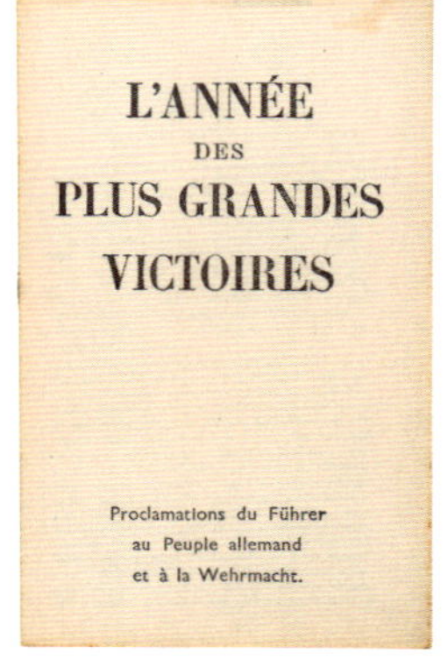
L'ANNÉE DES PLUS GRANDES VICTOIRES
Proclamations du Führer au Peuple allemand et à la Wehrmacht.

LES RESPONSABILITÉS DE ROOSEVELT
Discours prononcé par ADOLF HITLER le 11 Décembre 1941, devant le Reichstag.

019

ときには付録や、パリのドイツ大使館に付属する機関プロパガンダスタッフルが発行する分冊の形で、全文が掲載されることもあった。

020 人気小説家ジャン・ド・ラ・イール、本名アドルフ・デスピは、マルセル・デアのRNPとグループ・コラボラシオンにおいて、協力政策に参加していた。彼は、ハンガリー生まれのユダヤ人兄弟アレクサンドルとアンリ・フェレンツィがナチスによって出版社を奪われて以来、彼自身が経営していた出版社éditions du Livre moderneから、1942年に、『ヒトラー、彼は我々に何を望んでいるのか？』を出版した。作品全体として、2つの国民のあいだの永続的な平和を保証するために不可欠な独仏の協力関係を正当化する傾向にあり、その結論は次のように要

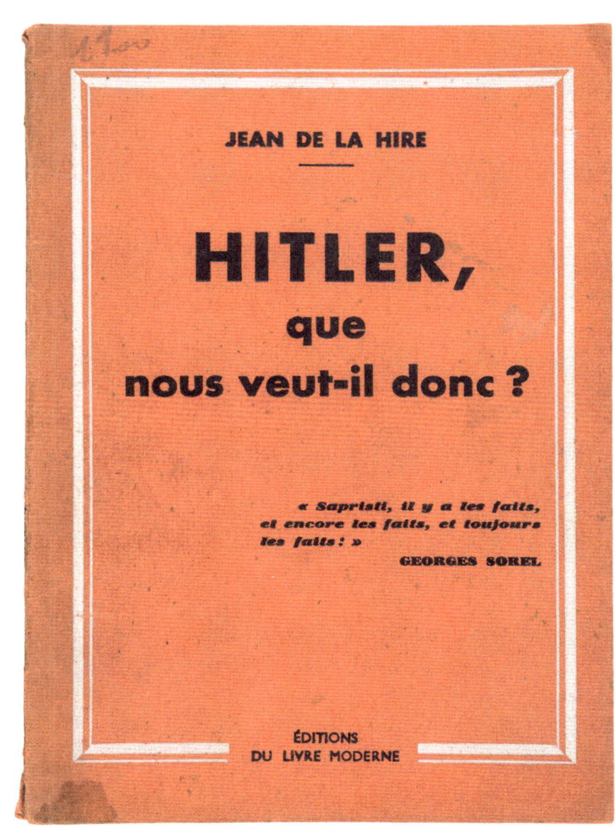

020

約される。

「簡潔な言葉で言えば、つまり、ドイツ人医師フリードリヒ・グリムの言葉を借りれば、アドルフ・ヒトラーはヴィクトル・ユゴーの予言が実現することを望んでいるのだ。ユゴーは、『懲罰詩集(Les Châtiments)』のなかでこう書いている。

『ドイツはヨーロッパの心臓であり、フランスはその頭である。それらの結合は世界の平和となるであろう。』

ヴィクトル・ユゴーがフランス人であること、そして、彼の普遍的で不滅の栄光が純粋なフランスの天才の栄光であるということを否定する人がいるだろうか。

フランスの思想家であり作家であったヴィクトル・ユゴーが、ほぼ一世紀のときを経て、ドイツの総統アドルフ・ヒトラーと、フランスの元帥フィリップ・ペタンと出会ったという事実を称賛しよう――そして、その3本の松明が結合した明るい炎に照らされることは、合理的で有益なことなのだと考えよう」

021 ヒトラーが協力主義者の新聞に登場するのは稀で、それはこの「英雄記念祭の日」のような制度的な記念日の機会である。3月18日に祝われるこの日は、第一次世界大戦後、多くの国々と同様に、しばしば「もう二度と！」というスローガンとともに戦没者を追悼するために制定された「国民哀悼の日」を継ぐものである。1934年に、ヒトラーがこの日を国民の祝日とし、死者を悼むという意味合いではなく、国家社会主義を守るために闘っている生ける英雄を称えるという新しい名称をつけた(『トゥットゥ・ラ・ヴィ』紙、1942年3月26日号)。

LA JOURNÉE DES HÉROS

L'Allemagne a le culte de ses héros. Le souvenir de ceux qui ont donné leur vie pour la patrie et pour le triomphe de leur idéal est entouré de soins pieux et exalté solennellement. Une forte et durable civilisation ne peut être fondée que sur l'héroïsme et le sacrifice. C'est ce qu'a compris le IIIe Reich. Chaque année, une « journée des héros » permet à un peuple entier d'honorer ses grands morts et aux jeunes générations de tremper leur volonté en méditant l'exemple de leurs aînés. Sur notre photographie, prise au cours de la grandiose manifestation du 15 mars, on voit le Chancelier Hitler saluer un grand invalide de cette guerre.

Photo Nora.

021

022 023 1942年11月8日の連合軍の北アフリカ上陸に続いてドイツ軍が非占領地域に侵攻したという口実が真実であったとしても、その実行のために選ばれた11月11日という日付は悪意のないものではなく、フランス人にはしばしば新たな屈辱として受け止められた。1940年6月の休戦協定で境界線が設定されていたにもかかわらず、この境界線を越える正当な理由は「パリ・ツァイトゥング(Pariser Zeitung)」紙に掲載された『ヒトラーからフランス国民へのメッセージ』に記されている。このゼネラリストの2カ国語の日刊紙は、占領地域のドイツ軍とともにフランス国民にも向けられたものであった。

SONDERAUSGABE

PARISER ZEITUNG

Preis: 1. Fr.

Nr. 311 Jahrg. 2 Mittwoch, 11. November 1942

DEUTSCHE WEHRMACHT ÜBERNIMMT SCHUTZ DER FRANZÖSISCHEN KÜSTE

Befehl zum Durchmarsch durch das bisher unbesetzte Gebiet — Gegen englisch-amerikanische Angriffspläne auf Korsika und die französische Küste

DER FÜHRER AN MARSCHALL PETAIN

Herr Marschall!

Ein Aufruf des Führers an das französische Volk

Die Rolle Admiral Darlans

Pétain an Chatel

022

11. November 1942 PARISER ZEITUNG Seite 2 — Nr. 311

Les troupes allemandes assurent la protection des côtes françaises

L'ordre a été donné de traverser la zone non occupée. Cette mesure est dirigée contre les projets d'attaque anglo-américains contre la Corse et la côte française

Une lettre du chancelier Hitler au maréchal Pétain

Le Führer-Chancelier Adolf Hitler a adressé au Maréchal Pétain, chef de l'État, la lettre suivante :

« Monsieur le Maréchal,

« Depuis le jour où le sort m'appela à conduire les destinées de mon peuple, je me suis sincèrement efforcé d'améliorer nos relations avec la France, fût-ce au prix de pénibles renonciations de la part de l'Allemagne. Si ces efforts sont demeurés vains, il n'y a pas là de ma faute. Les déclarations de guerre que l'Angleterre et la France ont adressées à l'Allemagne, le 3 septembre 1939, m'ont d'autant plus profondément affecté, et avec moi le peuple allemand, que ni l'Angleterre, ni la France ne pouvaient invoquer, pour ce faire, de motif tant soit peu plausible. Malgré l'issue précipitée et si désastreuse pour la France de cette campagne, je n'ai pu me défaire de l'idée qu'il fallait laisser le champ libre, du moins à l'avenir, à l'établissement d'une meilleure solidarité européenne.

« C'est dans cet esprit que je n'ai inséré dans les conditions de l'armistice aucune clause qui fût en contradiction avec les buts énoncés dans le préambule, ou qui ne fût pas absolument indispensable pour atteindre ces fins. Aussi le Reich allemand n'a-t-il pas profité à ce moment-là de la faiblesse de la France pour se livrer à des extorsions, mais il s'est contenté d'exiger uniquement ce qu'en pareille occurrence un vainqueur est contraint d'exiger, notamment de voir ses succès bien assurés, en d'autres termes d'obtenir la garantie que l'armistice ne soit pas un épisode passager, mais la conclusion effective de la guerre. Enfin, le Reich exigeait qu'en aucune circonstance cet armistice ne pût, en raison même de sa modération, donner lieu à un affaiblissement de la situation militaire de l'Allemagne, au cas où l'intransigeance des anciens alliés de la France eût provoqué une prolongation de la guerre.

« A cette époque, l'Allemagne n'a pas élevé de revendication quant à la marine de guerre française. Elle n'a pas empiété le moins du monde sur la souveraineté du gouvernement français dans son Empire colonial.

« Dans l'espoir de pouvoir encore porter la guerre en Europe, l'Angleterre et l'Amérique ont dès lors commencé à attaquer et à occuper les territoires français de l'Afrique occidentale et de l'Afrique du Nord. La France, de son côté, n'est pas en mesure, à la longue, de tenir tête à ces agressions. D'autre part, l'Allemagne et l'Italie ne sauraient en aucun cas tolérer que la convention d'armistice ait des conséquences devant nécessairement finir par tourner à leur désavantage. Une observation attentive des transports militaires anglo-américains, ainsi qu'un certain nombre d'informations qui ne laissent plus subsister aucun doute, ont appris aux gouvernements du Reich et de l'Italie que les prochains objectifs de l'invasion anglo-américaine sont la Corse et le Midi de la France.

« En conséquence, les prémisses et les bases de la convention d'armistice se trouvent supprimées sans que la faute puisse en être imputée à l'Allemagne et l'Italie. Eu égard à ces faits, les gouvernements allemand et italien ont convenu de prendre d'urgence les mesures susceptibles d'enrayer le plus efficacement possible la continuation des agressions anglo-américaines.

« Les circonstances étant telles, Monsieur le Maréchal, j'ai l'honneur et le regret à la fois de vous faire savoir que, pour écarter le danger qui nous menace, je me suis vu forcé, de concert avec le gouvernement italien, de donner ordre à mes troupes de traverser la France par la voie la plus directe pour occuper la côte de la Méditerranée et, secondement, de participer à la protection de la Corse contre l'agression imminente des forces armées anglo-américaines. C'est surtout la conduite d'un général français qui m'a amené à agir ainsi. Celui-ci, au cours de sa captivité, avait simulé une maladie et, de ce chef, il lui avait été accordé certaines facilités dont il a profité pour s'évader. A l'encontre de l'assurance qui m'a été donnée de son engagement d'honneur envers vous, Monsieur le Maréchal, il s'est décidé non seulement à combattre désormais contre l'Allemagne, au service des puissances anglo-saxonnes, auteurs de l'agression, mais même contre son propre pays.

« En outre, je vous informe à cette occasion, Monsieur le Maréchal, que l'action des troupes allemandes n'est pas dirigée contre vous, Chef de l'État et vénérable commandant des valeureux soldats français de la guerre mondiale, ni contre le gouvernement français, ni même contre tous ces Français qui désirent la paix et qui, surtout, veulent éviter que leur beau pays redevienne un théâtre de guerre.

« En ce sens, je voudrais également vous donner l'assurance que l'entrée des troupes alliées en France n'est pas dirigée contre les forces armées françaises, mais que je conserve l'espoir de défendre un jour, côte à côte avec elles, l'Europe ainsi que les possessions africaines appartenant à celle-ci, contre la coalition des pirates anglo-saxons.

« Enfin, cette entrée des troupes alliées n'est pas dirigée contre l'administration française, qui, je l'espère, exercera ses fonctions comme par le passé, car le seul but de notre action est d'empêcher que la situation qui se présente en Afrique du Nord ne se reproduise, soudainement aussi, sur les côtes du Midi de la France. Quant aux précautions à prendre à cet égard, je me sens, au contraire, responsable, non seulement devant mon peuple, mais dans un sens plus large, devant toute l'Europe, car l'entrée de ce continent dans une nouvelle guerre ne pourrait mener qu'à l'anéantissement de tous les Etats européens, et notamment de toute la culture européenne.

« Permettez-moi de vous donner, en outre, l'assurance, Monsieur le Maréchal, que, du moment où la situation en Méditerranée se sera améliorée au point qu'il ne pourra plus être question d'un préjudice causé aux intérêts du Reich, visés dans la convention d'armistice, je suis décidé à retirer immédiatement mes troupes en deçà de l'ancienne ligne de démarcation. Je voudrais également vous assurer enfin que vous pourrez, Monsieur le Maréchal, vous et votre gouvernement, vous déplacer désormais librement et sans aucune entrave dans toute la France.

« Je m'étais, en effet, prononcé dans le temps contre le transfert du gouvernement à Versailles, uniquement parce que je craignais que la propagande ennemie n'eût cessé de prétendre que vous, Monsieur le Maréchal, et votre gouvernement, aviez été privés de toute liberté et que, par conséquent, vous n'étiez plus en mesure, dans ces conditions, de vous consacrer à votre tâche. Étant donné cependant que, par suite des circonstances exposées ci-dessus, le Reich et l'Italie se voient forcés, en vue de sauvegarder les intérêts visés par les conventions d'armistice, de faire face à la menace d'invasion anglo-américaine et, par conséquent, d'occuper également les frontières du reste de la France, la raison du maintien du siège du gouvernement français à Vichy vient à disparaître. Qu'il me soit donc permis de profiter de ce moment pour vous communiquer l'abrogation de la réserve qui était en vigueur jusqu'ici à ce sujet.

« Je puis comprendre, Monsieur le Maréchal, combien est dur le destin qui frappe votre pays. Permettez-moi, toutefois, de vous prier de songer au sort de mon propre peuple contraint à mener depuis des années une guerre qui lui a été imposée, sans aucune faute de sa part, et qui, maintenant encore, a dû prendre la décision précitée, uniquement sous l'empire des nécessités les plus urgentes. Je formule l'espoir que les circonstances ne conduiront pas à une nouvelle effusion de sang entre la France et l'Allemagne, mais qu'au contraire, [illegible] prises contre les perturbateurs de la paix, qui se trouvent en dehors du continent européen, amènent un rapprochement entre les peuples européens. L'Allemagne est par conséquent décidée à défendre, si possible côte à côte avec les soldats français, les frontières de votre pays et, avec celles-ci, les frontières de la culture et de la civilisation européennes. Pour ce qui est des troupes allemandes, elles feront ce qu'il faudra pour atteindre ce but, par leur tenue et leur manière de se comporter vis-à-vis du peuple français et de ses soldats. Je voudrais cependant vous demander encore, Monsieur le Maréchal, que le gouvernement français, lui aussi, prenne à cette heure les dispositions susceptibles d'éliminer toute tension et de garantir la mise en exécution sans heurt de cette mesure nécessaire aussi en vue des intérêts français.

« Je vous prie d'agréer, Monsieur le Maréchal, l'assurance de ma haute considération et de ma sincère vénération [illegible].

Signé: Adolf HITLER.

Message du Führer au peuple français

Français! Officiers et soldats de l'armée française!

Le 3 septembre 1939 le gouvernement britannique déclara sans raison et sans motif la guerre à l'Allemagne.

Les responsables de cette guerre ont malheureusement réussi à l'époque à inciter le gouvernement français à se joindre de son côté à la déclaration de guerre britannique.

Pour l'Allemagne cela constituait une provocation inadmissible.

Le gouvernement allemand n'a rien demandé ni exigé de la France. Il n'a pas formulé à l'adresse de la France des prétentions qui auraient pu la blesser.

Le peuple allemand qui alors devait faire face à cette agression en sacrifiant le sang de ses hommes n'avait éprouvé aucune haine contre la France. Néanmoins cette guerre ainsi déclenchée précipita de nombreuses familles des deux pays dans la douleur et la tristesse.

Après l'effondrement du front franco-britannique qui, par la fuite des Anglais à Dunkerque tourna à la catastrophe, la France sollicita de l'Allemagne un armistice.

Le Reich n'a rien demandé dans cette convention d'armistice qui puisse porter atteinte à l'honneur de l'armée française. Mais des précautions devaient être prises afin d'empêcher — tel qu'il était dans l'intérêt — la lutte puisse tôt ou tard à nouveau être déclenchée.

Mais l'Allemagne ne visait nullement à humilier la France ni à détruire l'empire mondial français mais au contraire à arriver par une paix ultérieure raisonnable à une atmosphère de compréhension mutuelle en Europe.

Depuis cette époque, la Grande-Bretagne et maintenant aussi les Etats-Unis, ont cherché à prendre à nouveau pied sur le sol français des fauteurs de guerre britanniques — que, grâce à des agents payés, pour continuer la guerre — tel qu'il est de leur intérêt — sur le territoire étranger. Après que ces attentats eurent connu partout une fin lamentable, l'attaque anglo-américaine fut déclenchée contre les colonies de l'Afrique du Nord et de l'Afrique occidentale.

Etant donné la faiblesse des forces françaises, la lutte est plus facile à mener en ces parages que sur les côtes protégées par l'Allemagne à l'ouest.

Le gouvernement allemand sait, depuis 24 heures, que, dans le cadre d'une extension de ces opérations, la prochaine attaque aura lieu contre la Corse en vue d'occuper cette île et contre la côte méridionale de la France.

En raison de ces circonstances, j'ai dû me décider à donner l'ordre à l'armée allemande de traverser immédiatement la zone non occupée jusqu'à l'heure actuelle et de se rendre aux endroits visés par les troupes de débarquement anglo-américaines.

L'armée allemande ne vient donc pas en ennemie du peuple français ni en ennemie de ses soldats. Elle n'a nullement l'intention de gouverner dans ces territoires. Elle n'a qu'un seul but: repousser avec ses alliés toute tentative de débarquement anglo-américaine. Le maréchal Pétain et son gouvernement sont entièrement libres et sont à même de remplir, comme par le passé, leurs devoirs.

Dès à présent rien ne s'oppose également à la réalisation de leur demande formulée antérieurement de venir à Versailles pour y gouverner la France. Les troupes allemandes ont reçu l'ordre de veiller à ce que par leur attitude ils importunent le moins possible le peuple français.

Puisse cependant le peuple français considérer que, par l'attitude de son gouvernement en 1939, le peuple allemand a été précipité en une guerre pénible, qui a plongé des centaines de milliers de familles dans la douleur et la tristesse.

Le gouvernement allemand, de même que ses soldats, ont le désir, dans toute la mesure du possible, non seulement de protéger ensemble avec l'armée française les frontières de la France, mais encore, avant tout, d'aider à préserver à l'avenir les possessions africaines des peuples européens contre des actes de brigandage.

Simplement là, où un fanatisme aveugle ou des agents à la solde de l'Angleterre s'opposent à l'avance de nos troupes, la décision sera forcée par les armes. D'autre part, de nombreux Français manifesteront certainement le désir compréhensible d'être délivrés de l'occupation ; mais qu'ils aient tous la ferme conviction que le soldat allemand lui aussi préférerait pouvoir vivre et travailler paisiblement dans son pays auprès de sa femme, de ses enfants ou dans sa maison paternelle. Plus vite cette puissance, qui depuis trois siècles dresse Etat contre Etat et qui, dans le passé, a si souvent également dépouillé la France et attend en ce moment à nouveau de la dépouiller, sera anéantie, plus tôt les vœux des pays français occupés et des troupes allemandes d'occupation trouveront ensemble leur réalisation.

Toutes les questions particulières seront réglées et trouveront leur solution en accord avec les autorités françaises.

Le 11 novembre 1942.
Adolf HITLER.

Visées anglo-saxonnes

Berlin, 11 novembre.

[illegible]

Contre les femmes nouvelles

Vichy, 11 novembre.

[illegible]

Démenti espagnol

[illegible]

Des paquebots de la Croix-Rouge arrivent à Gibraltar

[illegible]

Un appel aux Musulmans

[illegible]

PARISER ZEITUNG

[illegible]

023

024 **025** ヒトラーが最もよく登場するのは、1940年夏に併合されたアルザス・モーゼル地方の新聞である。実際、併合以降は、アルザス・モーゼルの人々は帝国民とみなされ、ドイツ国内と同じナチスのプロパガンダが行われた。今回、ヒトラーを過剰に登場させたのは意図的なもので、アルザスとモーゼルの人々に、今後はペタン元帥ではなく総統が指導者であるということをあらためて訴えかけるためだった。1942年10月4日付『ミュールーズ新聞(Mülhauser Tagblatt)』のロンメル将軍とともにいるヒトラーや、1942年11月9日付『コルマール通信(Kolmarer Kurier)』の演説中のヒトラーはその代表例である。

Generalfeldmarschall Rommel vor der Presse

Die Qualität von Truppe und Führung hat gesiegt

Ausgezeichnetes Verhältnis mit den Italienern – Der Brite muss wissen: „Was wir haben, halten wir fest!"

Berlin, 3. Okt. (Funkmeldg.)

Generalfeldmarschall Rommel, der während seines kurzen Aufenthaltes in Berlin Gast im Hause von Reichsminister Dr. Goebbels war, empfing auf dessen Einladung am Sonnabendvormittag einen Kreis führender Vertreter der deutschen und ausländischen Presse.

Nach einleitenden, sehr herzlichen Worten des Reichsministers Dr. Goebbels, der den Generalfeldmarschall als eine Persönlichkeit würdigte, über deren Bedeutung in diesem Kriege Freund und Feind einer Meinung seien, ergriff Marschall Rommel das Wort zu einer kurzen Ansprache, in der er u. a. ausführte: »Sie werden verstehen, dass ich nur über das zu Ihnen sprechen kann, was gewesen ist. Was sein wird, ist hier nicht zu erörtern. Der Kampf in Afrika ist Seite an Seite mit unseren italienischen Bundesgenossen unter sehr schwierigen Bedingungen geführt worden. Ich kann mit Stolz sagen, dass wir es verstanden haben, dem Engländer die Position wegzunehmen, die er im Mittelmeergebiet schon erobert hatte. Zweimal war es ihm bereits gelungen, nach der Cyrenaika vorzustossen, aber dank der Tapferkeit unserer Truppen sind wir in einem harten Ringen mit ihm fertig geworden, obwohl unsere militärische Kraft ihm zahlenmässig unterlegen war. Aber die Qualität unserer Truppen und der Führung hat uns den Sieg verschafft. Wenn später die Geschichte über diese Ereignisse berichten wird, so wird die Welt vielleicht erstaunt sein, mit welch geringen Kräften wir es fertigbrachten, den Engländer zu schlagen und weit über die Grenzen Aegyptens zurückzutreiben. Heute stehen wir hundert Kilometer vor Alexandrien und Kairo und haben das Tor Aegyptens in der Hand — und zwar mit der Absicht, auch hier zu handeln! Wir sind dort nicht hingegangen, um uns über kurz oder lang wieder zurückwerfen zu lassen. Man kann sich auch hier darauf verlassen: Was wir haben, halten wir fest.

Der Kampf ist hart

Die Zusammenarbeit mit den italienischen Kameraden ist mustergültig, das gegenseitige Verhältnis ist ausgezeichnet. Eine grosse Anzahl von italienischen Soldaten besitzt heute das Eiserne Kreuz I. und II. Klasse. Auch ein Ritterkreuz wurde einem italienischen Befehlshaber auf dem afrikanischen Kriegsschauplatz für seine besonderen Leistungen und hervorragende Führung verliehen. Auch in der gemeinsamen Arbeit der Kommandos verstehen wir uns ausgezeichnet. Als ich vor kurzem dem Duce über die Lage in Nordafrika Bericht erstattete, konnte ich ihm zu meiner Freude berichten, dass das Zusammenarbeiten zwischen den deutschen und den italienischen Stellen in jeder Hinsicht mustergültig sei.

Der Kampf in Afrika ist von Monat zu Monat härter geworden. Aber auch unsere Truppen sind härter geworden. Besonders die klimatischen Verhältnisse sind schwierig, aber nicht so schwierig, dass wir Deutschen aus dem hohen Norden uns nicht an sie gewöhnen könnten.

Die Entfernungen, die wir zurückgelegt haben, sind sehr gross. Von Tripolis stehen wir heute 2300 km entfernt. Wenn man dies auf eine europäische Karte überträgt, so kommt einem diese Entfernung unendlich vor. Ich habe schon von dem Leben in der Wüste gesprochen. Es ist hart für unsere deutschen Soldaten. Er sieht nur Sand, lebt stets in der freien Sonne und hat unter den Fliegen zu leiden. Aber er kämpft zäh, verbissen und tapfer, wie wir es erwarteten. (Vgl. dazu auch unsere dritte Seite – d. Schriftl.)

Das USA-Kriegsmaterial

Nach diesen allgemeinen Ausführungen gab der Generalfeldmarschall den versammelten Journalisten noch Gelegenheit, Fragen an ihn zu richten. Auf die Frage nach dem Wert des amerikanischen Kriegsmaterials in Nordafrika erwiderte Generalfeldmarschall Rommel: »Wir haben das amerikanische Kriegsmaterial in grösseren Mengen in der letzten Schlacht kennengelernt, darunter auch den »Pilot«. Schon in den früheren Kämpfen waren wir amerikanischen Panzern begegnet, die aber ohne wesentliche Bedeutung waren. Sie waren schlecht gebaut und gepanzert, so dass von einer Bewährung nicht gesprochen werden kann. Die neuen amerikanischen Panzer, die wir antrafen, sind schon wesentlich bessere Kampfmittel. Aber sie liegen schon alle hinter unserer Front (Heiterkeit). Auch der »Pilot« ist unseren Panzergrenadieren, der Panzerabwehr und der Flak zum Opfer gefallen. Ich glaube, dass wir seit Juli 2500 Panzer vernichtet haben. Sie liegen zum Teil weit in der Wüste verstreut und es lohnt sich bei diesen Entfernungen wirklich nicht, sie rauszuziehen und zu verschrotten.«

Die »fairen« Briten

Auf die Frage nach den Erfahrungen mit den Engländern als Wüstenkämpfer sagte Generalfeldmarschall Rommel: »Die Engländer haben sich eingebildet, dass sie die einzigen guten Afrikakämpfer sind. Gewiss haben sie mehr Erfahrung gehabt als wir. Aber schon bei den ersten Zusammenstössen mit ihnen hat sich gezeigt, dass unsere Truppen ihnen nicht nachstehen, sondern den Kampf ohne weiteres mit Erfolg aufnehmen können. Den

Fortsetzung siehe Seite 2

Der Führer empfing Generalfeldmarschall Rommel zum Vortrag, überreichte ihm bei dieser Gelegenheit den Marschallstab und sprach dem verdienten Armeeführer nochmals seinen und des deutschen Volkes Dank und Anerkennung aus. (Presse-Hoffmann, Zander-M.)

Neuer Eichenlaubträger

Leutnant Hans Beisswenger

Berlin, 3. Oktober (Funkmeldung).

Der Führer hat dem Leutnant Hans Beisswenger in einem Jagdgeschwader das Eichenlaub zum Ritterkreuz des Eisernen Kreuzes verliehen und ihm folgendes Schreiben übersandt:

»In dankbarer Würdigung Ihres heldenhaften Einsatzes im Kampf um die Zukunft unseres Volkes verleihe ich Ihnen als 130. Soldaten der deutschen Wehrmacht das Eichenlaub zum Ritterkreuz des Eisernen Kreuzes. gez.: Adolf Hitler.«

*

Leutnant Hans Beisswenger, der als Sohn eines Volksschullehrers am 8. November 1916 zu Mittelfischbach (Württemberg) geboren wurde, erhielt seine militärische Grundausbildung beim Flakregiment 25 in Göppingen. Später wurde er zur Fliegertruppe versetzt und wurde zum Flugzeugführer ausgebildet. Beim Kriegsausbruch befand er sich auf der Jagdfliegerschule Schleissheim. Im Herbst 1940 wurde er in das Jagdgeschwader versetzt, bei dem er, inzwischen zum Leutnant befördert, nach dem Abschuss von 47 feindlichen Flugzeugen und eines sowjetischen Fesselballons am 9. 5. 1942 das Ritterkreuz des Eisernen Kreuzes erhielt. Nachdem er am 26. 9. 42 seinen hundertsten Gegner im Luftkampf besiegt hatte, wurde er nunmehr durch die Verleihung des Eichenlaubs zum Ritterkreuz des Eisernen Kreuzes ausgezeichnet.

Ritterkreuz für Kreisbauernführer Ritter

Der Mülhauser Bauernführer beim Staatsakt in Berlin

msg. Strassburg, 3. Oktober

Beim Staatsakt in Berlin am Erntedanktag wird auch eine badische Abordnung vertreten sein. Für besondere Leistungen zur Ernährungssicherung erhalten der Kreisbauernführer von Müllheim und Mülhausen, Ernst Ritter, Fahrnau, das Ritterkreuz zum Kriegsverdienstkreuz (ohne Schwerter), Landwirt und Ortsbauernführer Karl Kiefer, Greffern, Landwirt und Ortsbauernführer Georg Nückles, 13, Kehl-Sundheim, sowie Landwirt und Bürgermeister Rudolf Auer in Duchtlingen Kreis Konstanz, das Kriegsverdienstkreuz erster Klasse (ohne Schwerter). Auch der erste badische Landessieger in der vorjährigen Milcherzeugungsschlacht, Landwirt Willy Freiberg, Zuzenhausen bei Sinsheim a. E. mit seiner Ehefrau als Melkkraft nehmen an der Berliner Veranstaltung teil und werden durch Urkunde und Preisverleihung geehrt.

*

Kreisbauernführer Ernst Ritter wurde am 16. Oktober 1889 als zweiter Sohn unter sechs Kindern des Landwirts Ernst Ritter in Wieslet geboren. Er lernte die Landwirtschaft im elterlichen Betrieb und in der Landwirtschaftsschule in Müllheim. Als Freiwilliger diente Ritter dann beim Infanterie-Regiment 114 in Konstanz in den Jahren 1908–10 und war vom zweiten Mobilmachungstag an bis Ende Januar 1919 Soldat. Zweimal wurde er im Weltkrieg verwundet, erhielt das Eiserne Kreuz 1. und 2. Klasse und war zuletzt Vizefeldwebel. Nach seiner Genesung von der zweiten schweren Verwundung im Jahre 1918 verheiratete sich Ritter mit einer Rheinländerin aus Rheydt, wo er auch in den Jahren der Zerrüttung von 1919–21 Arbeit in einer Sirupfabrik fand. Im Jahre 1921 kehrte er wieder in die Heimat zurück und pachtete in Fahrnau ein landwirtschaftliches Anwesen, das er bis 1933 behielt. 1933 bis 1934 gelang es ihm dann, ein eigenes Anwesen in Fahrnau zu erstellen, das er bis heute mit seiner Familie bewirtschaftet. Ritter ist auch Bürgermeister der Gemeinde Fahrnau. Im damaligen politischen Kreis Schopfheim hat Kreisbauernführer Ritter den agrarpolitischen Apparat aufgebaut und wurde nach der Machtübernahme als Kreisbauernführer im Kreise Schopfheim eingesetzt. Am 1. November 1930 trat er in die Partei ein und gehörte bis 1934 zur SA-Reserve, seit 1934 zur SS. Dank seiner Verdienste und seiner Haltung als ernster und fleissiger Arbeiter wurde Ritter im Jahre 1938 Kreisbauernführer von Müllheim und Lörrach und wurde er im Sommer 1940 mit dem Aufbau des agrarpolitischen Apparates des Kreises Mulhausen der NSDAP betraut, für den er heute gleichzeitig Bauernführer ist. Ritter ist endlich Bezirksfachwart vom Landesverband badischer Rinderzüchter und Mitglied des Landesbauernrates.

Mit der hohen Auszeichnung, zu der wir Ernst Ritter von Herzen beglückwünschen findet seine segensreiche Tätigkeit im Elsass, das in den letzten beiden Jahren ja erst in den deutschen Ernährungssektor eingegliedert werden musste, die verdiente Anerkennung. Kreisbauernführer Ritter ist damit der vierte Träger dieser hohen Auszeichnung.

024

---

sind zurückgeschlagen worden, besonders im Hafen von Algier. An anderen Punkten ist es den Angreifern gelungen, Fuss zu fassen. In der Gegend von Oran sind zwei englische oder amerikanische Korvetten versenkt worden.

In Algier spielte sich am Sonntag vormittag auf der Reede zwischen den Küstenbatterien, einem französischen Aviso und einem amerikanischen Zerstörer ein erbittertes Gefecht ab. Schliesslich nahm der USA-Zerstörer wieder Kurs auf See, wobei er sich einnebelte. Der Zerstörer wurde mehrfach getroffen und zeigte starke Schlagseite. Mehrere seiner Granaten trafen die Stadt und die Admiralität, ohne Opfer zu fordern.

Gegen mittag flogen fünf amerikanische Flugzeuge aus der Richtung des Mittelmeeres Algier an. Die Flugzeuge gingen im Sturzflug über der Admiralität nieder und warfen mehrere Bombenreihen ab. Ein angreifendes Flugzeug wurde von der Flak, die heftig in Tätigkeit trat, abgeschossen.

Verlogene Phrasen

»Botschaften« Roosevelts und Churchills

Berlin, 8. Nov. Der räuberische Überfall der von Roosevelt und Churchill entsandten Landungstruppen auf das französische Kolonialreich in Nordafrika widerspricht jedem Völkerrecht. Trotzdem hat es der Präsident der Vereinigten Staaten Roosevelt fertiggebracht, in einem Aufruf an die Bevölkerung Frankreichs es so darzustellen, als wenn seine Soldaten als Befreier dort eindringen wollten.

»Wir kommen zu Euch, um den grausamen Angreifer zurückzutreiben, der Euch das Recht der Selbstverwaltung nehmen möchte«, behauptet der Kriegsverbrecher. Marschall Pétain, folgende Antwort erteilt:

»Mit grösstem Erstaunen und Mittrauer habe ich in dieser Nacht von der Aggression Ihrer Truppen auf Nordafrika erfahren. Sie berufen sich in Ihrer Botschaft auf Vorwände, die durch nichts gerechtfertigt sind. Sie unterschieben Ihren Feinden Absichten, die niemals in die Tat umgesetzt worden sind. Ich habe immer erklärt, dass wir unser Kolonialreich verteidigen werden, falls man es angreifen sollte. Sie wussten auch, dass wir es gegen jeden Angreifer verteidigen werden, wer er auch immer sei. Sie wussten, dass ich mein Wort halten werde. In unserem Unglück hatte sind es nun, der im Namen eines Landes, mit dem uns so viele Erinnerungen und Freundschaftsbande verbinden, einen so grossen rücksichtslosen Schritt ergreift. Frankreich und seine Ehre stehen auf dem Spiel. Wir sind angegriffen. Wir werden uns verteidigen. Das ist der Befehl, den ich erteile.«

Noguès Oberbefehlshaber

Aufruf an die Bevölkerung.

Vichy, 8. Nov. General Nogues ist zum Kommandierenden sämtlicher Truppen in Marokko ernannt worden.

General Nogues hat in seiner Eigen-

Der Generalgouverneur von Algier, Chatel, richtete an die Bevölkerung Algiers einen Appell, in dem es u. a. heisst: »Schmerzerfüllt teile ich der Bevölkerung den Angriff amerikanischer und englischer Truppen gegen das Territorium Französisch-Nordafrikas mit. Das Versprechen, das gegeben wurde, dieses Territorium gegen jeden Angriff zu verteidigen, wird erfüllt werden. Ich kenne die Loyalität der Bevölkerung Algiers. Einigkeit und Treue dem Vaterlande wird von allen verlangt. Die Armee Nordafrikas wird ihre Pflicht erfüllen.«

Der Führer sprach in München

Gedächtnisstunde im Löwenbräukeller / Fanatischer Glaube an den Endsieg

DER FÜHRER IN MÜNCHEN
Ausschnitt aus der Feier am 8. November letzten Jahres (Archiv)

München, 8. Nov. Im Löwenbräukeller, von dessen Wänden grosse Hakenkreuzbanner in den Saal grüssen, versammeln sich am Vorabend des 9. November — soweit sie nicht im Felde stehen und abermals für Deutschland kämpfen — wieder die Marschierer von 1923 in ihren charakteristischen grauen Windjacken, unter ihnen manch einer in Wehrmachtsuniform und mit dem Ritterkreuz.

An dem Tisch, an dem der Führer Platz nehmen soll, begegnen uns die Träger bekannter Namen aus den Jahren 1923, Namen, die längst dem ganzen deutschen Volk zum Begriff geworden sind: Amann, Bouhler, Buch, Epp, Esser, Fiehler, Frick, Goebbels, Ley, Ribbentrop, Rosenberg, Schirach, Schwarz. Sie werden mit lauten Heilrufen begrüsst, die besonders beim Eintreffen von Dr. Goebbels und von Ribbentrop brausend aufschallen.

Rings um den Führertisch gruppieren sich die Gauleiter des Grossdeutschen Reiches. In den Gesichtern all der alten Mitkämpfer Adolf Hitlers steht wie gemeisselt der Ausdruck eiserner Kampfentschlossenheit, wissender Ruhe und vertrauender Siegesgewissheit. Wie immer, nimmt auch die Blutordensträgerin Schwester Pia an dem Zusammentreffen der alten Weggefährten des Führers teil.

Der alte Bannerträger Grimminger bringt die Blutfahne, das Feldzeichen der ersten Kämpfer für ein neues Deutschland, herein, flankiert von zwei ϟϟ-Offizieren, die Träger des Ritterkreuzes sind, mit gezogenen Degen. Die Blutfahne lenkt die Gedanken auf die 16 Kameraden, die damals hinter dieser Fahne mitmarschierten und deren Blut sie geheiligt hat.

Die Stunde nähert sich 18.00 Uhr. Immer grösser wird die Erwartung und Spannung. Plötzlich zerreisst wie ein Fanfarenruf der Badenweilermarsch jedes Gespräch: Der Führer ist da! Er erscheint in der Mitte seiner alten Kampfgenossen!

Ein Heilruf erfüllt den Raum, der brausend an den Wänden widerhallt, immer aufs neue anhebt und jubelnd den Führer auf seinem Wege durch den Saal begleitet.

Während noch die Wellen der Freude über das Erscheinen Adolf Hitlers hochgehen, begrüsst Gauleiter Paul Giesler den Führer und gibt der begeisterten Freude der alten Kampfgefährten, ihrer Liebe und Verehrung für Adolf Hitler Ausdruck. Seine Begrüssungsworte werden von einem neuen Orkan tosenden Jubels aufgenommen.

Und nun steht der Führer vor seinen Männern von 1923. Ergriffen von dem Augenblick, erheben sich alle und bringen dem Manne, der Deutschland einst aus tiefster Schmach wieder zu Macht und Grösse geführt hat und der nun an der Spitze eines geeinten Volkes den für immer entscheidenden Kampf gegen seine hasserfüllten Feinde führt, eine Ovation tiefster Gläubigkeit und Treue dar.

Der Führer spricht

Aller Augen hängen am Führer. Er spricht zu seinen Männern aus der ersten Kampfzeit als ihr alter Kamerad, hält mit ihnen kurz Rückschau auf die schwere Zeit vor nun fast zwanzig Jahren und dann auf den 8. November vor zehn Jahren, und alle, die im Banne seiner Worte stehen, bestätigen ihm zutiefst im Herzen, dass damals — 1932 — der Kampf im Innern genau so hart war wie heute der nach aussen, in denen er aufzeigt, dass und warum damals schon ein Kampf um die Erhaltung Europas begann, und mit innerer Bewegung bestätigen sie seine Feststellung, dass mehr als unserem deutschen Volke noch keiner Nation an Erfolgen geschenkt wurde. Sie denken daran zurück, welche Heimat sie vorfanden 1918, als sie aus dem Weltkrieg heimkehrten, und sie stellen demgegenüber die unerhörte Kraft, die heute aus dem Reiche Adolf Hitlers strahlt.

In unwiderleglichen Worten schildert der Führer, dass wir heute denselben Gegnern gegenüberstehen, wie der Nationalsozialismus in der Kampfzeit, und den gleichen, die schon 1914/18 Deutschland nach dem Leben trachteten. Aber er zeigte auch den himmelweiten Unterschied zwischen dem damaligen Deutschland ohne jede systematische politische Erziehung und vor allem ohne jeden Einblick in die Judenfrage und dem nationalsozialistischen Reich, das von allem Anfang an und von Grund auf die Kräfte aufs Äusserste angespannt, und dennoch stehen uns noch ungeheure seelische Kraftreserven zur Verfügung. Das beherrschende Gesetz, unter dem wir alle leben, ist hart und unerbittlich, kompromisslos und konsequent: wir müssen diesen Krieg gewinnen um jeden Preis! Dieses Gesetz aber ist nicht nur dem nationalsozialistischen Reich gegeben, sondern ganz Europa. Der Führer hat auch auf diese Tatsache eingehend und sehr nachdrücklich hingewiesen. Ein schicksalhaftes Band umschliesst heute den gesamten Kontinent. Die Niederlage Deutschlands wäre die Niederlage Europas, weil sie die Bolschewisierung unseres Erdteiles wäre. Das ist eine einfache, nüchterne Rechnung, an der es absolut nichts zu deuteln gibt.

Das Wissen um das Sein oder Nichtsein vervielfacht unsere Kräfte in den bevorstehenden Zeiten. Mit seiner Rede hat der Führer uns Losung und Richtung gegeben für unsere Arbeit im bevorstehenden Winter. Aber nicht diese Erkenntnis über die Weite und Bedeutung des Kampfes allein verleiht uns eine ungeheure Kraft, sondern auch das klare Wissen über die Stärke unserer Position, die felsenfeste und unerschütterliche Zuversicht, der fanatische Glaube an unseren Endsieg! Die Bastionen, die wir in den zurückliegenden Kriegsjahren gestürmt haben, sind, wie der Führer betonte, fest in unserer Hand und werden es bleiben. Von ihnen aus wird der Gegner sturmreif gemacht. Unser strategischer Plan ist grossgesehen und einheitlich. In allen Kriegsmonaten haben wir diesen Plan verfolgt, ein Plan, der niemals von unseren Feinden zerstört werden konnte, mag auch das Tempo dann und wann verändert worden sein. Aber Zeit und Schwierigkeit, auch das haben wir inzwischen gelernt, können bei dem Ausmasse dieses wirklichen Weltkrieges und bei den Zielen, die gestellt sind, keine Rolle spielen. Die Neugeburt unseres Reiches und unseres Erdteiles ist eine Aufgabe, die nicht über Nacht gelöst werden kann. Seien wir uns völlig klar darüber. Ebenso klar aber sind wir darüber, dass diese Aufgabe gelöst werden wird. Der Kampf ist in einer Härte und einer Konsequenz entbrannt, die keinerlei Ausweichen und keinerlei Kompromisslösung mehr zulässt. Eine der beiden sich gegenüberstehenden Welten muss fallen, erklärte der Führer. Wir werden nicht die fallende Welt sein! Dass dem so ist, ergibt sich aus der Gegenüberstellung der nüchternen Tatsachen, wie sie die deutsche Wehrmacht zusammen mit ihren Verbündeten geschaffen hat. Der Führer hat diese Tatsachen in grossen Umrissen aufgezählt. Die Fronten sind vom eigenen Lande weite Strecken entfernt, wir sitzen im Herzen des Hauptfeindes, der Sowjetunion. Wir haben vorgeschobene Posten in einer Stärke ausgebaut, die jeden abenteuerlichen Versuch

Fortsetzung Seite 2

025

第22章

切手のヒトラー

ヒトラーの周囲で展開された人格崇拝の一環として、切手はヒトラーが権力を握った瞬間から重要な役割を果たした。

026 1933年1月30日、ヒンデンブルクによってヒトラーが首相に任命されたことを祝って、この記念ポストカードが発行された。まだ帝国大統領だった元陸軍元帥の横顔の後ろに、ヒトラーの横顔が描かれている。下部には、ドイツ統一を支持するために1847年にハイドンの旋律で作曲された「ドイツの歌(Das Deutschlandlied)」あるいは「ドイツ人の歌(Das Lied der Deutschen)」からの抜粋が書かれている。この「何よりもドイツを(Deutschland über alles)」という一節は、当初、ドイツの君主たちに向けて、自分たちの紛争を脇に置いて、ドイツを統一することに力を注ぐよう訴えているものだと考えられていた。しかし、ナチスはこれを「ドイツは世界を支配しなければならない」と再解釈した。そのため、

026

第3帝国時代の公式式典の際に、ナチスの新国歌「旗を高く掲げよ(Horst-Wessel-Lied)」と、このフレーズを含む「ドイツ人の歌」の最初の一節が歌われた。ヒトラーは『わが闘争』のなかで何度かこの歌に言及しており、1920年の逸話では、ヒトラーが出席していたNSDAPの会議の終わりに、演説者が最後に参加者にこの歌を歌うように求めたのだが、3つの節を暗記している参加者がほとんどいなかった、と書いている。「しかし、このような歌が、ドイツ民族の魂の中心から、熱情に満ちて天に昇るとき、それがどうだというのだろう」とりわけ、彼はいつものように歴史を書き換え、自分の連隊がフランドル地方で参加した1914年の最初の攻撃の際にそれを歌ったと主張し、情熱をこめて語っている。「だが、遠くから、われわれの耳に歌声が届き、だんだんと近づいてきて、部隊から部隊へと飛び交い、ちょうど死がわれわれの隊列に忍び込もうとしたとき、その歌がわれわれにも届き、われわれも歌い始めたのだ。——ドイツ、ドイツは世界一だ！(Deutschland, Deutschland über alles in der Welt !」

027 このポストカードには、1938年9月にニュルンベルクで開催された「党の日」の消印が押されている。1927年の第3回党大会以来、ヒトラーが中世の街ニュルンベルクで開催した有名なナチ党大会のひとつだ。先の2回はミュンヘンとワイマールで開かれた。この党大会の唯一の目的はナチス国家を内外に紹介することであり、特別なプログ

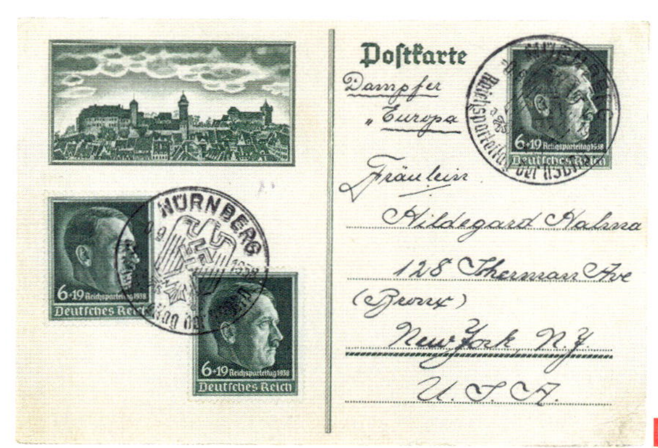

027

ラムはなく、参加者や観客の感情に訴えかけることによって、ヒトラーの人格崇拝をより一層増幅させ、国民共同体のメンバー間の絆を強化しようとするものだった。大会では、政治は議論されたり理解されたりするものではなく、集団的に体験されるものだった。1923年から1939年にかけて、党大会は10回開催された。1933年以降は毎年9月に行われたが、1939年の党大会は、ドイツが参戦したため中止となった。それぞれの大会に別名がつけられており、1938年大会は、アンシュルス(オーストリア併合)を記念して「大ドイツの大会」と名付けられた。

028 029 ドイツの領土拡大と併合が進むにつれて、ヒトラーの肖像が入った切手が義務化された。併合されたアルザス・モーゼル地方のコルマールあるいはメッスで。

028

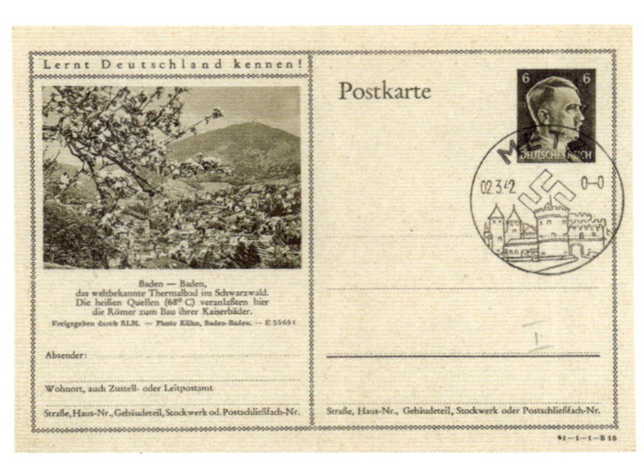

029

030 **031** ポーランド総督府またはボヘミア・モラヴィア保護領で。

030

031

032 **033** ドイツがロシアに侵攻した際、切手に、東側の領土についてはウクライナまたはオストラントといった占領地域を示す重ね刷りがなされた。

032

033

034 ドイツのプロパガンダに対抗するため、1945年1月から3月にかけて、アメリカは「コーンフレーク作戦」と呼ばれる異例のキャンペーンを展開し、ドイツ国民の士気を攻撃しようとした。反ナチの新聞や偽の手紙に12ペニヒの切手を貼って投函したのだが、その切

034

手のなかで最も一般的なもののひとつが、ヒトラーの横顔が腐りはじめ頭蓋骨と歯の一部が見えている肖像画が描かれたものである。郵便局員の注意を引くのを避けるために、地域ごとに少量ずつ送られた。さらに、通常は「ドイツ帝国(Deutsches Reich)」と書かれているところに「破滅した帝国」と訳される「Futsches Reich」と印字されており、この郵便物を受け取った人が切手を見てドイツの終わりを連想するだろうという考えに基づくものだった。このような心理戦は、OSS(戦略情報局)が考案し、実施していた。原則として、イタリアで偽造切手を貼った偽の手紙を入れた郵便袋を作る。そしてそれが、標的となり爆撃された郵便貨車の近くに投下された。20回実施され、320個の郵便袋に入れられた何千通もの手紙がこうして配達されたが、実際の心理的影響はわからない。

035 036 もちろん、ヒトラーの切手は、強制収容所の拘留者が近親者に手紙を書くことを許されたときにも使われ

035

Konzentrationslager Dachau 3 K

Folgende Anordnungen sind beim Schriftverkehr mit Gefangenen zu beachten:
1.) Jeder Schutzhaftgefangene darf im Monat zwei Briefe oder zwei Karten von seinen Angehörigen empfangen und an sie absenden. Die Briefe an die Gefangenen müssen gut lesbar mit Tinte geschrieben sein und dürfen nur 15 Zeilen auf einer Seite enthalten. Gestattet ist nur ein Briefbogen normaler Größe. Briefumschläge müssen ungefüttert sein. In einem Briefe dürfen nur 5 Briefmarken à 12 Pfg. beigelegt werden. Alles andere ist verboten und unterliegt der Beschlagnahme. Postkarten haben 10 Zeilen. Lichtbilder dürfen als Postkarten nicht verwendet werden.
2.) Geldsendungen sind gestattet.
3.) Es ist darauf zu achten, daß bei Geld- oder Postsendungen die genaue Adresse bestehend aus: Name, Geburtsdatum und Gefangenen Nummer, auf die Sendungen zu schreiben ist. Ebenso müssen alle Schreiben den genauen und vollständigen Absender tragen. Wenn die Adresse fehlerhaft ist, geht die Post an den Absender zurück oder wird vernichtet.
4.) Zeitungen sind gestattet, dürfen aber nur durch die Poststelle des K.L Dachau bestellt werden
5.) Pakete [illegible] geschickt werden, da die Gefangenen im Lager [illegible]
6.) Entlassungsgesuche aus der Schutzhaft an die Lagerleitung sind zwecklos.
7.) Sprecherlaubnis und Besuche von Gefangenen im Konzentrations-Lager sind grundsätzlich nicht gestattet.
Der Lagerkommandant.

geprüft:

Absender:
Meine Anschrift:
Name: Kašák Karel,
geboren am: 15. XII. 1906,
Gef.-Nr.: 1558, Block 2, Stube 2.

1285

VII-42

Paní
Marylka Kašáková,
žena redaktora,
KLADNO
Lázeňská ulice 2564,
Protektorát

036

た。実際、意外に思われるかもしれないが、ヒトラーの命令と、収容所を管理する国家保安本部（RSHA）と親衛隊経済管理本部（SS-WVHA）の布告によれば、強制収容所のある範疇の拘留者には、何通か手紙を書く特権が認められていた。厳格な規則があり、それに従わない場合は即座に弾圧される可能性があるため、手紙の内容はいわゆる健康状態を知らせたり、小包を要求したりするなどの月並みなものに限られていた。このような許可された手紙と並行して、検閲の対象にならない非合法の手紙を書く収容者もいて、拘留の非人道的な状況についての貴重な証言となるものもあった。ここにあるのは、アウシュビッツとダッハウの強制収容所から送られた許可された手紙の例だが、一方には赤いAのスタンプ、もう一方には「確認済（geprift）」のスタンプがあり、検閲を通って送られたことがわかる。

第23章

総統の誕生日

人格崇拝の一環として、ヒトラーの誕生日である4月20日は第三帝国において特別な日だった。1939年は総統の50歳の誕生日として祝日となったが、ナチスのプロパガンダは他の年も様々な形でこの日を忘れることはなかった。

037 ヒトラーが首相に就任した3カ月後、誕生日を祝って、ライプツィヒの週刊誌の一面に掲載された肖像画。

038 1941年、フランスの新聞社にドイツの公式指示が伝えられ、総統の誕生日について新聞のコラムで触れたい場合は、これら3枚の写真のうちの1枚を選ばなければならず、下部にキャプションを付けることが義務付けられた。

ILLUSTRIRTE
ZEITUNG

VERLAG J. J. WEBER · LEIPZIG

Zu Hitlers Geburtstag am 20. April

037

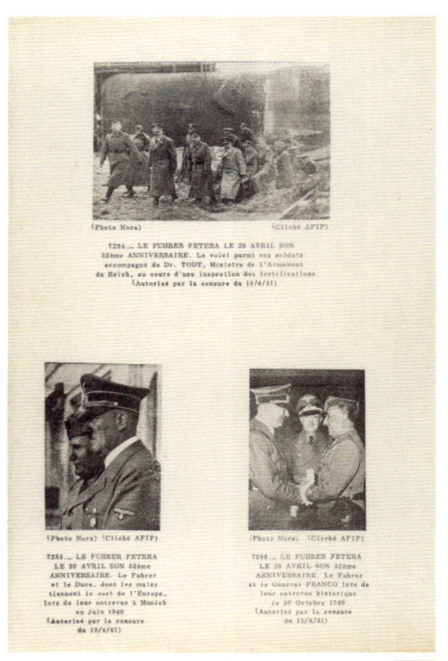

(Photo Nora) (Cliché AFIP)

7284.— LE FUHRER FETERA LE 20 AVRIL SON 52ème ANNIVERSAIRE. Le voici parmi ses soldats accompagné du Dr. TODT, Ministre de l'Armement du Reich, au cours d'une inspection des fortifications
(Autorisé par la censure du 18/4/41)

(Photo Nora) (Cliché AFIP)

7285.— LE FUHRER FETERA LE 20 AVRIL SON 52ème ANNIVERSAIRE. Le Fuhrer et le Duce, dont les mains tiennent le sort de l'Europe, lors de leur entrevue à Munich en Juin 1940
(Autorisé par la censure du 18/4/41)

(Photo Nora) (Cliché AFIP)

7286.— LE FUHRER FETERA LE 20 AVRIL SON 52ème ANNIVERSAIRE. Le Fuhrer et le Général FRANCO lors de leur entrevue historique le 20 Octobre 1940
(Autorisé par la censure du 18/4/41)

038

039 1941年、西部戦線のドイツ空軍兵士向けの雑誌が、遠くに第三帝国の運命を見つめているような穏やかな表情のヒトラーの写真を表紙に掲載したが、その下部にあっさりと「我々の総統は4月20日に52歳になられる」と書かれている。

039

040 1944年、協力主義者のための雑誌『トゥットゥ・ラ・ヴィ』も規則に背くことなく、4月20日号の紙面で、かなり前の年の笑顔で人間味のあるヒトラーの写真を掲載している。

HITLER A EU 55 ANS LE 20 AVRIL

Avant guerre, pour son anniversaire, le Führer aimait prendre quelques instants de détente au milieu de son peuple ou auprès de ses amis, comme on le voit sur nos photos. Cette année où il s'affirme comme le garant de la construction nationale...

... et sociale de tous les États Européens, il est resté à son quartier général parmi ses soldats. Aucune fête, aucun repos n'ont marqué cet évènement.

040

041 1944年、ドイツ国防軍に従軍しフランスに駐留していたロシア人の補助隊員にも、ヒトラーの誕生日を祝う権利が与えられており、キリル文字の新聞に記事が出ている。

Информационный листок

Добровольческих частей

Экстренный выпуск — *21 июля 1944 г.*

Подлая кучка мерзавцев разгромлена до конца. Сорвалась еще одна попытка большевиков и англо-американских плутократов нечестным путем выиграть войну. Группа презренных заговорщиков уничтожена. Мы, русские добровольцы, приветствуем нашего Главнокомандующего, Вождя Новой Европы, Адольфа Гитлера, волею Провидения спасенного и оставшегося невредимым. Мы попрежнему в рядах борцов за нашу Родину, попрежнему верны своему долгу, верны присяге, добровольно и торжественно данной нами величайшему человеку современности, Адольфу Гитлеру. В твердом сознании правоты дела борьбы с большевизмом, начатого Фюрером, мы, вместе с германскими товарищами, преодолеем все трудности, стоящие перед нами, и — победим.

„Моя жизнь принадлежит народу“

Речь Адольфа Гитлера

В ночь на 21 июля Фюрер обратился к германскому народу со следующим воззванием:

— Германские братья и сестры по нации! Не знаю, в какой уже раз пытаются покуситься на мою жизнь. Обращаясь сегодня к вам, я преследую две цели: во-первых, чтобы вы услышали мой голос и знали, что я жив и невредим; и, во-вторых, чтобы вы узнали о гнуснейшем преступлении, не имеющем себе подобного в истории Германии.

Маленькая клика честолюбивых, бессовестных, преступных и безмозглых офицеров устроила заговор, чтобы уничтожить меня и, вместе со мною, командование германской армии.

Бомба, подложенная полковником, графом фон Штауффенбергом, взорвалась в двух метрах от меня. Она тяжело ранила ряд дорогих мне товарищей, один из которых умер. Сам я совершенно невредим, если не считать незначительных царапин и ожогов кожи. Я вижу в этом обстоятельстве волю Провидения, указывающего мне на необходимость продолжать все дело моей жизни, как я делал это до сих пор. Цель, которую я преследовал, вступив в здание на Вильгельмштрассе, была: исполнение моего долга. С тех пор, как мне стало ясно, что война неизбежна, я знал только заботы и работу; бесчисленные дни и бессонные ночи; жил только для своего народа.

В час, когда германская армия стоит перед труднейшей задачей, в Германии, как в свое время в Италии, нашлась незначительная кучка людей, которая решила, по примеру 1918 года, всадить нож в спину нашей Родине.

На этот раз они сильно ошиблись.

Уверения этих узурпаторов будто я не нахожусь уже в живых, опровергается тем, что я говорю с вами, моими дорогими товарищами. Круг, представленный этими узурпаторами, очень мал. Он не имеет ничего общего с германской армией. Это — незначительная шайка преступных элементов, которая будет теперь безжа-

041

042 043 044 1944年、ヒトラーの誕生日を祝うために「大ドイツ帝国」と「ポーランド総督府」で特殊切手が発行された。それまでは、切手収集向けの消印が作られていただけだった。1937年のものはただシンプルに「総統の生まれた日」と書かれたもので、ヒトラーの住居地であるベルヒテスガーデンから発送されていて、その下には「民衆を救いたいと思う者は、英雄的に考えることしかできない」と書かれている。

GROSSDEUTSCHES REICH
54+96
BERLIN
20.4.1944
DEUTSCHLAND WIRD SIEGEN!
Echt Kupfertiefdruck
5062

042

20. APRIL 1944
84
+1 Zł
GROSSDEUTSCHES REICH
GENERALGOUVERNEMENT

043

Deutsches Reich
BERCHTESGADEN
20. April 1937
Geburtstag des Führers
WER EIN VOLK RETTEN WILL
KANN NUR HEROISCH DENKEN

044

045 連合国も、独自の方法でヒトラーの誕生日を祝った。その証拠が1943年のこの封筒で、ネズミの姿のヒトラーが描かれている。「この封筒はアドルフ・ヒトラー(出生時名はアドルフ・シックルグルーバー)の高貴な誕生を記念するものである。上に描かれているのは、まだ幼い16歳のときのドイツ総統の趣のある写真を再生したものだ。世界はこの思いやりのある人物の慈悲深い行動によって、限りなく祝福された。彼は1889年4月20日オーストリアで生まれた。彼の魂が安らかに眠らんことを(近いうちに)」

This cover commemorates the noble birth of Adolf Hitler (born Adolf Schickelgruber). Reproduced above is a quaint photograph of the German Fuehrer at the tender age of sixteen. The universe has been immeasurably blessed by the merciful deeds of this compassionate man. He was born in Austria on April 20th, 1889. May his soul rest in peace (soon).
APR 26
1943
CALIF.
WIN THE WAR
3¢ 3¢
UNITED STATES POSTAGE
Mr. Max Schiffer
8467 Parsons Blvd.
Jamaica, N.Y.

045

046 1945年5月25日、イギリスの雑誌『ウォー・イラストレイテッド』は、ナチ党大会が開催されたまさにその場所、廃墟と化したニュルンベルクにアメリカ軍が突入したのは、ヒトラーの誕生日だったと回想している。それゆえ、天罰と復讐の概念を象徴するギリシャ神話の女神、ネメシスに言及したのだ。ネメシスはヒュブリスに襲われた人間を怒りで罰する。ヒュブリスとは、思い上がり、慢心、誇大妄想を一つにまとめたギリシャの概念だが、あまりにも継続的な成功を生み出す過剰な権力も含まれる。

Photos, Keystone

On Hitler's Birthday Nemesis Came to Nuremberg

Medieval city of Bavaria, where in the great Zeppelin Stadium the Fuehrer was wont to rant at the annual Nazi party congress, Nuremberg was entered by the U.S. 7th Army on April 16, 1945. Fierce fighting went on until the 20th (his 56th birthday) when the Stars and Stripes fluttered over the Adolf Hitler Platz and the Stadium (top) stood desolate save for a disabled Allied tank and two jeeps. At the same time our armour moved into the old walled inner city (bottom).

LE RHIN

第5部

風刺画になるとき

第24章

「偉大な人物」

ヒトラーはしばしば過去の「偉大な人物」として風刺画のなかでパロディ化されるが、それはおそらくヒトラーが自分自身を「偉大な人物」の系譜に連なると考えていたからでもあるだろう。ヒトラーは『わが闘争』のなかで、ドイツ国民には「自らこの一般的な意思の宣言者となり、旗手として、この古い願望が新しい思想の形で勝利に向かって進んでいくのを助ける」人物、つまり彼が必要だと述べている。この偉大な人物には、ドイツの歴史に名を残す「偉大な改革者たち」に続いて自分の名を刻むことができるように、自らの「素晴らしい考え」が明白であることを近親者たちに納得させるという使命があった。1923年、ヒトラーは民族主義者やフェルキッシュの集まりの中から選出した汎ゲルマン主義で人種差別主義の彼のパンテオンに3人の歴史的人物を指名した。ローマに対抗する民族教会の創始者であり、晩年の著作で大きな反ユダヤ主義を示したマルティン・ルター、作品を通して、ドイツの団結を鼓舞し、同様に反ユダヤ主義的な文書も書いているリヒャルト・ワーグナー、ドイツ史の「英雄」とされるプロイセン王フリードリヒ大王である。

1920年代には、伝統的な「英雄」に、汎ゲルマン主義者界は、「鉄の宰相」ビスマルクを加えたが、ヒトラーは、社会民主主義の影響力を過小評価していたと批判するドイツ右派の大多数には崇拝されていなかった。そして、失敗に終わったが「英雄的」だった1923年のクーデター後、ルーデンドルフとヒトラーも「英雄」の仲間入りをする。その前年に、ルドルフ・ヘスが人格崇拝の形で、ヒトラーの栄光を称える本『ドイツを再び頂点に導く男とはどんな資質なのか？』を出版したが、それによってヒトラーが、自身がドイツの救世主であるとの確信を強めたのは事実だ。1924年に同じくヘスが獄中で口述した『わが闘争』のこの一節をより良く理解することができる。「……大きな束縛から解放され、苦しい苦悩を解消し、あるいは不確かなために不安になった魂を満足させるために、運命がある日、長いあいだ望んでいた成就をようやくもたらすのに十分な才能のある人物を差し出すならば、民族の生命力の最も際立った証拠と、民族が今もなお証明し続けている生きる決意を見ることができる」

しかも、ヒトラーは自らの歴史的運命を確信しており、1942年2月、近親者に次のように打ち明けている。「もしオリンポスがあるならば、私は自分自身を認識できる歴史的な仲間のなかにいるのが心地よいだろう。そこに入れば、あらゆる時代の最も賢明な人たちに出会うことができるだろう」。賢明な人たち、もちろん彼もそのうちのひとりだ。その数カ月前、1941年12月28日の夕食会で、彼はこう言ったのではなかったか。「もし今日私に何かが起これば、いつか、おそらく100年後に、私は激しく攻撃されるだろう。歴史は私に例外を認めないだろう。だが、それがどうだというのだ？　さらに100年が過ぎれば、影は薄れ、正義が果たされるだろう。私は気にしない、どうでもよい、自分の義務を果たすのみだ」

001 1940年6月28日、束の間のパリ訪問の際に、ヒトラーはアンヴァリッドにあるナポレオンの墓を訪れた。慰霊碑を見るためだけではなく、象徴的な行為だった。というのも、地下納骨堂には、戦間期以降ドイツの有名な敵対者の遺骨が納められていたからだ。ロークス将軍、マンギン将軍、ニヴェル将軍。ブエ・ド・ラペイエール提督、ゴーシェ提督、フォッシュ元帥。この訪問は、1806年、フランスが

Im Invalidendom am Grab Napoleons

001

イエナでプロイセン軍を破った直後にナポレオンがフリードリヒ2世の墓を訪れたことと対をなすものでもあった。フリードリヒ2世の系譜をたどるヒトラーにとっては、この訪問は彼自身の神話を構築するうえでも不可欠な要素として理解されるべきである(Mit Hitler im Westen, 1940年)。

002 フランス人の風刺画家はヒトラーをナポレオンになぞらえることも好んだ(1938年9月24日付『オ・ゼクットゥ』)。

— Vous ne me reconnaissez pas ?... Napoléon !...
— Heu... à première vue je vous aurais plutôt pris pour Charlot...

002

003 **004** ナポレオンが自らの帝国の衰退を目の当たりにしたのが1812年のロシア遠征のときだったことを思い起こさせ、国民を鼓舞するためにヒトラーをナポレオンに喩えることを最も多く利用したのは、ソ連のプロパガンダだった。さらにソ連では、ヒトラーがナポレオンの墓の前に立ち、ナポレオンが慰霊碑のなかからヒトラーに語りかけ、ロシアで自分が経験したような運命をたどらないよう警戒させるプロパガンダ漫画が描かれた。1941年のポスターでは、ヒトラーが銃床で突き飛ばされており、「ナポレオンは失敗した。ヒトラーも同じ運命にあるだろう」と書かれている。また、ヒトラーが兵士に攻撃されているものには、「狂犬には、腹に銃剣を」と記されている。

003

004

005 イギリスの『ピクチャー・ポスト』紙は、開戦時の1939年9月9日、ヒトラーを新しい皇帝（カイザー）になぞらえた。フォトモンタージュは、初めは1932年8月に、ジョン・ハートフィールドが反ナチス派のプロパガンダ雑誌AIZ(Arbeiter Illustrierte Zeitung)のために制作したものだった。当初は、ヴィルヘルム2世の口髭をつけ、軍服を着たヒトラーの肖像画の下に、カイザーがプロシア人に素晴らしい時代を約束するために使った言葉のパロディが書かれていた。「アドルフ陛下だ。私が素晴らしい破産を約束しよう」

005

006 007 1935年3月24日付『ル・テモワン』紙においては、物笑いの種にされているヒトラーでさえ、フランスにとっては1870年のドイツ皇帝ヴィルヘルムⅠ世や1914年のヴィルヘルム2世と同じく危険な存在だった。ラインラント再武装後の1936年3月14日付『シャリヴァリ』紙の第一面は、その危険な3人が飾っている。

006

007

008 1933年3月4日付『ル・ミロワール・デュ・モンド』紙は、ナチスが44%の票を獲得することになる議会選挙の前日、ヒンデンブルク宰相が新首相を導くことの難しさをユーモアたっぷりに表現している。

(Photo WIDE WORLD.)
L'ENFANT TERRIBLE, VU PAR RED

008

009 「奇妙な戦争」の頃のこのポストカードでは、ヒトラーがまだ、1870年から1871年、1914年から1918年の戦争のプロシア兵とドイツ兵にちなんだ尖頭帽をかぶっている。そして、「死神」に類似する死の寓意として、鉤十字の形をした鎌を持っている。

010 1939年10月10日付の『クリ・ド・パリ』誌は、ヒトラーを中世の十字軍に見立てている。第三帝国の軍隊をチュートン騎士団に結びつけたナチスの祝祭への言及である。現代の兵士が新たな文明化十字軍に投入されたのだ。この絵は、軍旗としてナチスの旗を持った甲冑姿のヒトラーが描かれたプロパガンダのポスターから着想を得たものである。ナチスのプロパガンダはゲルマン人の祖先を賛美し、ゴート族はローマに対する勝利者として後世に名を残し、スラブの土地を征服したチュートン騎士団は勇敢さと権力の真の模範となった。

009

010

第25章

尻を蹴とばす

ヒトラーの尻を蹴りあげることほど楽しいことはない！　1935年から1945年にかけて、そのようなイラストが何度も繰り返し描かれた。

011 **012** 1939年のこのポストカードではフランス軍兵士に蹴られ、漫画風に描かれた下のポストカードではアメリカ軍の女性補助員に蹴られている。

011

012

013 この封筒には「ロバのキック」が描かれている。ラ・フォンテーヌの寓話『年老いたライオン』のアメリカ版。「ロバが、かつてあれほど恐れられていたライオンに近寄るのは、ライオンが瀕死の状態になったとき、最後のとどめの一撃を加えるためだけである」

013

014 1945年に出版された、占領下で語られた笑い話を集めたこの本では、フランス人の某氏に蹴られている。

014

この本から抜粋した笑い話

ヒトラーは、フランスに帰化したいという希望を伝えるために、ペタンに会いに行きました。ペタン元帥はその望みを受け入れ、ヒトラーはフランス人になりました。

次の日、ヒトラーはパークホテルの庭園でラヴァルとすれ違いましたが、挨拶もしませんでした。

驚いたラヴァルはヒトラーに近寄り、その理由を尋ねました。ヒトラーは彼を見下し、軽蔑したように言いました。

「私はドイツ野郎とは話さないんですよ」

015 1945年のこのポストカードでは、GI(アメリカ兵)に扮したアメリカ大統領フランクリン・D・ルーズベルトに尻を叩かれている。

015

第26章

動物化されたヒトラー

ラ・フォンテーヌは「私は人間を教育するために動物を使っている」と書いている。同様の目的で、滑稽化しながらも真の人格を人々に示すために、ヒトラーはしばしば様々な動物の姿で新聞のイラストや連合軍のプロパガンダに登場した。著名人を動物として描く慣習は新しいものではなく、ときには、標的にされた人物に対する攻撃があまりにも強くなることもあり、風刺画家はズーモルフィゼーションやアニマリゼーション（人体を動物に変形させること）と呼ばれる手法を躊躇なく用いて、犠牲者をさらにグロテスクに描いた。

ナチスのプロパガンダは、主に反ユダヤの目的でこの手法を用いた。ユダヤ民族が嫌われるようにするために、一貫して、恐ろしく、獰猛で、悪魔のような動物、あるいは、大多数の人が本能的に嫌悪するような動物、クモ、ネズミ、ヘビ、コウモリ、オオカミ、ブタ、サルなどに関連づけられた。ネズミからは疫病や死、コウモリからは吸血鬼迷信、ブタは不潔さ、サルは愚鈍さと人間以下であるという概念が連想される。

016 この動物化の手法は、逆に、新聞のイラストや連合国のプロパガンダにおいて、ヒトラーを表現するために使用さ

Aux fauv's, comme aux anthropoïdes
Ouvrons grand les cages du zoo
Mais conservons la plus solide
Pour y enfermer ce z'osieau.

016

れ、ときにはナチスが敵対者を貶めるために使用したものと同じ動物を使用することもあった。そのため、戦前からすでに、ヒトラーがクモやオオカミ、ブタ、サル、あるいは「生存圏」を画するために檻に入れられる「凶暴な獣」として描かれることはめずらしくなかった。

017

017 1944年、「ドイツ獣の現在の姿」を表現するこのソ連のポスターにおいても、獣性という同じ概念が見られる。

018 1945年4月14日付の日刊紙『パトリ』に描かれているように、ヒトラーが無邪気な魚の姿で登場するときは、しばしば釣り上げられて、お手上げ状態になっている。

018

ラ・フォンテーヌの寓話のなかのヒトラー

019 1933年6月、国家主義者の週刊誌『新時代のリーダー(L'Animateur des temps nouveaux)』は、政権に就いて半年が経過したヒトラーの領有権主張に直面したSDNの弱さを糾弾するため、寓話『狼と仔羊』の本文をコラムに転載し、「最強者の理性が常に最良である。そのことを近いうちに示そう……ジュネーブで」という見出しのもと、ヒトラーをオオカミに、フランスの外務大臣ポール=ボンクールを仔羊に見立てたイラストを添えた。

L'ANIMATEUR DES TEMPS NOUVEAUX — 11

PAUL-BONCOUR ET HITLER

LA RAISON DU PLUS FORT EST TOUJOURS LA MEILLEURE

Nous l'allons montrer tout à l'heure... à Genève

La raison du plus fort est toujours la meilleure
Nous l'allons montrer tout à l'heure.
Un agneau se désaltérait
Dans le courant d'une onde pure.
Un loup survient à jeun, qui cherchait aventure,
Et que la faim en ces lieux attirait :
« Qui te rend si hardi de troubler mon breuvage ?
Dit cet animal plein de rage :
Tu seras châtié de ta témérité.
« — Sire, répond l'agneau, que votre majesté
Ne se mette pas en colère,
Mais plutôt qu'elle considère
Que je m'en vais désaltérant
Dans le courant,
Plus de vingt pas au-dessous d'elle ;
Et que, par conséquent, en aucune façon,
Je ne puis troubler sa boisson.
« — Tu la troubles, reprit cette bête cruelle :
Et je sais que de moi tu médis l'an passé.
« — Comment l'aurais-je fait si je n'étais pas né ?
Reprit l'agneau ; je tette encore ma mère.
« — Si ce n'est toi, c'est donc ton frère.
« — Je n'en ai point. — C'est donc quelqu'un des tiens ;
Car vous ne m'épargnez guère,
Vous, vos bergers et vos chiens.
On me l'a dit : il faut que je me venge. »
Là-dessus au fond des forêts
Le loup l'emporte et puis le mange
Sans autre forme de procès.

LA FONTAINE.

019

020 しかし、この寓話作家と最も直接的な関係を築いていたのはジャン＝イヴ・マスとドゥニーズ・コロという童話の挿絵画家で、1939年にソルロ社から寓話選集を出版している。その寓話のなかで、ヒトラーは何種類かの動物のうちのひとつとして登場していて、前髪と口髭で識別できる。その本は『ラ・フォンテーヌの寓話とヒトラー』というタイトルで、平和を脅かすナチズムの危険性を糾弾している。選ばれた寓話とヒトラーの風刺画は的を射ていた。この本は占領地域でナチスによって禁止されている作品を調査する1948年9月28日の最初の「オットー・リスト」にも掲載されているほどである。著者が選んだ10編の寓話のうち3編で、ヒトラーはオオカミに見立てられており（『狼と仔羊』、『羊飼いになった狼』、『狼と雌羊』）、他にはキツネ（『狐と葡萄』）、カラス（『狐とカラス』）、牛のように大きくなりたいカエル、アリに立ち向かう蟬に見立てたものもある。

020

021 フランスの解放のとき、フランスの一連のポストカードは、ナチスの高官を登場人物として寓話のテーマを取り上げた。『カメと二羽のカモ』のなかでは、ヒトラーは、自らを女王だと信じ込み、自尊心と虚栄心の犠牲となって死んでいくカメになっている。理性と節度の理想である「正直な人間」であることをやめ、自分以外の何者にもなろうとしない人間の行き過ぎた部分を非難する寓話である。

021

ヒトラー、Der Gross（大きな）悪い狼

長いあいだ、オオカミは物語のなかで否定的な人物と結びつけられてきた。たとえば、イソップ物語やグリム童話には『大きな悪いオオカミ』が登場する。したがって、1941年のソ連のプロパガンダ漫画『ヒトラーが望むもの』でもそうであったように、ヒトラーが動物で表現される際にオオカミになることが多いのも驚くことではない。1919年にドイツでヨハネス・サフィスが、ボリシェヴィズムに反対するドイツ闘士協会のために制作したポスターを見てみると、人殺しのオオカミの下で血の海に溺れる市民が、「ボリシェヴィズムとは血にまみれた世界を意味する」というスローガンとともに描かれている。
しかし、このような動物の形でユーモアのあるオオカミが広まったのは、1942年にアニメーターのテックス・アヴェリーが『Blitz Wolf（うそつき狼）』

を制作したおかげであり、とくにアメリカにおいてだった。このカラー化された漫画は、アメリカ政府がMGM(メトロ・ゴールドウィン・メイヤー)に武器国債の支援を要請したことに応えたものだった。テックス・アヴェリーは、1933年にウォルト・ディズニーが1886年にイギリスで出版された童話『イギリスの童謡(The nursery Rhymes of England)』から着想を得て制作した有名なアニメ『3匹の子ブタ』をパロディ化した。このアニメのなかで、多くの人々に親しまれている童謡「大きな悪い狼を怖がるのはだれ?」が歌われている。9分50秒のあいだ、ヒトラーは『Blitz Wolf(うそつき狼)』のなかでオオカミとして登場し、最初から最後まで嘲笑される。実際、始まってすぐに次のような警告が出る。「オオカミはフィクションではありません。このオオカミとあの頭の悪いヒトラーとの類似点はすべて、まったく意図的なものです」。そして最後に、「狼のアドルフ」が大規模な動員の援助を受けた3匹の子ブタとの戦いに負けると、最後の薬莢にはこう書かれている。「皆様からいただいた視聴料、戦争努力への貢献はすべて、この頭の悪い奴をベッドサイドの敷物にすることに使用させていただきます」

022 このユーモラスなパロディは大成功を収め、解放後のフランスにおいて、『大きな悪い狼(Der Gross méchant loup)』というタイトルで知られるようになり、それとほぼ同時期に、分冊で『獣は死んだ! 動物の世界大戦』が出版された。第1巻は、占領末期の数カ月間に「ル・ヴェジネとメニルモンタンのあいだ、大きなオオカミ[アドルフ・ヒトラー]の口の中、装飾されたブタ[ヘルマン・ゲーリング]の鼻の中、そしておしゃべりなケナガイタチ[ヨーゼフ・ゲッベルス]の許可なしに」秘密裏に制作された。エドモン=フランソワ・カルヴォがヴィクトル・ダンセットの脚本をもとに描いたこの分冊は、1945年にG.P.社から『獣が解き放たれるとき(Quand la bête est déchaînée)』、『獣が打ちのめされるとき(Quand la bête est terrassée)』というタイトルで出版された。2冊目については、「1945年6月に印刷完了、獣がほんとうに死んだことを願いながら」という最後の言葉とともに出版された。動物風刺の形式で戦争を描いた物語で、ヒトラーはオオカミに見立てられており、「大きなオオカミ」あるいは「いつも怒っている」と呼ばれている。テックス・アヴェリーの「狼のアドルフ」との関連性を指摘する声があり、カルヴォは挫折を味わった。MGMが、このオオカミが自分のオオカミに似すぎていると感じたのだ。法的措置が取られることを避けるため、カルヴォは第2巻から、オオカミの鼻先を割って、顔つきを変えた。

ブタのヒトラー

023 **024** ドイツ皇帝ヴィルヘルム2世は第一次世界大戦中にしばしばブタの姿で描かれたが、ヒトラーも例外ではなかった。こうしたブタの表現で最も有名なのは、「5番目のブタを探せ」という紙折りである。1枚の紙に4匹のブタが描かれていて、その紙をうまく折ると、ヒトラーの顔になるのだ。この紙折りの最初のバージョンのひとつは、チェコスロバキアで、1939年3月にヒトラーによって併合される直前に登場した。その後、戦争中ずっと、それが占領下のヨーロッパでひそかに伝わり、イギリス、アメリカ、カナダでは自由に流通した。占領下のヨーロッパのいくつかの国に投下された連合軍の空中ビラの一部でもあった。アメリカでは、「ブタの紙パズル(Pig sheet puzzle)」あるいは「5番目のブタを探せ――この新製品で大笑い(Find the 5th pig

023

024

puzzle – Plenty of laughs with the novelty)」のキットが説明書付きで販売された。同じ手法で、ベニート・ムッソリーニを牛に見立てたキットもある。

025 026 実際のところ、そのがっしりとした体格から、『獣は死んだ！』においてと同様に、ブタに見立てられることが多かったのは、ゲーリングである。多くの国の農場で、ブタにゲーリングやヒトラーという名前を付けたという農夫の逸話を聞くこともめずらしくない。したがって、ブタのヒトラーがイギリスで子供たちの貯金箱になっているのも驚くことではない。実際、家計のちょっとしたお金を貯めるために貯金箱が初めて登場したのは11世紀、イギリスにおいてである。もともとは、pygg（ピッグ）という質の悪い粘土で作られた簡素な容器だった。18世紀、「pygg」と英語でブタをいう「pig」が同音異義語であることから、陶工たちはブタの形の貯金箱を流行させようというアイデ

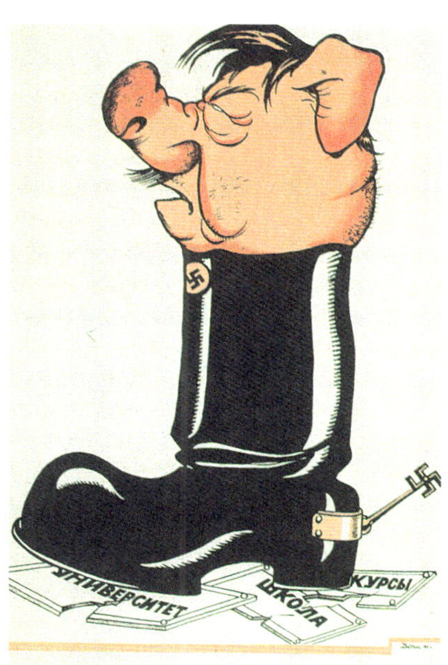

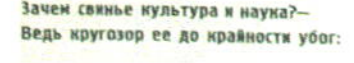

025

026

027

アを思いついた。上部の前髪と鼻の下の口髭があれば、戦時中はそれだけでヒトラー・モデルとなった。

027 ソ連側では、1942年のこのポスターが問いかけている。「ブタに文化と科学は必要だろうか？」

ケナガイタチあるいはスカンクのヒトラー

028 一般的に考えられていることとは反対に、アメリカの風刺画で頻繁に描かれるケナガイタチのヒトラーは、ワーナー・ブラザース制作のアニメ『ルーニー・テューンズ』や『メリー・メロディーズ』でチャック・ジョーンズが生み出したキャラクター「ペペ・ル・ピュー」とは無関係である。というのも、「ペペ・ル・ピュー」が映画に登場したのは1945年だからだ。一方、1942年にアメリカのスクリーンで公開されたウォルト・ディズニーのアニメ映画『バンビ』に登場するキャラクター「フラワー」にはたしかにつながりがある。「フラワー」は黒と白のまだらの毛並みと尻尾を持つスカンクで、茶色の毛並みのケナガイタチとしばしば混同される動物である。この映画のなかでは、ユーモラスな「フラワー」というあだ名の、臭い「スカンク」が人々を笑顔にするが、プロパガンダでは、スカンクが恐怖や驚異を感じたときに発する悪臭が強調されている。また、ヒトラーの雷鳴のような演説に関わりがあるとも考えられる。「スカンクのようにわめく」という一般的な表現に見られるように、ヒトラーの演説がこの動物の鋭い叫び声を連想させるからだ。カルヴォが『獣は死んだ！』のなかでヨーゼフ・ゲッベルスを「おしゃべりなケナガイタチ」あるいは「攻撃的で偽物のスカンクのでき損ない」として描くきっかけとなったのは、こういった関わりからである。1938年、イギリスのイラストレーター、バーナード・パートリッジに直接着想を与えたのは、前年のもうひとつのウォルト・ディズニーの映画だ。ヒトラーを白雪姫に見立てたパロディで、7人の小人たちをなだめすかそうとするのだが、小人たちそれぞれの帽子には、切望するヨーロッパの国の名前が書かれている。

028

第27章

ソ連から見たヒトラー

ドイツ軍のソ連における大規模な残虐行為と犯罪に直面して、ソ連のプロパガンダは、ドイツ軍とヒトラーの両方に対して、最も復讐心に満ちた殺人的なイラストを使ったものだった。ナチズムという言葉はほとんど使用されず、ファシズムやヒトラー主義という言葉を使った。あらゆる形態のプロパガンダ(ポスター、チラシ、映画、漫画、ラジオなど)で使用された語彙は慣れ親しんだもので、寄生虫のファシスト、ハゲワシ、ハゲタカ、ブタ、イヌなど、非常に暴力的かつ侮辱的だった。また、「仇を討て！」、「容赦するな」、「同情せずに敵と戦い、滅ぼすんだ」、「ヒトラーとその取り巻きたちに死を」、「我々の子供たちを殺した者たちを容赦なく殺せ」など、強くてシンプルな呪文のようなものだった。

029

029 「二度と立ち上がることができないように、奴らを叩きのめそう」。1941年6月22日、ドイツがソ連に侵攻した直後に作成されたこのポスターには、こう書かれている。

030 1941年7月12日、英ソ協定が締結され、両国は互いに助け合い、ドイツとの個別の平和条約に署名しないことを約束した。「非常に重要な合意」というこのポスターに描かれているのは、ドイツを代表するヒトラーが、今や両側から首を絞められている様子である（1941年のポスター）。

030

031 致命的な脅威である冬の寒さに直面して、この骸骨はヒトラーに「決定的な一歩を踏み出せ」と忠告し、ヒトラーは銃剣で自らを突き刺す。その銃剣のうちの一本にはナポレオンの帽子が突き刺さっており、二人の運命を関連づけている（1941年のポスター）。

032 戦闘で負傷し、ボロボロになったドイツ兵と同一視されるヒトラーは、それでもなお復讐によって打ちのめされた。「敵は報いを受けるだろう」（1942年のポスター）。

„РЕШАЮЩИЙ“
ШАГ

032

033 ソ連軍の爆撃を受けるヒトラーと「ヒトラー国家を破壊せよ」というスローガン(1943年のポスター)。

033

034 神聖ローマ帝国の皇帝として栄光を誇っていたヒトラーは、1943年の敗北後は困難な状況にあり、「赤軍がファシストの計画を阻止する」というスローガンとともに描かれている（1943年のポスター）。

035 ヒトラーの前髪を風見鶏に見立てて遊びながら、イラストレーターは2つのバージョンを提示している。「1つは1941年で東向き、もう1つは1944年で西向き」（1944年のポスター）。

034

035

036 死刑執行人ヒトラー、1945年にこうして最期を迎える(1945年のポスター)。

036

第28章

連合国から見たヒトラー

当初、アメリカ政府はプロパガンダ活動に関与することをためらっているようだったが、メディアや民間広告主に乗っ取られることを恐れて、すぐに取り組みはじめた。1942年に戦争情報局(OWI)が設立され、それ以降は、戦争の情報やプロパガンダの発信の大部分を引き受けることになった。OWIの担当者たちは、ポスターや空中ビラ、映画スタジオ、ラジオ局、報道機関など、たくさんの手段を用いてアメリカ国民に伝達しようとした。コミック本もまた、キャプテン・アメリカ、スーパーマン、ワンダーウーマンのようなスーパーヒーローを生み出すことで戦争努力を支援しようとした。アメリカのプロパガンダは、イギリスのプロパガンダよりもメッセージの内容がより肯定的だった。義務、愛国心、伝統に焦点を絞ったものだった。これら2つのプロパガンダの共通点は、戦争を悪に対する善の問題として提示し、人々の頭のなかに「正義の戦争」という概念を叩き込み、戦争努力に参加するように促すことだった。

アニメはアメリカの戦争努力に貢献した。ディズニースタジオは『総統の顔(The Führer' face)』を制作したが、そのなかでドナルドが悪夢にうなされることから『ナッツィランドの悪夢(A Nightmare in Nutziland)』という別タイトルがつけられた。ムッソリーニ、東條、ゲーリング、ゲッベルス、ヒムラーからなる吹奏楽団の演奏に合わせて、ドナルドは武器やヒトラーの肖像画を大量生産しなければならない。彼らが迎えにやってくる。悪夢はそこで終わり、ドナルドが目を覚ますと、窓から自由の女神像が見えて、安堵する。そして、自分が自由の国アメリカにいることを思い出す。このアニメは、ドナルドが自由の女神像にキスをし、「アメリカ国民でいられてなんて幸せなんだろう」と言うところで終わる。そして、ヒトラーの怒った顔の風刺画が現れ、その顔にトマトが投げつけられ、つぶれたトマトが「The End」の文字になる。

037 1943年1月に公開され、アカデミー短編アニメ賞を受賞したこのアニメの成功は、反ヒトラーのパロディ的な歌詞と、国歌をさらに滑稽にするおならの音で構成されたこの歌に負うところが大きい。

「総統が『我々は支配者の種族である』とおっしゃるとき、

われわれは総統の御姿に向かって、ハイル！［プッ］ハイル！［プッ］と叫ぶのだ！

総統を愛さないことは、大いなる不興であるから、

われわれは総統のお姿に向かって、ハイル！［プッ］ハイル！［プッ］と叫ぶのだ！」

037

038 このアメリカ軍の空中ビラは、連合国によるシチリア島征服とイタリアのファシズム大評議会によるムッソリーニ解任の後、

038

1943年8月20日から9月20日にかけてフランス上空でばらまかれた。

039 連合国と、ムッソリーニの後を継いだバドリオ元帥との秘密交渉の末、1943年9月8日に休戦協定が結ばれた。ドイツ軍にとってはひどい裏切りであり、以降はイタリアの地で連合国軍に対して単独で戦わなければならなくなった。1943年9月8日付の空挺新聞『戦争下のアメリカ(L' Amérique en guerre)』には、雷に脅えるヒトラーのイラストが掲載された。実際には、イタリア遠征は、連合国軍参謀本部が想像していたよりもはるかに長く、致命的なものとなる。

039

040 1944年2月3日付のイギリスの空挺新聞『空軍の手紙(Le Courrier de l'Air)』に掲載されたこのイラストは、ナチスの「新秩序」に協力したヨーロッパのすべての体制を端的に表している。ヒトラーが常に言及していた汎ゲルマン主義者たちのなかで生まれたこの表現は、第三帝国の理論家たちが「ヨーロッパの新秩序」の略称として使用していたものだ。その目的は、経済的に統合された新しいヨーロッパという共通の利益のために、領土を公平に再編成することだった。この新秩序にソ連は含まれておらず、ソ連は「アジア」であり、とりわけ、破壊されるべき「ユダヤ・ボルシェヴィキ」国家とみなされた。この考え方はヒトラーの1941年の演説によって公言された。「1941年は、ヨーロッパにおける偉大な新秩序の歴史的な年になると、私は確信している」。歴史家のなかには、このヨーロッパ支配は、ドイツの支配下に世界政府を樹立するための世界征服にまで及ぶと考える者もいる。連合国軍の進撃に直面して、この「新秩序」が危うくなったように思えたため、

Hitler : — "Faites donc attention à mes mioches"

040

「乳母車を押すヒトラーとともに砲撃から逃れるヨーロッパの家族」となった。乳母車のなかにはシュテュルプナーゲル将軍(オットーかカール＝ハインリヒか、従兄弟同士の二人はともにフランス占領軍総司令官を務めた)、ポーランド総督ハンス・フランク(「ポーランドの死刑執行人」の異名を持つ)、オランダ国家弁務官アルトゥル・ザイス＝インクヴァルトもいて、腕につかまっているのはノルウェーの協力者ヴィドクン・クヴィスリングとフランスの協力者ピエール・ラヴァルで、ムッソリーニはキャスターのついた籠に乗っており、最後の人物はスペインのフランコである。

041 このアメリカの封筒はヒトラーの出自を想起させながら、アメリカにおけるプロパガンダで繰り返しテーマとなったもののひとつを取り上げている。実際、ヒトラーの祖母マリア・アンナは、1837年、未婚で息子を出産し、アロイスと名付け、姓名は彼女の名前であるシックルグルーバーとなった。シックルグルーバーとはオーストリアの方言で「井戸を掘る人」という意味である。その5年後、マリア・アンナ・シックルグルーバーはヨハン・ゲオルク・ヒードラーと結婚したが、その名は「地下河川の近くに住む人」を意味する。しかしヨハン・ゲオルク・ヒードラーはアロイスを認知しなかった。ヨハン・ゲオルク・ヒードラー(Hiedler)には、ヨハン・フォン・ネーポムク・ヒュートラー(Huetler)という弟がいた。同じ家族の出生記録で、同じ姓のはずが異なる綴りで記載されている。1877年1月7日、さらに謎めいた理由で、アロイスが39歳のときに、ヒードラー(Hiedler)の名で認知され、さらに異なる綴りで、ヒトラー(Hitler)となった。ある人たちが考えているように、

041

アロイスの実の父親はヨハン・フォン・ネーポムク・ヒードラーだったのだろうか？　いずれにせよ、アドルフが生まれたとき、登録されたのはヒトラーという名であり、シックルグルーバーではなかった。この出自を知ったアメリカのプロパガンダ当局は、ヒトラーの信用を失墜させるためにそれを利用し、アメリカ国内とドイツ軍に対してたくさんの空中ビラを撒いた。

042 アメリカのあるメーカーは、針山として、お尻を突き出したヒトラーのこの彫像を制作し、「他人を刺そうとする者は、最後は自分が刺されることになる」と述べている。

042

043 **044** この2枚のポストカードが証明しているように、スカトロジーはアメリカのユーモアのレパートリーの一部である。尿瓶が描かれているポストカードでは、左側の人物がヒトラーに向かってこう言っている。「アメリカから届いたばかりなんです！　きっと、ビールジョッキの新モデルですね！」

043

044

045 **046** 1941年、イギリスの新聞『デイリー・スケッチ』が『もじゃもじゃヒトラー(Der Struwwelhitler)』というコミックを掲載した。これは1844年に精神科医のハインリヒ・ホフマンが書いた『もじゃもじゃペーター(Der Struwwelpeter)』というドイツの非常に有名な本のパロディである。ユーモラスな形式で書かれた子供向けのこの本

045　046

は、社会においてすべきこと、すべきでないことについての道徳の教訓である。意地悪な子や言うことを聞かない子は、ひどい罰を受ける。マッチで遊んだハリエットは焼け死ぬし、爪を噛むコンラッドは指を切り落とされてしまう、といった具合である。この新しいバージョンでは、「小生意気な若者たち」が「残酷なヒトラー」、「小さなムッソ」(ムッソリーニ)、「小さなゴビー」(ゲッペルス)になる。作者は「Doktor Schrecklichkeit」(ドイツ語で「隠れ医者」の意味)で、ロバートとフィリップのスペンス兄弟の筆名である。二人はイギリスの戦争努力を支援するためにこの本を制作した。

047 1942年11月22日から1943年2月12日にかけてドイツ上空から投下され、国民の士気を低下させたこの連合国軍の空中ビラは、歓喜力行団(Kraft durche Freude)と呼ばれるナチ党の余暇活動を提供した組織に着想を得たものだった。実際、この組織は戦前の国民のために「国民車」を作るという任務があったが、開戦とともに軍用車を作ることになった。
このビラはヒトラーの言葉の引用から始まる。「私は最初からあらゆる可能性を計算してきた」。ヒトラーが写っている写真の下には、「ヒトラーが模型を検査、ベルリン、1938年」とある。そして、もう1枚の写真の下には「完成した車」と書かれている。

ビラの裏面には、『わが闘争』からの引用がある。「1914年、ドイツ国民がまだ理想のために戦っていると信じているあいだは、彼らは断固として立ち向かった。ところが、毎日のパンのためにしか戦うことを許されなくなった途端、彼らはむしろ戦いを放棄するようになった」

047

048 『新世界(Nuovo mondo)』はアメリカの情報局がイタリア人向けに発行していた月刊誌だが、その1945年4月16日号に掲載されたこのイラストは、ヒトラーが自分の墓を掘っている様子が描かれている。碑文として書かれている言葉は「これが私の最後の領土征服である」である。

ECCO LA MIA
ULTIMA
RICHIESTA
TERRITORIALE
MACKENZIE
(The Post Dispatch, St. Louis, Missouri)

第29章

独裁者トリオ

1941年12月に、調査会社ギャラップがアメリカで行った世論調査で、国民が誰を「ナンバーワン」の敵と考えているかを調べたところ、日本を大きく引き離して、75%がヒトラーと答えた。ところが、日本が真珠湾の平和基地を攻撃した直後から、アメリカ国民は日本を主要な敵とみなすようになった。ルーズベルトは、1942年1月6日、ヴィクトリープログラムを発表した際、次のように宣言した。「アメリカは日本に対してだけでなく、すべての戦線において戦争を行う。今回こそ戦争に勝つだけでなく、その後に続く平和の安全を守る覚悟である」。よって、国民に向けたアメリカのプロパガンダは、枢軸国の3人の指導者を区別することなく定期的に関連づけ、戦うべき3人の敵を同じレベルに置いた。ナチス・ドイツのヒトラー、ファシスト・イタリアのムッソリーニ、大日本帝国総理大臣の東條元帥である。

049 この「悪人」トリオを笑い者にしたのは、現実はまったく違っていたにもかかわらず、相手は簡単に倒せる愚かな敵だとアメリカ国民に信じ込ませ、活気づけるためだった。ヒトラーはしばしば、彼を嘲笑するような状況で、愚かな人間として、あらかじめ失敗する運命にあるように描かれる。風刺されたナチス・ドイツは、枢軸国の最悪の悪として扱われ、日本やイタリアよりも大きな脅威だとされた。ムッソリーニは粗悪な独裁者として描かれている。日本人はグロテスクで野蛮で、非人間的で盲目的で狂信的で冷酷な存在として描かれている。
このポストカードには3人組がトイレットペーパーとなって描かれており、「彼らを拭い去ってやろう」との文字がある。

050 西部開拓時代の悪党の指名手配ポスターをモデルにしたこのポストカードは、「多額の報酬が提供される」条件で手配されている3人組が描かれている。戦闘に出かけるGIが言うように「戻ってくる

"I'M GOING TO
WIPE THEM OUT"
AC114
©MWM
049

WANTED
BIG REWARD OFFERED
"I'm Coming Home Rich!"
AC110
©MWM
050

ときは金持ちだ」

051 多くの企業が、軍に関係するものを生産していなくても、戦争を支援する広告キャンペーンを行った。雑誌広告もまた、戦争努力に役立つ製品を褒めそやすために、トリオを使った。1943年6月21日付の『タイム』誌に掲載されたこの「未知の武器」は、薄い鋼鉄の刃

Enlarged reproduction free on request.

Unknown Weapon

This "weapon" with its up to 76,032 sharp steel teeth per square foot combs *foreign* matter out of raw textile fibers, and lays them uniformly preparatory to weaving. It is Wissco Card Clothing, an ingenious precision product unknown to all but the textile industry.

Wickwire Spencer devised a remarkable process which gives to Wissco Card Clothing *glass hard* points—with doubled and trebled life. It helps the textile industry speed the production of materials for uniforms, blankets, tents—even mineral asbestos for numerous war applications.

You who read this may never need Wissco Card Clothing, unless you produce textiles. But it is one more example of the many advanced wire products with which Wickwire Spencer is serving practically *every* industry. For over 122 years we have pioneered such developments. If *you* have problems in wire or wire products, put them up to experts.

COPYRIGHT 1943

WICKWIRE SPENCER STEEL COMPANY

500 FIFTH AVENUE NEW YORK, (18) N. Y.

STANDS FOR FRIENDLINESS

FAMOUS FOR QUALITY IN WIRE, WIRE ROPE, SPRINGS, METAL CONVEYOR BELTS, INDUSTRIAL WIRE CLOTH, POULTRY NETTING, HARDWARE CLOTH, INSECT SCREEN CLOTH, ELECTRICALLY WELDED FABRIC FOR CONCRETE

64

051

で未加工繊維にブラシをかけ、滓を除去する新工法である。これらの工業繊維はその後、制服、車両カバー、テント生地などに使われた。よって、当然のことながら、未加工繊維から取り除かれる不純物は独裁者トリオだった。

052 この封筒では、3つ頭のヒュドラと化したトリオをアンクル・サムの足が踏みつぶしており、「進め！アメリカ」、「奴らを踏みつぶせ！」というスローガンが書いてある。このように動物化された敵は、害虫と同じように殺すべきである。

052

053 このポストカードは、アメリカ国内の新兵のためのトレーニングキャンプで販売されたものだが、ここに描かれているGIは、すでに敵のトリオの首に縄をかけて戦争から戻ってくる自分の姿を想像している。

054 1943年にムッソリーニが解任されると、この封筒に描かれているようにトリオがデュオになり、すべての人が自分の立場で戦争努力をして、1944年には戦争が終結し、ヒトラーと東條がさらし台にかけられる様子を想像するようになる。書かれているスローガンは

「戦争に貢献するために最善を尽くそう。そうすれば44年にこの目的を達成するだろう」

053

ch. Pharm. J. N. Lawrence
naval Hospital (Staff)
San Diego 34. Calif.

SAN DIEGO MAY 26 11 AM 1945 CALIF.

NAVAL HOSPITAL BRANCH

44

JNL-5

Do your best to help the war—
So we'll reach this objective in '44

T/S. Edward J. Whiting
12214075
Research Section,
Camp Ritchie,
Maryland.

054

第30章

レジスタンスと自由なフランス

ご想像のとおり、紙が不足していたため、レジスタンスの秘密のビラや新聞にイラストや絵が掲載されることはほとんどなく、文字による情報を優先させた。

055 1942年、国民戦線第14委員会による共産主義者のビラ「ラヴァルが戦争、ラヴァルの戦争」では、ヒトラーが主人、ラヴァルが従者として描かれている。本文はペタンやラヴァル、占領軍に対する厳しい攻撃である。

「ペタンの下劣さと裏切り、ラヴァルの卑屈さと凶悪な行為、どちらをより憎むべきかはわからない。

ラヴァルは、フランス最大の悪党がなしうることを世界に示す人物である。

というのも、ラヴァルが権力を握れば、フランスはヒトラーに引き渡され、陸海空軍は敵の手に渡ることになるからだ。

フランス人労働者のドイツへの大量追放

略奪と飢饉の悪化

愛国者の大量虐殺

戦争、フランスに対する戦争

完全な隷属の脅威に直面し、我々はもはや躊躇することはできない。

ラヴァルは我々と戦争をしている。

ラヴァルとの戦争

愛国者たちよ、皆、ヒトラーの支配下で生きることを拒否し、武装したヒトラーのために死ぬことを拒否しよう！」

056 この絵は、1944年1月18日付*Le Front ouvrier*紙（大西洋地域の労働者の秘密の機関紙）からの引用であり、第4インターナショナルのトロツキストによって印刷されたものである。銀行家の手に握られた操

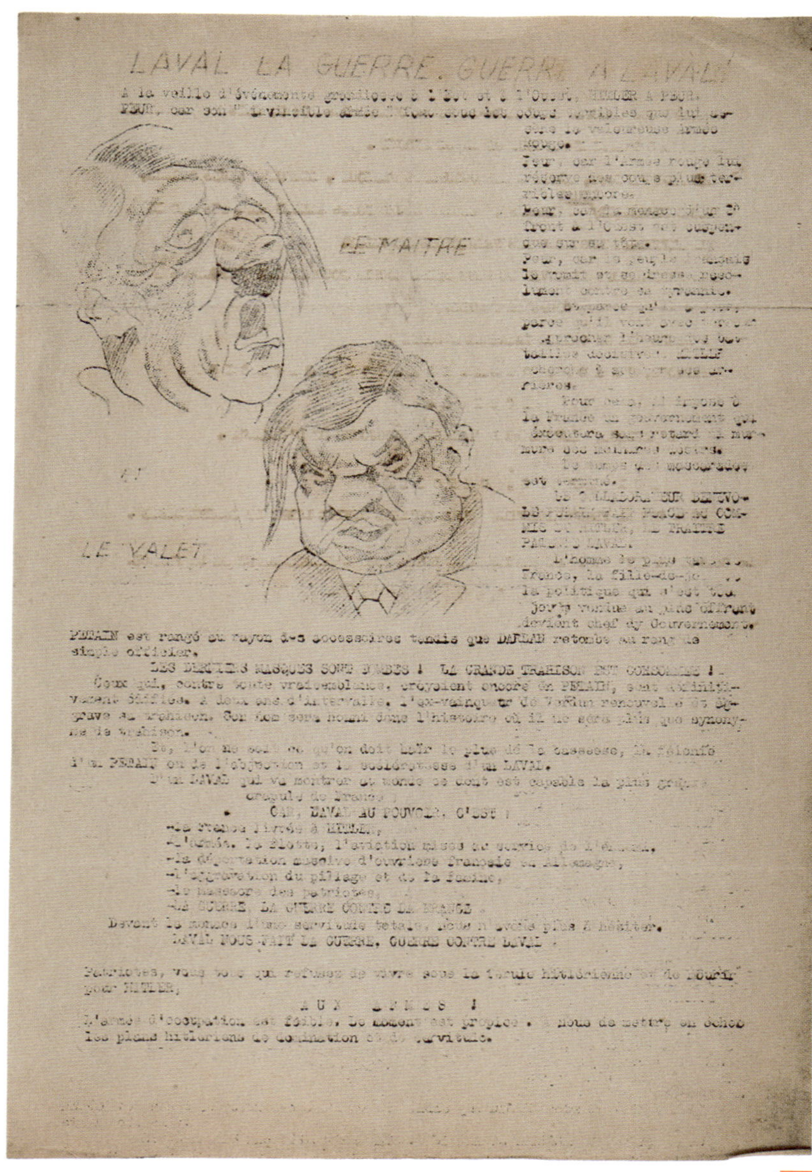

LAVAL LA GUERRE. GUERRE A LAVAL!

A la veille d'événements grandioses à l'Est et à l'Ouest, HITLER A PEUR.
PEUR, car son "invincible armée" reçoit tous les coups terribles que lui porte la valeureuse Armée Rouge.
Peur, car l'Armée rouge lui réserve des coups plus terribles encore.
Peur, car la menace d'un 2e front à l'Ouest est suspendue sur sa tête.
Peur, car le peuple français le vomit et se dresse résolument contre sa tyrannie.
[illegible] parce qu'il voit avec [illegible] approcher l'heure des batailles décisives, HITLER cherche à assurer ses arrières.
Pour cela, il impose à la France un gouvernement qui exécutera sans retard [illegible] des [illegible].
Le temps [illegible] est terminé.
LE COLLABORATEUR [illegible] HITLER, LE TRAITRE PIERRE LAVAL.
L'homme le plus [illegible] France, [illegible] la politique qui s'est [illegible] devient chef du Gouvernement.

LE MAITRE

LE VALET

PETAIN est rangé au rayon des accessoires tandis que DARLAN retombe au rang de simple officier.
LES DERNIERS MASQUES SONT TOMBES ! LA GRANDE TRAHISON EST CONSOMMEE !
Ceux qui, contre toute vraisemblance, croyaient encore en PETAIN, sont définitivement édifiés. A deux ans d'intervalle, l'ex-vainqueur de Verdun renouvelle et aggrave sa trahison. Son nom sera honni dans l'histoire où il ne sera plus que synonyme de trahison.
[illegible], l'on ne sait ce qu'on doit haïr le plus de la bassesse, la félonie d'un PETAIN ou de l'abjection et la scélératesse d'un LAVAL.
D'un LAVAL qui va montrer au monde ce dont est capable la plus [illegible] crapule de France !
CAR, LAVAL AU POUVOIR, C'EST :
-la France livrée à HITLER,
-l'Armée, la flotte, l'aviation mises au service de l'ennemi,
-la déportation massive d'ouvriers français en Allemagne,
-l'aggravation du pillage et de la famine,
-le massacre des patriotes,
-LA GUERRE, LA GUERRE CONTRE LA FRANCE.
Devant la menace d'une servitude totale, nous n'avons plus à hésiter.
LAVAL NOUS FAIT LA GUERRE, GUERRE CONTRE LAVAL !

Patriotes, vous tous qui refusez de vivre sous la férule hitlérienne et de mourir pour HITLER,
A U X A R M E S !
L'armée d'occupation est faible. Le moment est propice. [illegible] nous de mettre en échec les plans hitlériens de domination et de servitude.

055

り人形となったヒトラーとドゴールを操作する資本主義の古典的なレトリックを用いている。

ムッソリーニの失墜を例にとり、ヒトラーが同じ運命をたどることを期待して、同紙は次のように書いている。

「以上のような出来事によって、戦争は短縮されるだろう。そしてさらに、ヒトラーの失墜を利用して、ドイツ人労働者が工場や銀行、土地を奪取し、ユンカーや征服欲にまみれたドイツの資本家を追い出せば、決定的な平和が訪れるだろう。20年後にまた最初からやり直す必要はないのだ。ドイツ革命の勃発を阻む障害はたくさんある。その最たるものが、ヴェルサイユ条約によってドイツ人を隷属状態にするという連合国の決意を常に宣言している、アングロサクソンのプロパガンダであることは確かだ。

そうすることで、彼らはヒトラーに貢献し、彼の軍隊の規律を維持することを助けたのだ。……アングロサクソンとゴーリストの政策は、結果的に戦争を長引かせることになった。ナチスとその資本主義の支配者を一掃するために、そしてヨーロッパと世界の社会主義統一国家を建設するために、ともに戦おう。その国家だけが決定的な平和をもたらすことができるのだ」

056

057 1943年2月号の『フランス－オリエント』誌に掲載されたこのユーモラスな絵は、「砂漠の戦争」として知られるリビアの軍事作戦を描いたものである。この戦争は、ムッソリーニ率いるイタリア帝国のリビア植民地軍と、ロンメル率いるドイツ遠征軍「ドイツアフリカ軍団」、および自由フランス軍が参戦したイギリス第8軍との戦いとなった。1940年9月に始まり、1943年5月12日にチュニジアの海岸での枢軸国軍の降伏によって終結した。ケーニグ元帥が指揮する自由フランス軍が描かれたのは、ビル・ハケイムの戦いの様子、1942年5月26日から6月16日にかけて行われた「ガザラの戦い」の中である。これは、リビアからの撤退を余儀なくされた枢軸国軍に対してイギリス軍が勝利を収めたエル・アラメインの第二次会戦の前哨戦だった。この自由フランスの雑誌が、エジプトの象形文字から着想を得て、この戦争の敗者を風刺することに興味を持った理由は、容易に理解できる。『フランス－オリエント』誌はデリーの自由フランスの集団が発行していた月刊誌で、創刊号は1941年5月3日に発行された。この雑誌は、インド、アフガニスタン、イラン、中東全域に広がり、発行部数は3年間で2000部から8000部になり、ページ数も64ページから144ページに増えた。これは、ロンドンで出版された『フランス・リーブル(自由フランス)』に次いで、自由フランスの2番目に大きな雑誌である。

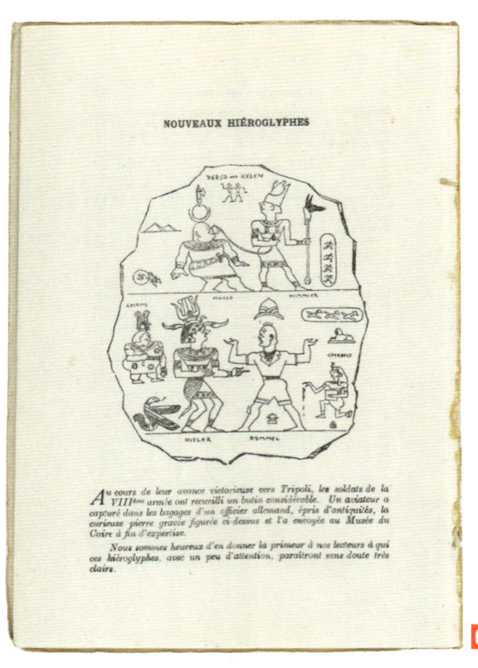

NOUVEAUX HIÉROGLYPHES

Au cours de leur avance victorieuse vers Tripoli, les soldats de la VIIIème armée ont recueilli un butin considérable. Un aviateur a capturé dans les bagages d'un officier allemand, épris d'antiquités, la curieuse pierre gravée figurée ci-dessus et l'a envoyée au Musée du Caire à fin d'expertise.

Nous sommes heureux d'en donner la primeur à nos lecteurs à qui ces hiéroglyphes, avec un peu d'attention, paraîtront sans doute très clairs.

057

058 1945年3月、ロット県ランザックで発行された『ル・ポワン——芸術と文学の雑誌』誌は、レジスタンスのために新聞や小冊子、ビラ、チラシを印刷していた隠れた活版印刷工に敬意を表して、「地下印刷所」と題した特集号を発行した。その特集号で、写真家のロ

PAPILLON IMPRIMÉ CHEZ PONTREMOLI ET DESTINÉ A ÊTRE COLLÉ SUR L'AFFICHE
« LES TERRORISTES ».
48

058

ベール・ドアノーが、占領下におけるこの仕事の困難さと危険性を読者に説明するために、地下出版やビラ投下の場面を再現した。そのうちの一枚は、1944年に作成されたチラシを撮ったもので、これは1944年2月にマヌーシアン・グループのレジスタンス運動家たちが裁判にかけられ処刑された後、フランスの街頭に貼られた「赤いポスター」に貼りつけられた。

059 1945年1月27日付『ウエスト・フランス』紙の挿絵画家は、役割を逆転させた。ヒトラーをベルヒテスガーデンの山小屋で連合国軍の進撃から身を守る対独レジスタンス運動員として描き、その足元には秘密兵器V1やV3の入った木箱が置かれている。

059

060 占領下に生きたトゥールーズ地方出身の匿名のフランス人のノートに描かれていたこのイラストからは、当時の困難な状況にもかかわらず、ユーモアを交えてヒトラーが嘲笑されていた様子が見て取れる。このノートには、ルイ・アラゴンの『グレヴァン蠟人形館』をはじめとするレジスタンスの詩や、この愉快な『ヒトラーへの祈り』のような戦争中に語られたいくつかの冗談話も残されており、2つに分けて読むことができるようになっている。

愛し、賞賛しよう　　ヒトラー総統
永遠なるイギリス　　は、生きるに値しない
呪おう、打ち砕こう　　海の向こうの人々
支えとなろう　　ドイツ総統の
航海士たちよ　　冒険物語を終わりにしよう
彼らだけに　　正当な罰が
勝者の掌が　　鉤十字を待っている

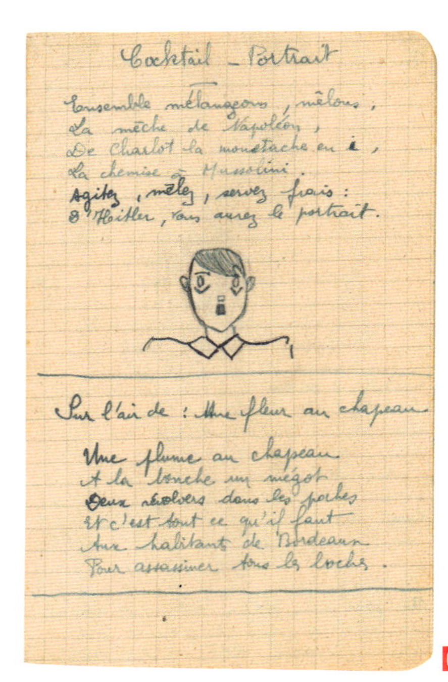
Cocktail – Portrait

Ensemble mélangeons, mêlons,
La mèche de Napoléon,
De Charlot la moustache en i,
La chemise à Mussolini.
Agitez, mêlez, servez frais :
D'Hitler, vous aurez le portrait.

Sur l'air de : Une fleur au chapeau

Une plume au chapeau
A la bouche un mégot
Deux revolvers dans les poches
Et c'est tout ce qu'il faut
Aux habitants de Bordeaux
Pour assassiner tous les boches.

060

第31章

臆病者のヒトラー

ヒトラーを嘲笑し、超人として描くのをやめさせるために、連合国のプロパガンダはヒトラーを臆病者として描くこともあった。

061 1939年11月8日、ミュンヘンのビアホールで、ヒトラーは共産主義者ゲオルク・エルザーによる暗殺未遂から逃れた。1923年に失敗に終わったミュンヘン一揆が発生したそのビアホールで、ヒトラーは毎年記念演説を行っていたのだ。発火装置はうまく作動し、

APRÈS L'ATTENTAT...
elkin
— Mais non, mon Führer, ce n'est que Goering qui ronfle.

061

エルザーが仕掛けた爆弾は爆発したが、エルザーは天候を考慮に入れていなかった。実際、その日は悪天候のため、ヒトラーは飛行機ではなく列車でベルリンに戻ることになり、3時間もの長さの演説を1時間に短縮せざるを得なくなったのだ。爆弾はヒトラーがビアホールを出た後に爆発した。このテロ事件を受けて、挿絵画家エルキンスは、1939年11月16日付のカトリック系週刊誌『ア・ラ・パージュ』のなかで、ヒトラーを揶揄する絵を描いた。

062 1943年のある演説のなかで、ヒトラーは正午15分まで戦う準備ができていると宣言した。連合国軍のプロパガンダはこの表現を風刺し、この運命のときが近い時計を定期的に示した。

フランス本土に投下された1943年12月2日付の空挺新聞『クーリエ・ドゥ・レール』は、スウェーデンの新聞に掲載されたこの趣旨のイラストを転載している。

Hitler a déclaré : "Je me battrai jusqu'à midi et quart". Le journal suédois Goetesborg Handels Och Sjoefarts Tidning publie cette caricature avec la légende : Hitler : "Voilà encore ce V." Goering : "Non, ce n'est que l'horloge qui indique midi moins cinq".

062

063 同様のテーマが、この1945年のフランス語とオランダ語のポストカードにも見られ、12時5分を告げる時計を前にして、ヒトラーとゲーリングが怯えている。

MEIN KAMPF
Maintenant ça-y-est! - Jetzt ist es soweit!

063

064 1945年3月12日から4月1日にかけてドイツ上空から投下された連合国軍のビラもこのテーマを取り上げており、「正午5分

5 Minuten nach 12!

Es ist vorbei

mit den Kriegsverbrechern, die das deutsche Volk unter Lügenversprechungen in Unglück und Tod getrieben haben, und die jetzt, 5 Minuten nach 12, Dich opfern, um ein paar Wochen länger an der Macht zu bleiben.

Es ist vorbei

mit der ϟϟ, die aus den Frontlinien gezogen wird und ihre Gewehre, anstatt gegen die alliierten Truppen, gegen die Heimatfront und gegen Dich richtet, um Euch, 5 Minuten nach 12, bei der Stange zu halten.

Es ist vorbei

mit dem Westwall, der heute schon so durchlöchert ist wie der Atlantik Wall, auch wenn man Dir, 5 Minuten nach 12, einzureden versucht, seine kümmerlichen Bunker liessen sich gegen die hundertfach überlegene Artillerie- und Panzerstärke der Alliierten halten.

Es ist vorbei — mit Goebbels „totalem Krieg"!
Es ist vorbei — mit dem Krieg der Nazis!

Noch ist für Dich nicht alles vorbei,

wenn Du in letzter Minute einsiehst:

dass jedes Weiterkämpfen Selbstmord ist,

dass niemand Dich zwingen kann, Dein Leben für die Kriegsverlängerer zu opfern,

dass es für Dich noch die Wahl gibt — zwischen ehrenvoller Kriegsgefangenschaft und Tod.

Für Dich ist es noch
Eine Minute vor 12!

Wenn der Topp aber nu een Loch hat ...

Durch Radio, Zeitungen und Sonderbefehle brüllen Dir Hitler, Himmler und Goebbels zu: „Totaler Krieg", „neue Reserven". Aber es gibt keinen „totalen Krieg", denn es gibt keine neuen Reserven. Die Reserven sind Magenbatallione, Genesungs-Kompanien, Invalide, UK-Geschriebene. Was es gibt, ist das Zustopfen von Löchern. Und während man eins zustopfen will, wird das Loch an einer anderen Stelle immer grösser.

CT-14

064

過ぎ！　もう終わりだ……」というタイトルがついている。ドイツ軍兵士に捕虜になることを勧め、戦闘をやめさせることを目的としたこのビラは、最後は太文字でこう書かれている。「君にとってはまだすべてが終わったわけではない……。君にとってはまだ正午1分前だ」。そして裏面には、ヒトラー、ヒムラー、ゲッベルスが、穴の開いた鍋で戦争兵器を製造するための薬を作っている様子が描かれている。

065 ソ連側では、脅威は十分に明らかであり、この1945年のポスター「怪物は隠れ家を見つけられないだろう」に描かれた、逃げ隠れしようとするヒトラーの怯えた表情を理解できるほどである。

065

第32章
「ヒトラー、ヨップ・ラ・ブーム!」

ヒトラーを嘲笑する歌は、あらゆる言語で枚挙にいとまがない。戦前のフランスで最も人気があったのは、ユーモア作家のゲオルギオスが1938年に書いた「彼は筆で仕事をしている」である。

「彼はもっと深刻な病にかかっている
呑気症よりも
彼はそれがつらいようだ
彼はそれを生存圏と呼ぶ
自分が偏狭なのを感じると
叫び声をあげ
怒りを爆発させ
恐怖感をむき出しにする」

066 1939年12月17日付の『ル・ペルラン』紙は、『彼は走って、フェレットを追いかける(Il court, il court le furet)』の旋律に合わせて、「奇妙な戦争」の真っ只中で非常に楽観的な「中立者のロンド」を描いている。

067 人気のあったジャック・ペインと彼のオーケストラは、フランスに進駐していたイギリス海外派遣軍BEFの軍歌のなかで、ヒトラーの前髪を切るためにベルリンへ行くことを想像している。

068 1939年、英仏の友好を称えるために、このポストカードでは、膝を曲げないドイツ軍式の行進をしているヒトラーが、太鼓を叩きながら戦闘を挑発するように進むのを止められている様子が描かれている。

LA RONDE DES NEUTRES
Il court, il court en fu-reur, le fuh-rer A-dolf Hit-ler
Il vou-lait pas-ser i-ci ; il vou-drait pas-ser par là
Il s'est fourré, le fuhrer
le doigt dans l'œil jusque là

066

Berlin or Bust
(THE SLOGAN OF THE B.E.F.)
Words & Music by
ROSS PARKER
and
HUGHIE CHARLES
CREATED BY
JACK PAYNE
AND HIS BAND
6D NET

067

TAPE TOUJOURS
ÇA NE RÉSONNE PLUS
CEDEZ ou je vous ÉCRASE
HITLER
Paul Barbier-39

068

069 挿絵画家のピエール・ノエルは1940年2月22日付の『マッチ』誌で、イギリスの民兵組織ホーム・ガードのイギリス人兵士が、大太鼓を強く叩くモチベーションを高めるために太鼓にヒトラーの顔を描いている。

070 BBCで放送されたフランス人向けの番組の中で、ドイツ人だったり、ペタン主義者だったり、対独協力者だったり、敵対者を嘲笑するために、パロディ版の歌が定期的に歌われた。その曲は、聴衆が歌詞だけに集中すれば簡単に覚えられるように、当時の流行歌や伝統的に人気のある歌のものが使われることが多かった。こうして「ミシェル母さん」が「ムッソ父さん」になり、「私たちはもう森には行かない」が「外人部隊のロンド」に変わり、「彼は走ってフィレットを追いかける」が「彼は走ってラヴァルを追いかける」になった。これらの歌の最も多作な作詞家のなかに、ユーモア作家のモーリス・フォン・モペスがいて、1935年にモーリス・シュヴァリエが歌った『プロスペール』の曲に合わせて『ヒトラー、ヨップ・ラ・ブーム』を書いた。彼の歌は空中ビラの題材となり、『BBCの歌』は1943年3月から8月にかけて、フランス上空で投下された。

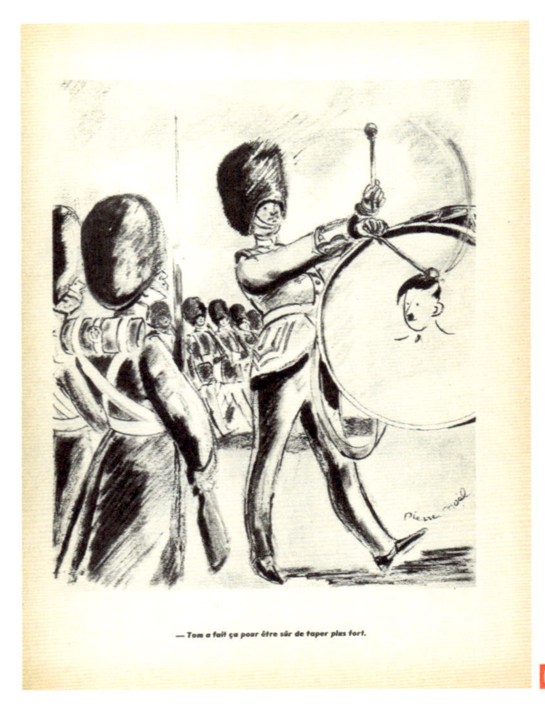
Pierre Noël
— Tom a fait ça pour être sûr de taper plus fort.

069

HITLER, YOP LA BOUM
AIR : Prosper.
Hit - ler et Yop la boum V'là ton pres-tig' qui s'en - ta - me.
Hit - ler et Yop la boum Tu vas t'fout' sur l'maca - da - me!
Hitler et Yop la boum
V'là ton prestig' qui s'entame.
Hitler et Yop la boum
Tu vas t'fout' sur l'macadame !
27

070

071 1943年、ユーモア作家のピエール・ダックは、BBCのフランス人チームに加わった。彼の最も有名なパロディ版の歌のなかに『いちばんステキなばか騒ぎ(La plus bath des javas)』や『リリー・マルレーン(Lily Marlène)』の曲に合わせて作った『柔軟な防御(La défense élastique)』がある。1945年3月、彼のパロディ作品は、ジャン・オベルレのイラスト付きで『ラジオ・ロンドンのピエールダック・シャンソン集(Les chansons de Pierre Dac à la radio de Londres)』にまとめられた。

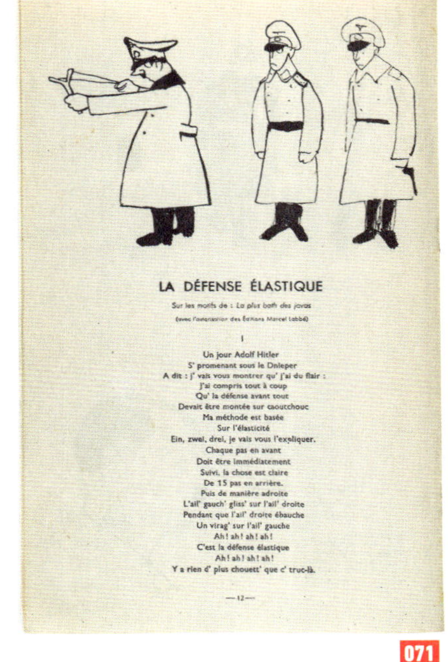

LA DÉFENSE ÉLASTIQUE

Sur les motifs de : *La plus bath des javas*

(avec l'autorisation des Éditions Marcel Labbé)

I

Un jour Adolf Hitler
S' promenant sous le Dnieper
A dit : j' vais vous montrer qu' j'ai du flair :
J'ai compris tout à coup
Qu' la défense avant tout
Devait être montée sur caoutchouc
Ma méthode est basée
Sur l'élasticité
Ein, zwei, drei, je vais vous l'expliquer.
Chaque pas en avant
Doit être immédiatement
Suivi, la chose est claire
De 15 pas en arrière.
Puis de manière adroite
L'ail' gauch' gliss' sur l'ail' droite
Pendant que l'ail' droite ébauche
Un virag' sur l'ail' gauche
Ah ! ah ! ah ! ah !
C'est la défense élastique
Ah ! ah ! ah ! ah !
Y a rien d' plus chouett' que c' truc-là.

— 12 —

071

072 **073** フランス解放の際、レジスタンス組織のリベラシオン・ノールは、反ドイツのパロディ版の楽譜を出版し、社会事業のために販売した。そのなかに、『彼の揺れる前髪(Sa mèche qui volait)』と『ヒトラー、おまえは終わりだ(Hitler tu es foutu)』の2曲が含まれていた。

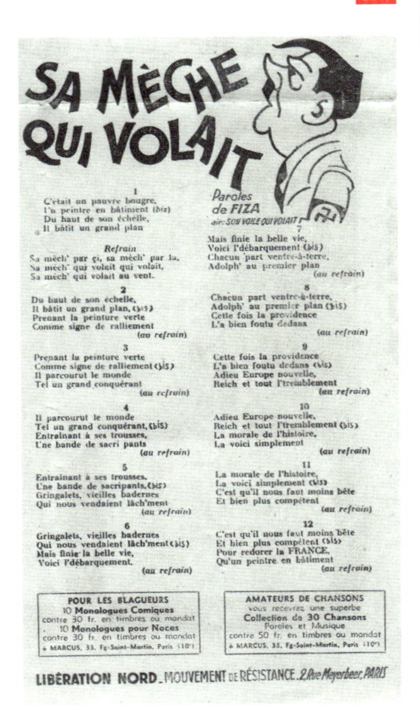

SA MÈCHE QUI VOLAIT

Paroles de FIZA
air: SON VOILE QUI VOLAIT

1
C'était un pauvre bougre,
Un peintre en bâtiment (bis)
Du haut de son échelle,
Il bâtit un grand plan

Refrain
Sa mèch' par çi, sa mèch' par là,
Sa mèch' qui volait qui volait,
Sa mèch' qui volait au vent.

2
Du haut de son échelle,
Il bâtit un grand plan, (bis)
Prenant la peinture verte
Comme signe de ralliement
(*au refrain*)

3
Prenant la peinture verte
Comme signe de ralliement (bis)
Il parcourut le monde
Tel un grand conquérant
(*au refrain*)

4
Il parcourut le monde
Tel un grand conquérant, (bis)
Entraînant à ses trousses,
Une bande de sacri pants
(*au refrain*)

5
Entraînant à ses trousses,
Une bande de sacripants, (bis)
Gringalets, vieilles badernes
Qui nous vendaient lâch'ment
(*au refrain*)

6
Gringalets, vieilles badernes
Qui nous vendaient lâch'ment (bis)
Mais finie la belle vie,
Voici l'débarquement.
(*au refrain*)

7
Mais finie la belle vie,
Voici l'débarquement (bis)
Chacun part ventre-à-terre,
Adolph' au premier plan
(*au refrain*)

8
Chacun part ventre-à-terre,
Adolph' au premier plan (bis)
Cette fois la providence
L'a bien foutu dedans
(*au refrain*)

9
Cette fois la providence
L'a bien foutu dedans (bis)
Adieu Europe nouvelle,
Reich et tout l'tremblement
(*au refrain*)

10
Adieu Europe nouvelle,
Reich et tout l'tremblement (bis)
La morale de l'histoire,
La voici simplement
(*au refrain*)

11
La morale de l'histoire,
La voici simplement (bis)
C'est qu'il nous faut moins bête
Et bien plus compétent
(*au refrain*)

12
C'est qu'il nous faut moins bête
Et bien plus compétent (bis)
Pour redorer la FRANCE,
Qu'un peintre en bâtiment
(*au refrain*)

POUR LES BLAGUEURS
10 **Monologues Comiques**
contre 30 fr. en timbres ou mandat
10 **Monologues pour Noces**
contre 30 fr. en timbres ou mandat
à MARCUS, 33, Fg-Saint-Martin, Paris (10e)

AMATEURS DE CHANSONS
vous recevrez une superbe
Collection de 30 Chansons
Paroles et Musique
contre 50 fr. en timbres ou mandat
à MARCUS, 33, Fg-Saint-Martin, Paris (10e)

LIBÉRATION NORD - MOUVEMENT DE RÉSISTANCE - 2 Rue Meyerbeer, PARIS

072

ATTENTION !...
PAS POUR LES ENFANTS
Pochette contenant
6 Cartes très drôles
contre 25 fr. en timbres ou mandat
à MARCUS, 33, Fg-Saint-Martin, Paris (10ᵉ)

HITLER TU ES FOUTU

Paroles de MARCUS

Air connu

CHANT - ACCORDÉON

SOL SOL SOL SOL RÉ7 SOL RÉ7 SOL FIN

ne. Sur les routes de Ber-lin et rin - tin - tin.

2

De STALINGRAD jusqu'à PARIS
Tu croyais avoir tout conquis
Que te reste-t-il aujourd'hui
Et ru, et ru Tontaine
Peau de balle et balai d'crin
Et Rintintin.

3

Avec ta mèche sur le front
Tu t'prenais pour NAPOLEON
Comme Aigle tu n'es qu'un Faucon
Et ru et ru Tontaine
Faucon ou vrai j'n'en sais rien
Et Rintintin.

4

Quand sur l'front y'avait du bobo
Tu t'en allais voir BENITO
Qui t'attendait sur l'bord du PO
Et ru, et ru Tontaine
D'passer l'PO ça t'allait bien
Et Rintintin.

5

Bourreur de crânes, aimant l'chiqué
Chaqu' jour dans tes communiqués
Tu parlais de nous NAZIQUER
Et ru, et ru Tontaine
C'est bon pour tes Fridolins
Et Rintintin.

6

Tu avais avant d'êtr' Fuhrer
Ecrit MEIN KAMPF, l'papier ça sert
On l'utilis'ra aux Waters
Et ru, et ru Tontaine
Pour se torcher l'bas des reins
Et Rintintin.

7

HITLER, HITLER tu as perdu
Au gibet tu seras pendu
Avec un grand coup d'botte au...d'sus
Et ru, et ru Tontaine
Tu finiras comme un chien
Et Rintintin.

073

第**33**章

「さらば、アドルフ！」

1944年秋から1945年5月8日のドイツ降伏まで、抑圧からの解放の時期が訪れた。検閲がなくなったのだ。挿絵画家たちは思う存分楽しんで、何も恐れることなく総統を嘲笑した。

074 「さらば、アドルフ」が壁や柱などに貼られた。

075 挿絵画家のソロは、1944年10月15日付のキリスト教民主主義日刊紙『ローブ』に日本の天皇から盟友ヒトラーへ贈り物が届けられた様子を描いた。俗に「ハラキリ」

074

075

と呼ばれる切腹の儀式のための小刀、短刀である。

076 ポストカードには、ヒトラーが敗戦を出産した様子が描かれている。ベッドの上方には、妊婦に与えられる優先カードを持ったヒトラーの姿が描かれている。

077 エーヌ県へのアメリカ軍の進駐から着想を得て、1944年8月31日付の日刊紙『フランス・リーブル』にこのイラストが掲載された。

076

C'est très grave : l'Aisne est atteinte et le Rhin menacé !..

077

078 ポストカード形式の、ヒトラーのユーモラスな診察の様子のイラスト。医師たちがヒトラーの心臓を見つけようと苦心している。

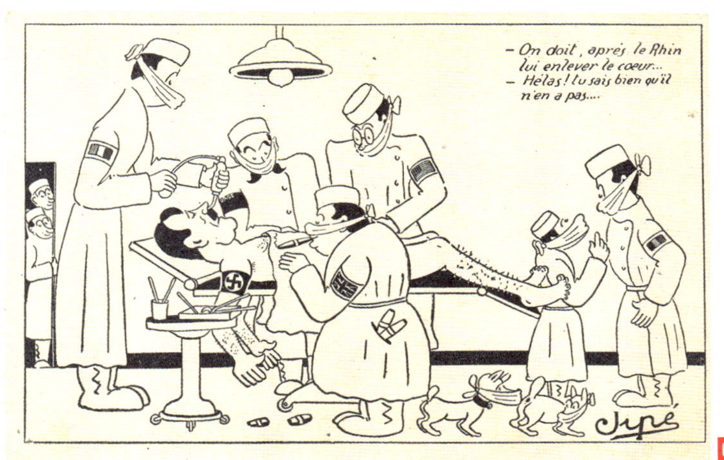

- On doit, après le Rhin lui enlever le coeur...
- Hélas! tu sais bien qu'il n'en a pas....
Jipé

078

079 平和主義者でリバタリアン運動と密接な関係を持つ挿絵画家リュシアン・ラフォルジュは、ここにある1944年9月17日付の『フラン・ティルール』に掲載されたイラストのように、皮肉をこめたユーモアでユダヤ人迫害を想起させる稀有な人物のひとりである。

079

080 1944年11月16日付の『リュマニテ』紙では、共産党員のイラストレーター、アンリ＝ポール・デイヴォー＝ガシエが、1940年10月のモントリオールの握手とは打って変わって、病に伏しているヒトラーとペタンの新たな歴史的「握手」を描いている。

080

081 1945年5月16日付のリヨンの風刺週刊誌『ギニョール』は、ヒトラーがトルーマン、スターリン、チャーチル、ドゴールに打ちのめされて死んだ牛になっており、グローブパペットのギニョールとグナフロンが面白そうに眺めているイラストを掲載し、休戦と勘違いして勝利を祝った。

082 **083** ニエップの工場で生産される子供用のびっくり箱も、時勢に関連したいくつかの最新シリーズが製作された。このシリーズの32の外箱(ヴィネット)の絵を集めて、「このコレクションのうちの2つのヴィネットに描かれている、現在は離れている2人の有名な友人の名前を書き添えて」本社工場に送ると、それと引き換えにプレゼントがもらえることになっていた。

ナイフを歯で挟んだヒトラーの絵は、1919年の反共産主義的な表現とイメージに由来しており、1930年代のフランスの極右勢力によって

Trente-deuxième Année — N° 1570

Mercredi 16 Mai 1945

GUIGNOL

Le Numéro 1 fr 50

JOURNAL HEBDOMADAIRE HUMORISTIQUE

AUCUN MANUSCRIT N'EST RENDU

A TOUS ET POUR TOUS

Victor LORGE, Fondateur (1914-1920)
Joanny LORGE, Directeur
Boîte aux Lettres : 15, Rue Emile-Zola, LYON
Téléphone : Franklin 21-28

ADMINISTRATION ET REDACTION
37, Quai Fulchiron, 37
LYON — 23, Rue de la Quarantaine, 23 — LYON
Vente en Gros :
Agence HACHETTE : 3, Rue des Quatre-Chapeaux, Lyon

ABONNEMENTS :
France et Colonies : Un an 78 fr.
Etranger : Un an 120 fr.
Compte Chèques Postaux : LYON 136-06

Armistice 45 ! Croix dégommée !

Et maintenant que la fête a battu son plein, que les sirènes ont siréné, que les cloches ont carillonné, que les canons ont canonés, que les bals ont explosé joyeusement dans tous les quartiers, maintenant qu'on a bien chanté, bien liché, bien triomphé, parmettez-nous, z'amis lequeteurs de « Guignol », de revenir z'à cinq ans huit mois et cinq jours en arrière, pour vous rappeler querques petits souvenirs « maison ».

Jetons une grande arche à travers tout cet espace de temps — sous laquelle il a coulé bien des larmes et des misères — pour nous reporter z'au mois fatidique de juin 1940...

Ça nous parmettra même, les gones, de compléter aujourd'hui le dessin publié dans le n° 1.341 de notre journable, le 14 juin 1940... cinq jours, exactement, avant l'entrée des Teutons, le 19 juin, dans la ville de Lyon... Les ceux que nous collectionnent peuvent retrouver le document... et tous nos fidèles lequeteurs s'en souvenir.

Ça représentait une sale bête de taureau aque la gueule d'Hitler — on ne peut pas appeler sa hure autrement — qu'était en train de foncer furieux... dans la direction d'un bec de gaz, sus lequel on lisait « Angleterre-France ». Près de là, Guignol et Gnafron que disaient :

— Ne va-t-il pas bientôt tomber sur un bec de gaz ?

— En attendant, tu parles d'un taureau... qu'a tout de la vache !...

Voilà, z'enfants, la parmière page de notre miméro... pour marquer l'entrée des Fritz à Lyon.... Beaucoup d'amis tremblèrent pour nous et la Préfecture nous téléphona même pour nous mettre en garde, en nous avertissant que les troupes ennemies allaient faire leur entrée à Lyon.

Mais « Guignol » garda le sourire... et continua même de le garder à la barbe et au nez des occupants... Nous étions ainsi dans la Résistance dès le parmier jour et nous y sommes restés sur place, sans cavaler à toute allure vers le Sud, comme tant d'autres... que ne sont devenus des résistants que beaucoup plus tard.

Si on rappelle ça aujourd'hui, oh ! c'est pas rien pour nous donner des galons. D'abord, les galons, ce n'est pas notre fort... Mais ça nous fait réellement plaisir, après cinq ans huit mois et cinq jours, de pouvoir enfin compléter notre ancien dessin. Arregardez-le bien, z'enfants : c'est le même que celui de juin 1940... avec en plus les quatre becs de gaz sur lesquels l'Adolphe vient enfin de s'abouser.

— Souviens-toi, Chignol... En juin 1940, nous demandions s'il ne tomberait pas sur un bec de gaz ?

GUIGNOL. — Enfin la Croix Gammée est dégommée.

081

再び取り入れられ、その後はファシズムに反対する共産主義者自身によって流用された。1936年のポスターには、ナイフをくわえたヒトラーが描かれている。

コマが付いているVIゲームは、明らかにドイツの秘密兵器であるVI飛行爆弾とV2ミサイルロケットの名前から着想を得ている。

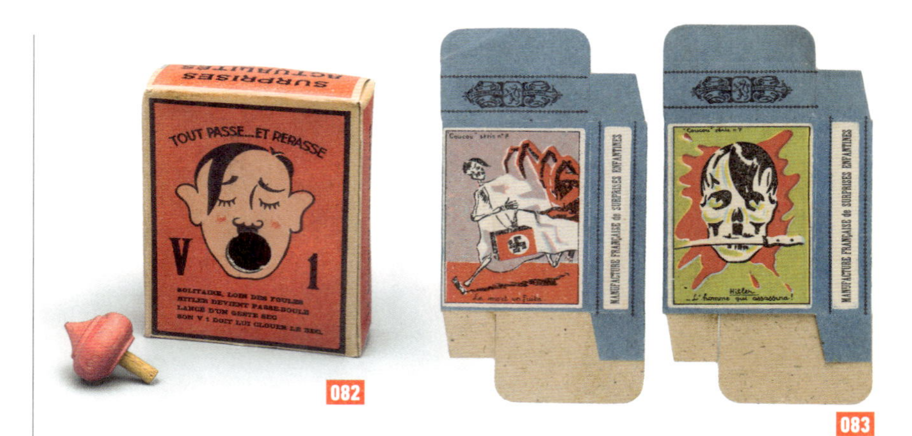

082

083

084 1945年4月14日付のアルジェリアの新聞『ラファール』は、自分たちの終わりが近づいていることを察知して、ナチスの一部

084

の高官たちが連合国軍に接近し、ヒムラーのような寛大な処置をもって自分たちが捕獲されるよう交渉しようとしていることを揶揄した。

085 このオランダのポストカードには「ナチスの（強制的な）新しい敬礼」が描かれている。

DE NIEUWE NAZI-GROET (VERPLICHT).
Smits

085

第34章

そっくりな人物?

すべての独裁者がそうであるように、ヒトラーとそっくりな人物についてのうわさは、彼が死ぬまで絶えることがなかった。当時の報道を信用するならば、偽のヒトラーが何度か目撃されている。

086 フランスの雑誌『マッチ』は、アメリカの同業者『ライフ』誌と同じように、1939年10月26日号で、総統とそっくりな人物が存在するという仮説について、証拠写真とともに報じている。

087 1940年2月29日付『マッチ』誌に掲載されたイラスト。挿絵画家ゲランが着想を得たのは、ヒトラーにそっくりなペンキ屋

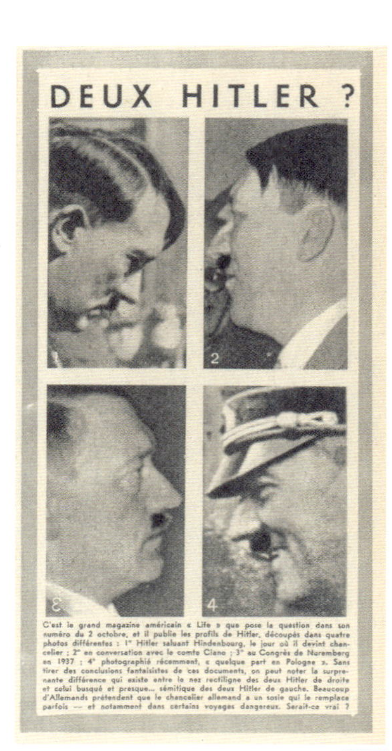

DEUX HITLER ?

C'est le grand magazine américain « Life » que pose la question dans son numéro du 2 octobre, et il publie les profils de Hitler, découpés dans quatre photos différentes : 1° Hitler saluant Hindenbourg, le jour où il devint chancelier ; 2° en conversation avec le comte Ciano ; 3° au Congrès de Nuremberg en 1937 ; 4° photographié récemment, « quelque part en Pologne ». Sans tirer des conclusions fantaisistes de ces documents, on peut noter la surprenante différence qui existe entre le nez rectiligne des deux Hitler de droite et celui busqué et presque... sémitique des deux Hitler de gauche. Beaucoup d'Allemands prétendent que le chancelier allemand a un sosie qui le remplace parfois — et notamment dans certains voyages dangereux. Serait-ce vrai ?

086

— On ne vous a jamais dit que vous ressembliez à Hitler ?
— A qui ?...

087

だった。

088 1945年4月のヒトラー死去の知らせは数々のうわさを生んだが、そのうちのいくつかはスターリンによって意図的に維持されていた。そのため、マスコミはヒトラーの死を公式に発表することについては慎重になっていた。1945年5月3日付の『ス・ソワール』誌がソ連のラジオを情報源として報じたように、これはドイツ参謀本部の一部の人たちによる策略なのではないか？　実際、ドイツのラジオ放送の、ワーグナーのオペラ『神々の黄昏』からの抜粋で始まったメロドラマチックな発表は、ヒトラーが「戦いの現場において」死亡したというもので、信憑性に欠けた。さらにヒムラーは、その二日前にヒトラーが脳出血を起こしたと発表していたのだ。これは、はったりか現実か？　同日、『コンバット』紙は次のように書いている。「ヒトラーは本当に死んだのか？　戦闘中に亡くなったのか？　世界中のいたる所で、ジャーナリストや政治家たちが懐疑心をあらわにした。……ロシアは、ヒトラーはすでにしばらくのあいだ、安全な場所に避難しており、おそらく自分の代わりに戦場で死亡する任務をそっくりな人物に託したのだろうと、何度も繰り返した」。『コンバット』紙によると、イギリスの『デイリー・メイル』紙のチューリッヒ特派員は別の見解を示している。軍と党の主要指導者が一堂に会したドイツのGQGの秘密戦争会議で、「ヒムラーは、絶対に降

ANNONCÉE cette nuit par la radio allemande

6e ÉDITION — Ce soir — GRAND QUOTIDIEN D'INFORMATION INDÉPENDANT — 6e ÉDITION

Jeudi 3 mai 1945

LES TROUPES ALLEMANDES VONT ÉVACUER LA NORVÈGE

LA MORT DE HITLER

ne sera certaine que lorsqu'une commission alliée aura identifié le corps

UNE MISE EN SCÈNE DE DŒNITZ ?

Plus d'un million de Parisiens ont acclamé l'union des forces de la démocratie pour l'application du programme du C.N.R.

La France a parlé

088

伏すると決意していることを明らかにしたと言われている……隣の部屋で寝ていたヒトラーは起き上がり、ヒステリックな叫び声をあげながら会議室に駆け込んで、絶対に降伏は受け入れないと叫んだ。その後、ヒムラーの友人たちがヒトラーを部屋に連れ帰った。その直後、ヒトラーは心臓発作によって死亡したと発表された。実際、『デイリー・メイル』紙の特派員によれば、ヒトラーはヒムラーの部下によって殺されたという」。『リュマニテ』紙は同日、「ヒトラーの死か、それとも新たな恐るべき陰謀か？」という見出しを掲げ、ラジオ・モスクワの発言を引用して、「ヒトラーの新たな策略だ」と報じた。そして、「ヒトラーが死亡したと発表することで、ドイツのファシストたちはおそらくヒトラーに政治闘争の舞台から去り、地下闘争に参加する機会を与えようとしていた」と書いた。

089 このうわさに終止符を打つために、連合国側は、敵対関係が終了した時点でヒトラーが隠れていないことを確認するために、ヒトラーの遺体もしくは死亡を触知できる証拠を見せるよう要求すると述べた。そのとき以来、ヒトラーらしき死体の写真がベルリンやその周辺一帯で撮影されるようになった。これらの「偽のヒトラー」に苛立ったソ連の戦争写真記者エフゲニー・ハルデイは、ドイツ国会に掲げられたソ連国旗というカルト的な写真を撮ったばかりだったが、彼もまた、ど

"Hitler avait une fiche dentaire"
nous dit le docteur PAUL
qui ne croit pas aux sosies

Hitler est-il bien mort ? Les circonstances de sa disparition paraissent tellement suspectes qu'on peut en douter.
Pourra-t-on éventuellement identifier le cadavre ?

Nous sommes allés demander l'avis du docteur Paul, le célèbre médecin-légiste qui, malgré les demandes réitérées de Laval, refusa de visiter la sinistre mise en scène de Katyn.

— Si l'on retrouvait le cadavre présumé d'Hitler, croyez-vous, docteur, que l'identification en serait facile ? Le Führer avait peut-être de parfaits sosies...

Avec sa bonne voix ponctuée par les gestes expressifs d'une main qui a découpé des milliers de cadavres pour leur arracher leurs secrets, le docteur Paul nous répond :

— Allons, allons, ne croyez pas trop aux sosies des grands hommes. D'ailleurs, l'identification du corps ne présenterait aucune difficulté.

Il s'agirait d'une autopsie toute banale comme nous en pratiquons trois cents par an.

Les procédés habituels d'identification ne laisseraient aucun doute . fiche dentaire, taille, empreintes, forme du crâne, fractures, lésions osseuses (Hitler n'a-t-il pas été blessé pendant la guerre de 14-18 ?), étude des parasites de la mort suivant les théories de Megnin... L'on connaîtrait immédiatement la date exacte et les causes de la mort : hémorragie cérébrale, blessure, comme le degré de folie du monsieur.

« Il y a actuellement, en Allemagne même, un grand nombre de médecins légistes russes, américains ou britanniques pour lesquels l'identification du cadavre d'Hitler serait un jeu d'enfant. Mais si l'on a besoin de moi... »

Paul CARRIERE.

089

こだかわからない建物の入口で、地面に敷かれた簡素な毛布の上に横たわり、足には靴を履いていない男性の写真を、ソ連兵の脚を背景に撮った。そして、このようなコメントを書いた。「帝国総統官邸前で。毎日10人ほどの偽のヒトラーが司令部に連行されてきた。みな同じ口髭を生やし、同じ髪形をしていた。馬鹿者だ。言いたいことはそれだけだ！」。5月4日付『ル・ソワール』紙は、いずれにせよ、法医学的手法によって遺体の身元は容易に確認できるだろうと読者を安心させた。

090 **091** これらすべてのうわさは、ヒトラーが身の安全のために何人もの公式のそっくりな人物を準備していたという仮説の信憑性を高めている。1945年5月3日付『ウエスト・フランス』と5月18日付『ポワン・ド・ヴュ』で、新聞の挿絵画家たちがそういったイラストを描いて楽しんでいる。

LES SOSIES. — « L'un de vous doit mourir pour que je reste vivant... »

090

EN PLEIN MYSTERE
— Son sosie ? Vous voulez rire ! Je suis le sosie d'un de ses sosies...

091

092 地下新聞『デファンス・ド・ラ・フランス』は、1944年9月1日号で、パリのオペラ広場でヒトラーに会ったと発表した。だがそれは、アメリカの憲兵隊の少佐補ポール・ヒトラーのことだった。彼は、伍長以上の階級に就くことのなかった同名異人の自分の名前を深く軽蔑していた、と戦争特派員のレイモンド・ヴァンカーは締めくくっている。

093 そっくりな人物がいるのではないかという説が、1945年9月12日、『ル・アーヴル・リーブル』紙の記事で再浮上した。総統官邸で発見されたヒトラーの黒焦げの遺体は偽物の可能性があるとするイギリス紙の論説を取り上げたのだ。こうしたうわさや幻影は、戦後数年間、小説家やスクープを狙うタブロイド紙のジャーナリストたちを楽しませた。こうしたすべての説が2018年、フランスの法医学者フィリップ・シャルリエがロシアでヒトラーの遺骸を分析した結果、完全に打ち砕かれた。彼は、自殺であると結論づけた。というのも、頭蓋骨にはたしかに「左頭頂部に銃弾が飛び出した穴があった。しかし、入り口の穴はない。ということは、口の下か、もしくは頭蓋骨の右側の側頭部から撃ち込まれた可能性がある」と説明する。ヒトラーは歯周病を患っていて、良好な歯は5本しか残っておらず、義歯は「極めて特殊で、まったく信じられない形状をしていた」とフィリップ・シャルリエは証言しており、それによって、解剖学的にも技術的にも完

« J'ai rencontré M. HITLER place de l'Opéra »

C'est un major de la police américaine

M. Hitler est à Paris.

Sûre ! It's not a « gag » ! comme disent nos amis américains.

Vous l'avez peut-être croisé, sans le savoir, sur les Grands Boulevards. Et nous ne parlons pas de photo ni de ces effigies plus ou moins grotesques du « Bel Adolf » que la foule vengeresse promena dans la capitale avant de les jeter aux poubelles.

M. Hitler m'a parlé ou, plus exactement, il m'a adressé quelques mots au G.Q.G. américain de Paris. Mais, par contre, il s'est refusé à toute interview.

— Adressez-vous à vos confrères américains, m'a-t-il dit, ils sauront vous renseigner : ils ont suffisamment raconté d'histoires à mon sujet.

Il faut vous dire que ce monsieur Hitler est un personnage doublement connu de l'armée américaine. Il n'est autre que le major, adjoint du commandant de la « M.P. » — la « Military Police ».

Et c'est un homme particulièrement occupé.

Aussi, si parmi nos lectrices se trouve une bonne sténo-dactylo français-anglais (ou plutôt américain), elle pourrait lui rendre le meilleur service. C'est lui-même qui nous l'a demandé.

Ce serait un bon patron que le major Paul Hitler.

Il n'a rien d'épileptique comme son triste homonyme.

C'est un gros et fort homme d'une cinquantaine d'années, un peu chauve et rasé, calme et très jovial. Il n'a qu'un défaut pour une secrétaire : il ne parle pas un traître mot de français et son accent nasal, très accentué, est difficilement compréhensible pour qui n'a pas vécu auprès des hommes d'affaires de Wall-Street.

Rien d'un militariste non plus. Et pourtant, il y a trente-deux ans qu'il sert dans l'armée. Pendant quinze ans, avant cette guerre, il fut sergent-major.

Aussi, je présume qu'il a un profond mépris pour celui qui, somme toute, ne parvint jamais plus loin qu'au grade de caporal.

Raymond VANKER.

Le Major adjoint Paul Hitler est plus gai que son homonyme...

092

Un interné du camp DE RAVENSBRUCK a-t-il été substitué A HITLER ?

Le Führer, vivant, se cacherait en Amérique du Sud

LONDRES, 11 septembre. — L' « Evening Standard », **publie, aujourd'hui, un article de son correspondant Leslie Randall sur le sort d'Hitler. Dans cet article, Randall expose le résultat des recherches qu'il a effectuées au cours des six dernières semaines en Allemagne, en France, en Belgique et en Hollande. Ces investigations l'ont amené à admettre qu'il est possible qu'Hitler soit encore vivant.**

Le cadavre mutilé et calciné retrouvé à la Chancellerie allemande aurait été celui d'un sosie substitué au Führer peu de temps avant la prise de Berlin.

A l'appui de cette thèse, Randall explique longuement qu'un lieutenant-colonel du corps médical ds S.S., nommé Stumpfegger, qui pratiquait des opérations expérimentales sur les internés du camp de Ravensbruck, où il se livrait à l'étude de certaines formes de paralysie, avait été convoqué à Berlin avec tout son matériel, vers la fin du mois de mars. Toutes les informations que Leslie Randall a pu obtenir sur les événements qui se sont déroulés à la Chancellerie, pendant les semaines d'avril, semblent concourir à faire admettre que l'épave humaine à demi-paralysée qu'on faisait alors passer pour Hitler n'était qu'une des victimes de Stumpfegger.

De Berlin en Patagonie ?

Par ailleurs, les Russes, qui ne croient pas à la mort d'Hitler, auraient recueilli des précisions à la suite de l'arrestation de plusieurs conseillers du Führer. Hitler, ayant quitté Berlin en avion, aurait été conduit aux îles du Cap-Vert. De là, un sous-marin à grand rayon d'action, l'aurait emmené sur la côte argentine de la Terre de Feu, où une base avait été aménagée en 1934 par deux agents nazis, le sturmführer Karl Mechner et le commandant comte Aschersleben, chargés de l'espionnage en Amérique du Sud.

093

璧な一致が見られ、間違いの可能性のない身元確認ができたのだ。

094 095 096 ヒトラーの死に疑念を抱く者もいたが、フランス解放当時は、本物の偽造遺言書やユーモラスな死亡通知が出回った。

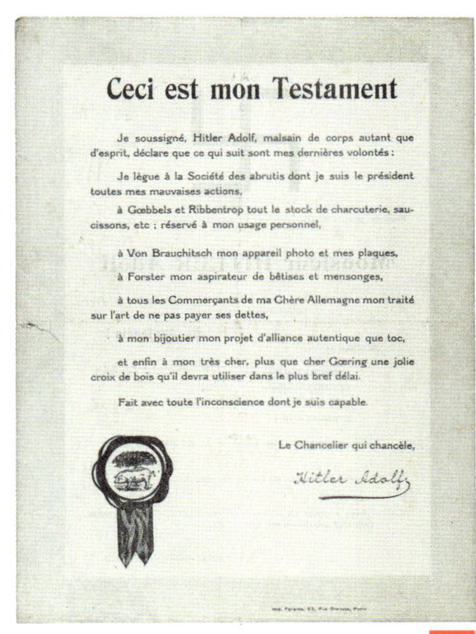

Ceci est mon Testament

Je soussigné, Hitler Adolf, malsain de corps autant que d'esprit, déclare que ce qui suit sont mes dernières volontés :

Je lègue à la Société des abrutis dont je suis le président toutes mes mauvaises actions,

à Gœbbels et Ribbentrop tout le stock de charcuterie, saucissons, etc ; réservé à mon usage personnel,

à Von Brauchitsch mon appareil photo et mes plaques,

à Forster mon aspirateur de bêtises et mensonges,

à tous les Commerçants de ma Chère Allemagne mon traité sur l'art de ne pas payer ses dettes,

à mon bijoutier mon projet d'alliance autentique que toc,

et enfin à mon très cher, plus que cher Gœring une jolie croix de bois qu'il devra utiliser dans le plus bref délai.

Fait avec toute l'inconscience dont je suis capable.

Le Chancelier qui chancèle,

Hitler Adolf

094

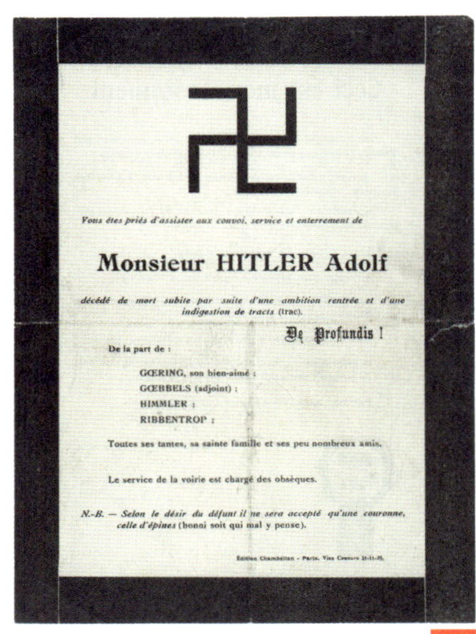

Vous êtes priés d'assister aux convoi, service et enterrement de

Monsieur HITLER Adolf

décédé de mort subite par suite d'une ambition rentrée et d'une indigestion de tracts (trac).

De Profundis !

De la part de :

GŒRING, son bien-aimé ;
GŒBBELS (adjoint) ;
HIMMLER ;
RIBBENTROP ;

Toutes ses tantes, sa sainte famille et ses peu nombreux amis.

Le service de la voirie est chargé des obsèques.

N.-B. — Selon le désir du défunt il ne sera accepté qu'une couronne, celle d'épines (honni soit qui mal y pense).

Édition Chambellan - Paris. Visa Censure 21-11-35.

095

Testament d'Adolph HITLER

Je soussigné Adolph HITLER déclare être dans un moment de lucidité de mon pauvre esprit torturé « Désastre du 1er Septembre ».

Lègue à **Monsieur Benito Mussolini,** quelques tonnes de macaronis gros modèle et faute de graisse, un kilo de vaseline pour l'ingurgitation.

A **Monsieur Gœbbels,** mes galons de caporal et quelques milliers de pompes aspirantes et refoulantes pour les tristes nouvelles de la diminution de **l'Empire Nazi** sur les cartes d'Europe.

Au **Maréchal Gœring,** je lègue toutes les espérances que j'avais fondé sur la conquête de l'Europe et des colonies des belligérants y compris les Chinois et le fleuve Bleu.

Ma brosse à dents et ma fameuse mèche de cheveux.

Au **Commandeur Himmler,** en remerciement de tous ses services dévoués, je lui abandonne :

1° Les projets à retardement d'être Gouverneur Général des Etats-Unis d'Europe,

2° La Croix de Fer de 1re Classe avec Glaive, pour avoir avec une lâcheté incomparable fait torturer de nombreux innocents dans tous les pays occupés.

3° Tous les instruments de tortures avec la manière de s'en servir, dans l'espoir que dans le plus bref délai, il pourra les essayer sur sa personne.

Fait à Bertchesgaden, le 15 Septembre 1944.

Sans Regrets — Ni Fleurs, ni Couronnes.
Débarassum, Liberatorium. — Crève tant mieux.
Celui qui devait être pour la Paix des Races,
et qui n'était qu'un ....

096

- Brayard, Florent et Wirsching, Andres, *Historiciser le mal. Une édition critique de Mein Kampf*, Fayard, 2021.
- Chapoutot, Yohann et Ingrao, Christian, *Hitler*, PUF, 2018.
- Chapoutot, Yohann et Peschanski, Denis, *Un dictateur en images. Photographies de Heinrich Hoffmann*, (catalogue de l'exposition éponyme, Montpellier), éditions Hazan, 2018.
- Cointet, Jean-Paul, *Hitler et la France*, coll. « Tempus », Perrin, 2017.
- Delpla, François (traduction et présentation par), *Hitler. Propos intimes et politiques 1941-1944*, 2 tomes, Nouveau Monde, 2016.
- Kersaudy, François, *Hitler*, Perrin, 2011.
- Kershaw, Ian, *Hitler*, Flammarion, 2020.
- Lentz, Thierry, *Le Diable sur la montagne. Hitler au Berghof 1922-1944*, coll. « Tempus », Perrin, 2017.
- Longerich, Peter, *Hitler*, coll. « Tempus », Perrin, 2019.
- Misch, Rochus, *J'étais le garde du corps d'Hitler 1940-1945*, Le Livre de poche, 2007.
- Quétel, Claude, *Tout sur Mein Kampf*, Tempus Perrin, 2019.
- Schmitt, Éric-Emmanuel, *La Part de l'autre*, Le Livre de poche, 2003.
- Vitkine, Antoine, *Mein Kampf*, histoire d'un livre, Champs histoire, 2020.

図版クレジット

調査にもかかわらず、本書に掲載された文書の著者の何人かは特定できなかった。

PARTIE 1. PROPAGANDE NAZIE

Image 1 : © Deutschland Erwacht ; **image 2** : © Deutschland Erwacht ; **image 3** : © Adolf Hitler, 1914 ; **image 4** : © Das Neue Reich ; **image 5** : © Das Neue Reich ; **image 6** : © Männer im Dritten Reich ; **image 7** : © Männer im Dritten Reich ; **image 8** : © Monde, 1930 ; **image 9** : © L'Illustration, 1937 ; **image 10** : Auteur inconnu, (DR) ; **image 11** : © Collection Mémorial de Caen ; **image 12** : © Collection Mémorial de Caen ; **image 13** : © Éditions Braun & Cie, 1945 ; **image 14** : © Éditions Braun & Cie, 1945 ; **image 15** : © Éditions Braun & Cie, 1945 ; **image 16** : © NSDAP, 1925 ; **image 17** : © Deutschland Erwacht, 1933 ; **image 18** : © NSDAP ; **image 19** : © NSDAP, Schönfeld's Verlagsbuchhandlung, 1934 ; **image 20** : © Miroir du Monde, 1932 ; **image 21** : © Miroir du Monde, 1933 ; **image 22** : © Miroir du Monde, 1934 ; **image 23** : © Photo Keystone, Miroir du Monde, 1934 ; **image 24** : © Éditions Baudinière ; **image 25** : © NSDAP, 1936 ; **image 26** : © Match, 1936 ; **image 27** : © Berliner Illustrirte Zeitung, 1940 ; **image 28** : © Berliner Illustrirte Zeitung, 1940 ; **image 29** : © Die Woche, 1940 ; **image 30** : © NSDAP, 1943 ; **image 31** : © Heinrich Hoffmann, Deutschland Erwacht ; **image 32** : © Jul. Hillebrand Nachf. ; **image 33** : © K. Spilling, Männer im Dritten Reich ; **image 34** : © Heinrich Hoffmann ; **image 35** : © Hoffmann, Hitler in seinen Bergen ; **image 36** : Auteur inconnu, (DR) ; **image 37** : © Paris-Soir, 1935 ; **image 38** : © Fred Koch, (DR) ; **image 39** : © La Semaine, 1943 ; **image 40** : © Deutsche Arbeitsfront, 1937 ; **image 41** : © Deutsche Arbeitsfront, 1937 ; **image 42** : Auteur inconnu, (DR) ; **image 43** : © L'Amérique en guerre, 1943 ; **image 44** : Auteur inconnu, (DR) ; **image 45** : © Auteur inconnu (DR), Match, 1938 ; **image 46** : © Auteur inconnu, (DR), Match, 1939 ; **image 47** : © Auteur inconnu, (DR), Match, 1940 ; **image 48** : Auteur inconnu, (DR) ; **image 49** : © Auteur inconnu, (DR), Deutschland Erwacht ; **image 50** : Auteur inconnu, (DR) ; **image 51** : © Deutschland Erwacht, 1933 ; **image 52** : Auteur inconnu, (DR) ; **image 53** : © Ville et campagne, une seule communauté, 1943 ; **image 54** : © L'ouvrier allemand ; **image 55** : © L'ouvrier allemand ; **image 56** : © Arbeitertum, 1940 ; **image 57** : © Photo Schirner, (DR), Olympia, 1936 ; **image 58** : © Auteur inconnu, (DR) Hitler in seinen Bergen, 1938 ; **image 59** : © NSDAP, 1936 ; **image 60** : © NSDAP, 1936 ; **image 61** : © Deutschland Erwacht, 1933 ; **image 62** : © NSDAP, 1936 ; **image 63** : Auteur inconnu, (DR) ; **image 64** : © Match, 1940 ; **image 65** : © Match, 1940 ; **image 66** : © Match, 1939 ; **image 67** : © Espoir français, 1939 ; **image 68** : © Match, 1939 ; **image 69** : © Rafales, 1945 ; **image 70** : © Adolphe Hitler, NSDAP ; **image 71** : © Adolphe Hitler, NSDAP ; **image 72** : © Adolphe Hitler, NSDAP ; **image 73** : © Hedners Verlag ; **image 74** : © Photo Heinrich Hoffmann, Hedners Verlag ; **image 75** : © Hedners Verlag ; **image 76** : © Éditions Jacques Haumont ; **image 77** : © Librairie Arthème Fayard ; **image 78** : © Éditions R. Simon ; **image 79** : Auteur inconnu, (DR) ; **image 80** : © Composition Henri Manuel ; **image 81** : Éditeur inconnu, (DR) ; **image 82** : © Match, 1939 ; **image 83** : Éditeur inconnu, (DR) ; **image 84** : Éditeur inconnu, (DR) ; **image 85** : © Vu, 1939 ; **image 86** : © Al-Ry, Revue de fin d'année ; **image 87** : © Pierre Simon, (DR) ; **image 88** : © Les Taches d'encre, 1935 ; **image 89** : Auteur inconnu, (DR) ; **image 90** : Auteur inconnu, (DR) ; **image 91** : © Ici Radio-Cité, 1938 ; **image 92** : © Otto Dietrich, NSDAP ; **image 93** : © Messidor, 1938 ; **image 94** : © Aux écoutes, 1938 ; **image 95** : © Aux écoutes, 1938 ; **image 96** : © Zazoute, (DR), 1938 ; **image 97** : Auteur inconnu, (DR) ; **image 98** : © Elkins, (DR), 1938 ; **image 99** : Dessinateur inconnu, (DR) ; **image 100** : © Paul Barbier, (DR), 1939 ; **image 101** : © Verlag die Wehrmacht, 1940 ; **image 102** : © Verlag die Wehrmacht, 1940 ; **image 103** : © Conrad Hommel ; **image 104** : © L'Illustration, 1939 ; **image 105** : © Match, 1939 ; **image 106** : © Mit Hitler im Westen, 1940 ; **image 107** : © La Waffen SS t'appelle, 1943 ; **image 108** : © Luftflotte West, 1941 ; **image 109** : © Le Petit Parisien, 1942 ; **image 110** : © La Semaine, 1942 ;

image 111 : Auteur inconnu, (DR) ; **image 112** : Auteur inconnu, (DR).

PARTIE 2. SES « ALLIÉS »

Image 1 : © Vu, 1934 ; **image 2** : © Mit Hitler im Westen, 1940 ; **image 3** : © La Semaine, 1942 ; **image 4** : © Heinrich Hoffmann, Kolmarer Kurier, 1943 ; **image 5** : © G.G., (DR) ; **image 6** : © À la page, 1939 ; **image 7** : © Aux Écoutes, 1939 ; **image 8** : Auteur inconnu, (DR) ; **image 9** : Auteur inconnu, (DR) ; **image 10** : © Berliner Illustrierte Zeitung, 1940 ; **image 11** : Auteur inconnu, (DR) ; **image 12** : Auteur inconnu, (DR) ; **image 13** : Auteur inconnu, (DR) ; **image 14** : © L'Émancipation nationale, 1939 ; **image 15** : © L'Espoir français, 1939 ; **image 16** : © France Magazine, 1940 ; **image 17** : © Wolkiger Beobachter ; **image 18** : © Wolkiger Boebachter ; **image 19** : © Le Témoin, 1935 ; **image 20** : © Sio d'eau, (DR), À la page, 1939.

PARTIE 3. LE REGARD DES AUTRES

Image 1 : © Vu, 1930 ; **image 2** : © Vu, 1932 ; **image 3** : © Vu, 1933 ; **image 4** : © Crapouillot, 1933 ; **image 5** : © Alexis Redier Éditeur ; **image 6**: © Librairie Hachette, 1933 ; **image 7** : ©Librairie Arthème Fayard, 1936 ; **image 8** : © Éditions Nantal, 1938 ; **image 9** : © Éditions Aubier-Montaigne, 1940 ; **image 10** : © Éditions France, 1943 ; **image 11** : © Éditions Sorlot, 1939 ; **image 12** : © Éditions du Sagittaire, 1939 ; **image 13** : © Photo Wide World, 1933 ; **image 14** : © France-Magazine, 1939 ; **image 15** : © Photo J.M., 1940 ; **image 16** : © Match, 1940 ; **image 17** : © Match, 1940 ; **image 18** : © Lyon sous la botte, 1945 ; **image 19** : © France Libre, 1945 ; **image 20** : © Yves Chudeau, (DR) ; **image 21** : Auteur inconnu, (DR) ; **image 22** : © Collection Christophe Prime ; **image 23** : Auteur inconnu, (DR) ; **image 24** : Auteur inconnu, (DR) ; **image 25** : Auteur inconnu, (DR) ; **image 26** : © Le Miroir, 1940 ; **image 27** : © Match, 1939 ; **image 28** : © Patrie ; **image 29** : © Photo Gaude, (DR) ; **image 30** : © Collection Mémorial de Caen ; **image 31** : Auteur inconnu, (DR) ; **image 32** : © France-Magazine, 1939 ; **image 33** : © Match, 1939 ; **image 34** : © Le Miroir, 1939 ; **image 35** : © Voilà, 1939 ; **image 36** : © Match, 1939 ; **image 37** : © Match, 1940 ; **image 38** : Auteur inconnu, (DR) ; **image 39** : © J-Le Jeune Combattant magazine, 1945 ; **image 40** : © Cadran ; **image 41** : © Cadran ; **image 42** : © Le Journal, 1939 ; **image 43** : © DID, (DR), Les Taches d'encre, 1935 ; **image 44** :© Auteur inconnu (DR), Les Taches d'encre, 1935 ; **image 45** : © Auteur inconnu (DR), Match, 1939 ; **image 46** : © Julien Bryan, (DR), The War illustrated, 1940 ; images 47 : © Emett (DR), Bureau d'Information anglo-américain, 1943 ; **image 48** : © Semanario Grafico, 1944 ; **image 49** : © Semanario Grafico, 1944 ; **image 50** : © H.-P. Gassier, D'Artagnan, 1933 ; **image 51** : © Auteur inconnu (DR), Les Taches d'encre, 1935 ; **image 52** : © Le Témoin, 1935 ; **image 53** : © Pierre de la Panneterie, 1935 ; **image 54** : © France- Magazine, 1940 ; **image 55** : © Cent millions de catholiques martyrs, 1943 ; **image 56** : © Auteur inconnu (DR), 1944.

PARTIE 4. L'EUROPE À L'HEURE D'HITLER

Image 1 : © Marianne, (DR) 1939 ; images 2 : © Paul Barbier, (DR), 1939/Auteur inconnu, (DR) ; **image 3** : © L'Illustration, 1939 ; **image 4** : © Paris-Soir, 1940 ; **image 5** : Auteur inconnu, (DR) ; **image 6** : Auteur inconnu, (DR) ; **image 7** : © Ministère de l'Information de Grande-Bretagne, De Dunkerque au jour J, 1944 ; **image 8** : Auteur inconnu, (DR), 1940 ; **image 9** : © Mit Hitler im Westen, 1940 ; **image 10** : © Mit Hitler im Westen, 1940 ; **image 11** : © Mit Hitler im Westen, 1940 ; **image 12** : © Mit Hitler im Westen, 1940 ; **image 13** : © Mit Hitler im Westen, 1940 ; **image 14** : © La Semaine, 1940 ; **image 15** : © La Semaine, 1940 ; **image 16** : © D'après Jacquot, 1942 ; **image 17** : © Le Procès historique de Pétain, 1945 ; **image 18** : © Propagandastaffel ; images 19 : © Propagandastaffel ; **image 20** : © Éditions du Livre moderne, 1942 ; **image 21** : © Toute la vie, 1942 ; **image 22** : © Pariser Zeitung, 1942 ; **image 23** : © Pariser Zeitung, 1942 ; **image 24** : © Mülhauser Tagblatt, 1942 ; **image 25** : © Kolmarer Kurier, 1942 ; **image 26** : Auteur inconnu, (DR) ; **image 27** : Auteur inconnu, (DR) ; **image 28** : Auteur inconnu, (DR) ; **image 29** : © Photo Kühn ; images 30 : © État allemand ; images 31 : © État allemand ; images 32 : © État allemand ; **image 33** : © État allemand ; **image 34** : © État américain ; **image 35** : Auteur inconnu, (DR) ; **image 36** : Auteur inconnu, (DR) ; **image 37** : © Illustrirte Zeitung, 1933 ; **image 38** : © Photos Nora, AFIP, (DR) 1941 ; **image 39** : © Luftflotte West, 1941 ; **image 40** : © Toute la vie, 1944 ; **image 41** : Auteur inconnu (DR), 1944 ; **image 42** : Auteur inconnu (DR), 1944 ; **image 43** :

© État allemand, 1944 ; **image 44** : Auteur inconnu (DR), 1937 ; **image 45** : Auteur inconnu (DR), 1943 ; **image 46** : © Photos Keystone, The War illustrated, 1945.

PARTIE 5. QUAND LA CARICATURE S'EN MÊLE

Image 1 : © Mit Hitler im Westen, 1940 ; **image 2** : © Zazoute, (DR), 1938 ; **image 3** : Auteur inconnu, (DR) ; **image 4** : Auteur inconnu, (DR) ; **image 5** : © Picture Post, 1939 ; **image 6** : © Le Témoin, 1935 ; **image 7** : © Charivari, 1936 ; **image 8** : © RED, Photo Wide World, (DR), 1933 ; **image 9** : © Josset, (DR) ; **image 10** : © YAG, (DR), Cri de Paris, 1939 ; **image 11** : © Paul Barbier (DR), 1939 ; **image 12** : Auteur inconnu, (DR) ; **image 13** : © Copr. Lee H. Cornell, 1942 ; **image 14** : © Éditions Sauba, 1954 ; **image 15** : Auteur inconnu, (DR), 1945 ; **image 16** : Auteur inconnu, (DR), 1940 ; **image 17** : Auteur inconnu, (DR), 1944 ; **image 18** : © Auteur inconnu, (DR), Patrie, 1945 ; **image 19** : © Auteur inconnu, (DR), L'Animateur des temps nouveaux, 1933 ; **image 20** : © J.-Y. Mass, (DR), Sorlot, 1939 ; **image 21** : © O. Vilaseca, (DR) ; **image 22** : © Calvo, (DR) ; **image 23** : Auteur inconnu, (DR) ; **image 24** : Auteur inconnu, (DR) ; **image 25** : Auteur inconnu, (DR) ; **image 26** : © Collection Mémorial de Caen ; **image 27** : Auteur inconnu, (DR) ; **image 28** : Auteur inconnu, (DR) ; **image 29** : Auteur inconnu, (DR) ; **image 30** : Auteur inconnu, (DR) ; **image 31** : Auteur inconnu, (DR) ; **image 32** : Auteur inconnu, (DR) ; **image 33** : Auteur inconnu, (DR) ; **image 34** : Auteur inconnu, (DR) ; **image 35** : Auteur inconnu, (DR) ; **image 36** : Auteur inconnu, (DR) ; **image 37** : © Southern Music Publishing Co., (DR), Der Fuehrer's Face, 1943 ; images 38 : Auteur inconnu, (DR) ; **image 39** : © L'Amérique en guerre, 1943 ; **image 40** : © Le Courrier de l'air, 1944 ; **image 41** : © Walt. Czubay, (DR) ; images 42 : © Collection Christophe Prime ; **image 43** : © HNA, (DR) ; **image 44** : Auteur inconnu, (DR) ; **image 45** : © Daily Sketch, 1941 ; **image 46** : © Daily Sketch, 1941 ; **image 47** : Auteur inconnu, (DR), 1942 ; **image 48** : © Dessin Mac Kenzie, (DR), The Post Dispatch ; **image 49** : © MWM, (DR) ; **image 50** : © MWM, (DR) ; **image 51** : © Time, (DR), 1943 ; **image 52** : Auteur inconnu, (DR) ; **image 53** : Auteur inconnu, (DR) ; **image 54** : Auteur inconnu, (DR) ; **image 55** : Auteur inconnu, (DR) ; **image 56** : © Le Front ouvrier, 1944 ; **image 57** : © France-Orient, 1943 ; **image 58** : © Le Point, Revue artistique et littéraire, 1944 ; **image 59** : Auteur inconnu, (DR), 1945 ; **image 60** : Auteur inconnu, (DR) ; **image 61** : © Elkins, (DR), 1939 ; **image 62** : © Courrier de l'Air ; **image 63** : Auteur inconnu, (DR) ; images 64 : Auteur inconnu, (DR) ; **image 65** : Auteur inconnu, (DR) ; **image 66** : Auteur inconnu, (DR), 1939 ; **image 67** : © Collection Christophe Prime ; **image 68** : © Paul Barbier, (DR), 1939 ; **image 69** : © Pierre Noël, (DR), 1940 ; **image 70** : © Chansons de la BBC, (DR), 1943 ; **image 71** : © Chansons de Pierre Dac à la radio de Londres, (DR), 1945 ; **image 72** : © Libération Nord, 1945 ; **image 73** : © Libération Nord, 1945 ; **image 74** : Auteur inconnu ; **image 75** : © L'Aube, 1944 ; **image 76** : © B. Minne, (DR) ; **image 77** : Auteur inconnu, (DR) ; **image 78** : Auteur inconnu, (DR) ; **image 79** : © Lucien Laforge, Franc-Tireur, 1944 ; **image 80** : © HP. Gassier ; **image 81** : © Guignol, 1945 ; **image 82** : Auteur inconnu, (DR) ; **image 83** : Auteur inconnu, (DR) ; **image 84** : © Rafales, 1945 ; **image 85** : © Smits, (DR) ; **image 86** : © Match, 1939 ; **image 87** : © Toto Guérin, (DR) ; **image 88** : © Ce Soir, 1945 ; **image 89** : © Ce Soir, 1945 ; **image 90** : © Marinacce, (DR), 1945 ; **image 91** : © Point de vue, 1945 ; **image 92** : © Défense de la France, 1945 ; **image 93** : © Havre Libre, 1945 ; **image 94** : © Édition Chambellan ; **image 95** : © Édition Chambellan ; **image 96** : Auteur inconnu, (DR).

索引

［著者］
エマニュエル・ティエボ
Emmanuel Thiébot
1969年生まれ。パリ政治学院卒業。30年間カーン記念博物館の歴史学者として勤務後、ファレーズの民間戦争記念館を担当。2014年にアルマン・コラン社から出版された*Croquer la France en guerre*（戦時下のフランスをスケッチする）の著者である。本書で紹介されているプロパガンダ関連の資料を長年にわたって収集している。

［訳者］
河村真紀子
Makiko Kawamura
大阪外国語大学外国語学部フランス語科卒業。フランス語翻訳家。訳書にデルフィーヌ・ド・ヴィガン『子供が王様』、マルタン・パージュ『たぶん、愛の話』、ローラン・グネル『パリの賢者からの教え』など。

[ヴィジュアル版]
ヒトラーとプロパガンダ
ナチスと連合国のイメージ戦争

2024年12月25日　初版第1刷発行

著者　エマニュエル・ティエボ
訳者　河村真紀子
発行者　成瀬雅人
発行所　株式会社原書房
〒160-0022 東京都新宿区新宿1-25-13
電話・代表 03-3354-0685
http://www.harashobo.co.jp
振替・00150-6-151594
ブックデザイン　小沼宏之[Gibbon]
印刷　シナノ印刷株式会社
製本　東京美術紙工協業組合

ISBN978-4-562-07489-1
Printed in Japan